KB128610

룰렛게임

룰렛 게임

윤성호 소설집

문학수첩

차 례

룰렛게임

690M 소각로 굴뚝엔 지상으로부터 높이가 10M 간격으로 쓰여 있다. 나는 굴뚝에 쇠침같이 박아 놓은 사다리를 타고 올라간다. 발끝에 스치는 숫자를 얼핏 돌아본다. 굴뚝의 270M 지점을 지났다. 사다리에서 두 발을 멈추고 호흡을 고른다. 목덜미에 밴 땀이 바람에 얼어붙을 듯 차갑다. 손등으로 막힌 코를 풀어 버린다. 코와 귀 사이를 팽팽하게 나눠 장악했던 공기가 일제히 한쪽으로 쏠려 나가는 느낌이다. 다시 숨을 고르고 사다리를 오르기 시작한다. 일정하게 반복되는 동작에 속도를 붙여 본다. 먼저 굴뚝에 오르고 있는 미켈은 간격을 점점 벌려 20M 지점쯤 앞에 멈춰서 아래를 향해 소리를 지르고 손을 흔든다.

예상보다 날씨는 쌀쌀했다. 점프용 슈트 안쪽에 옷을 겹겹이 껴입어도 밀려드는 한기는 어쩔 수가 없다. 며칠 전 내린 눈 때문에 사다리는 꽁꽁 얼어붙어 얇게 서리가 내려앉았다. 사다리를 잡고 오르는 동안 장갑 낀 손이 척 하고 달라붙었다 끈끈하게 떼어졌고 장갑 손바닥엔 하얀 서리 가루가 묻어 나왔다. 얼마 안 있으면 사다리 전체가 녹기 시작하고 물기에 미끄러울지 몰랐다. 굴뚝에 앞서 오른 미켈이 베이스를 확보하고 자일을 늘어뜨려 안전장치를 하자고 했지만 이건 어느 누구도 반기지 않는 제안이었다. 100M 지점을 지나자 우리의 결정이 무모하다고 느껴졌다.

굴뚝에 자의 눈금처럼 그어져 있는 10M 간격은 갈수록 멀어지는 것 같다. 호흡이 흐트러지자 동작의 리듬이 깨지고 온몸이 엉킨다. 힘이 풀린 다리 하나가 허방의 사다리를 짚은 양 밑으로 툭 떨어진다. 단지 사다리 간격에 비해 다리를 많이 들어 올렸다 내렸을 뿐인데 아찔함에 거칠게 호흡을 내뱉는다. 이건 애초부터 체력 싸움을 각오하고 있었다. 등에 멘 몇 가지 장비들이 짐처럼 거추장스럽고 무거워지기 시작했다. 사다리에서 시선을 떼어 내 허공에 던진다. 멀리 고딕 양식의 철탑 끝처럼 날카롭고 삐죽삐죽한 제철소가 보이고 항만에 인접한 LNG 기지의 가시철조망에 둘러싸인 흰색 탱크가 눈에 뜨인다. 기지 앞 사거리에 헌병이 신호등처럼 서 있는 것도 내다보였다. 바다에는 항만에 배를 대지 않은 유조선 한 척이 떠있다. 내 시선의 한계는 거기까지다. 나머지는 안개에 가려져 모호한 소음 속에 묻혔다.

고개를 뒤로 바짝 젖히고 목표 지점을 올려다본다. 690M 끝이 보이지 않는다. 미켈이 사다리에 다리를 걸고 몸을 밑으로 늘어뜨려 두 팔을 벌려 흔든다. 그 모습이 마치 공중회전해 들어오는 사람을 낚아챌 듯 보인다. 그는 위험한 장난을 즐긴다. 혹시 발에 쥐가 난 것이 아닌지 생각한다. 그가 외치는 소리가 들린다. 빨리, 빨리, 그가 정확하게 발음할 수 있는 몇 안 되는 우리말이다. 그의 몸이 제자리로 돌아와 움직임이 빨라진다. 그가 쓴 헬멧에 빛이 반사된다. 헬멧 끝에는 소형 카메라가 부착되어 있다. 그가 뛰어내리는 모습을 생생하게 전송할 것이다. 계산된 시간 안에 모든 걸 끝마칠 수 있을지는 미지수다. 내가 400M 지점을 지날 때 영준도 굴뚝에 오르게 되어 있었다. 오늘 영준은 제일 늦게 도착했다. 그의 미니 밴이 모퉁이를 돌아 나타나자 그를 기다리다 화가 난 강 PD는 벌떡 일어났다. 나는 그가 입속에서 굴리는 상소리를 들었다. 영준은 자다가 일어났는지 부스스한 모습으로 술 냄새까지 풍겼다. 그나마 채연을 달고 오지 않은 것이 다행이었다.

헬기를 타고 해안 지대를 훑어 내리다 항만에 인접한 석유 화학 단지와 제철 공장을 둘러보았다. 헬기에 탄 강 PD의 얼굴은 굳어 있었다. 요철 무늬의 항만이 시원스레 내려다보일 때만 해도 그는 들떠 있었다. 하지만 헬기가 항만을 원거리에서 근거리로 좁혀 올수록 그는 말수가 적어지고 표정이 싸늘해졌다. 그는 자신이 원하는 그림이 안 나온다고 혼잣말을 했다. 헬기에 같이 탄 미켈과 나, 영준은 무슨 영문인지 몰랐다. 헬기는 항만 위를 서너 바퀴 더 선회했다. 강 PD가 원하는 그림이란 게 대체 무엇인지 감이 오지 않았다. 헬기는 항만 지대를 벗어나 서북쪽으로 기수를 돌려 물이 세차게 쏟아지는 수문 댐 위를 날았다. 댐 주변은 사람들이 한가롭게 산책을 하거나 먹을거리를 파는 용달차 앞에 몰려 있기도 했다. 방파제에 앉아 데이트를 즐기던 남녀가 헬기를 향해 손을 흔들었다. 댐 수면에 헬기의 그림자가 비쳤다. 댐을 가로지른 헬기는 고속화 도로를 타고 올라갔다. 고속화 도로가 산 터널 속으로 빠져들자 길이 막힌 듯 기수를 돌렸다. 헬기는 오른쪽으로 기울어지며 고도를 높여 산을 넘기 시작했다. 산 정상을 넘어서자 갑자기 회색 안개가 시야를 가로

막았다. 회색 안개 사이로 흑백 사진 같은 건물과 공장 들이 가득한 분지가 내려다보였다. 누군가의 입에서 헉, 하고 숨 멈추는 소리가 들렸다. 공장의 굴뚝들이 들쑥날쑥 키 재기를 하고 있었고 그중에는 검고 탁한 연기를 내뿜고 있는 것도 있었다. 헬기 창에 매달려 있던 강 PD는 어느 것 하나라도 놓치지 않겠다는 의지가 역력했다. 공단은 시간 앞에 허물어지고 주저앉은 성벽 같았고 쓸데없이 덩치만 큰 구조물들은 폐허의 잔해 속에 기둥만 세우고 있는 고대 신전 같았다. 강 PD는 헬기를 공단 안으로 저공비행시켰다.

"저거야, 저거." 강 PD의 외침에 일제히 시선이 한곳으로 쏠렸다. 검붉은 기둥 하나가 공장 지대에서 하늘로 불쑥 솟아올라 있었다. 헬기는 그것의 높이를 따라 상승했다. 그것은 원통형으로 위로 올라갈수록 좁아지고 지름은 5M쯤 되어 보였다. 헬기는 원통형 기둥을 가운데 두고 나선형으로 비행했다. 검은 시멘트 덩어리에 불과한 굴뚝은 주변의 다른 것들에 비해 지나치게 비대하고, 쓸모 있어 보이지도 않았다. 대단한데 뭐였지? 내 말에 영준은 소각로 아니야? 하고 되물었다. 영준은 지금은 죽고 없는 이 지방의 유명한 권력자 한 사람 이름을 말했다. 여기가 다 그 사람 땅이었잖아. 중앙 권력에서 점점 밀려나고 사업

장이 환경 단체의 공격을 받자 오기로 이걸 세웠다나. 공장에서 나오는 폐기물을 모아 밤마다 몰래 태웠대. 영준의 말에 강 PD는 미간을 찌푸렸다. 미켈과 영준은 강 PD의 독선에 침묵으로 일관했다. 속내를 잘 드러내지 않는 영준은 그렇다 쳐도 미켈은 공중에 떠 있지만 않았어도 자리를 박차고 나가 버렸을 게 뻔했다. 강 PD는 우리 세 사람을 번갈아 쳐다보며 흥분한 목소리로 말했다.

"난 결정했어. 저게 좋을 것 같아. 다들 어때? 나와 같은 생각이지? 그렇게 위험해 보이지도 않고 좋은 그림이 나올 것 같지 않아?"

사실 그는 우리의 의견 따윈 안중에도 없었다. 나는 그의 좋은 그림이란 말이 귀에 거슬렸다. 턱을 괴고 창밖을 바라보던 미켈은 무슨 뜻인지 모르겠다는 투로 어깨를 으쓱했고 영준은 말을 아꼈다. 낙하산을 타고 안전하게 착륙할 공간이 무엇보다 부족했고 꼭대기까지 올라갈 일도 만만치가 않았다. 헬기가 속도를 줄여 굴뚝 주위를 천천히 돌았다. 굴뚝은 화재를 당했는지 시커멓게 타고 그을린 곳이 많았다. 우리는 굴뚝에 달린 조그만 사다리에 집중했다. 사다리는 손상된 구석 없이 온전하고 견고해 보이기까지 했다. 우리의 희망이 저 사다리에 달린 것 같았다. 사다리를 타고 올라가는 나를 상상했다. 그것은 빙벽에 달라붙어 얼음을 쪼는 왜소한 내 모습과 겹쳐졌다. 두려움과 전율이 동시에 나를 관통했다. 돌아오는 헬기 안에서 미팅 날짜를 잡았을 뿐 다른 이야기는 없었다. 이번 이벤트에서 빼 달라는 영준을 설득하는 일도 남아 있었다. 강 PD는 비행기를 처음 타 본 아이처럼 창에 매달려 굴뚝에서 눈을 떼지 않았다.

꽁꽁 언 사다리가 녹기 시작하고 물뱀처럼 미끈거렸다. 속도를 줄여 차근차근 밟아 올라간다. 예상보다 시간이 길어질지도 모르겠다. 관자놀이에서 땀이 떨어진다. 굴뚝에 쓰여 있는 TO와 XIC 사이를 지난다. X와 I는 대부분 산화 작용으로 칠이 벗겨져 여러 가지 색깔 속에 숨어 있다. 호흡과 동작이 한 박자로 맞아떨어져야 수월하게 사다리를 오를 수 있다. 한 호흡에 한 동작인 것이다. 스파이더맨이 고층 빌딩을 올라가는 장면을 어떻게 찍었을까 생각한다. 세트장을 수평으로 뉘어 놓고 찍었을 게 분명하다. 나도 수평의 사다리를 기어 올라간다고 가정한다. 그래도 미켈과의 간격은 좀처럼 좁혀지지 않는다. 미켈은 가끔 멈춰 내가 잘 따라오는지 확인한다. 점프용 슈트 안쪽에 땀이 차고 열이 나 몸속의 덥고 찬 공기의 순환이 빨라진다. 이럴 때 주저앉아 열을 식히면 감기 들기 십상이다. 무심코 시계를 들여다본다. 채연이 열 번째 고공 점프

기념으로 사 준 시계다. 티타늄의 스위스 아미 제품이다. 시계 뒤쪽에 그녀의 이니셜이 새겨져 있다. 이 시계는 한 번도 그녀를 연상시키지 않는다. 시계 속에는 동그란 문 자판 세 개가 있다. 시간과 고도계, 온도계였다. 시간은 11시 15분, 고도 310M, 기온은 영하 5도다. 해가 중천에 떠 오를 시간인데도 매캐한 안개가 가득하고 대기가 불안정 해 바람의 방향이 수시로 바뀐다. 침을 삼킨다. 매끄럽게 삼켜지질 않는다. 그새 목이 부어 있었다. 점프용 슈트 지 퍼를 목까지 끌어올린다. 나는 무거운 바벨을 들어 올리 려는 듯이 여러 번 호흡을 고르고 사다리를 딛고 올라선 다. 다음 눈금이 나타날 때까지 쉬지 않고 올라가기로 한 다.

협회 사무실 벽엔 필리핀의 백 층이 넘는 쌍둥이 빌딩 에서 다이빙하는 사진이 걸려 있다. 회원들은 대부분 생 업을 가지고 있고 자주 만나지 못한다. 한 달에 한 번 정 기 모임이나 이벤트 행사에서나 얼굴을 볼 수 있다. 같은 협회라 해도 선호하는 종류에 따라 사람들이 제각각 흩 어진다. 협회는 스카이다이빙, 패러글라이딩, 행글라이딩, 열기구, 모형 비행기, 다섯 분과로 나뉘어 있었다. 나는 비 행기에서 뛰어내려 갖가지 묘기와 기술을 보여 주는 스카 이다이빙은 좋아하지 않는다. 그 점에서 미켈과 나는 통했다. 협회에서 미켈을 처음 만났을 때 외국인이라는 점 때문에 쉽게 다가가질 못했다. 항공사에서 십 년 넘게 승무원으로 일했다던 미켈은 지금 영어 학원 강사를 하고 있다. 그는 호주 배우 러셀 크로를 닮았다고 학생들 사이에서 인기가 좋은 모양이었다. 협회에서 우리 두 사람은 이방인처럼 굴었다. 몰려다니는 동아리 활동을 싫어했고 인간관계에 얽매이는 걸 부담스러워했다. 무엇보다 우리는 정지된 지점에서 단독으로 뛰어내리는 고공 점프를 즐겼다. 우리의 고공 점프는 특별한 기술이 필요 없었다. 공중에 몸을 던져 적당한 고도에서 낙하산을 펼쳐 착지하면 그뿐이었다. 공중회전을 하거나 묘기를 부리는 일은 없었고 특별한 장소를 선호하거나 높이의 제한을 두는 일도 없었다. 마천루의 꼭대기, 천 길 낭떠러지, 절벽이나 폭포, 동굴, 가리지 않고 몸을 던졌다. 두려움의 서클을 통과한 뒤, 물속을 헤엄치는 해파리처럼 낙하산이 풀리며 지상에 안착하는 과정이 전부였다. 모든 것이 몇 초 안에 결정되고, 지든 이기든 게임은 끝난다.

협회 근처에 레드락이라는 카페가 있었다. 미켈과 나는 그곳에서 자주 만났다. 우리는 술을 마시며 바라보기만 했을 뿐 대화를 나누진 못했다. 말없이 술만 마셨다. 나는 술김에 어쭙잖은 영어 단어를 그의 앞에 늘어놓았다. 유어 엑설런트 다이버, 웬 유아 스타트 점프, 나는 그의 소문난 점프 실력을 칭찬해 주고 언제부터 시작했느냐고 묻고 싶었다. 눈치 빠른 그는 대충 알아듣고 그의 아버지가 비행기 파일럿이었으며 일곱 살 때 아버지가 헬기 조종석에 앉게 해 주었고 익스트림 스포츠는 대학 때부터 관심이 있었다고 말했다. 거기까지 알아듣고 그다음은 줄줄이 놓쳐 버렸다. 그는 내가 알아듣든 말든 신경 쓰지 않고 계속 지껄였다. 나는 술잔을 기울여 마시고 팝콘을 입에 던져 넣었다. 말이 통하지 않으니까 대꾸할 말이 없었다. 나는 알아듣는 척 고개만 끄덕거려 주었다. 미켈은 반응이 없자 어깨를 으쓱하더니 술잔을 부딪쳐 건배를 했다. 우리의 대화는 어떤 때는 미켈이 먼저 한국말로 시작할 때가 있었고 어떤 때는 내가 열을 올리며 엉터리 영어로 손짓 발짓 할 때가 있었다.

서로 속 깊은 이야기는 할 수 없었지만 느낌은 잘 통했다. 우리는 소통 방법을 하나씩 알아 갔다.

헤어질 시간이 되자 미흡하고 아쉬운 마음이 들었다. 우리는 늘 답답하고 채워지지 않는 허기를 느꼈다. 미켈도 마찬가지였는지 자기 집에 가서 술 한잔 더 하자고 했다. 그는 집으로 돌아가는 택시 안에서 사진 한 장을 보여 주었다. 설원을 배경으로 털모자와 두꺼운 점퍼 차림의 남자가 미켈과 얼굴을 맞대고 찍은 사진이었다. 그는 친구라고 말하고 사진 속 친구의 얼굴을 만지며 "히 다이"라고 속삭였다. 미켈은 자신의 오피스텔로 돌아와 죽은 친구와 함께 찍은 동영상을 보여 주었다. 텐덤 점프를 하는 동영상이었다. 텐덤 점프는 두 사람을 하나로 묶어 비행기에서 점프하는 것으로 초보자들을 교육시킬 때 쓰는 방법이다. 그들은 일란성 쌍둥이처럼 붙어 있었다. 몇 천 피트 상공에 떠 있는 그들은 등과 배를 붙이고 개구리 포즈를 취하며 얼굴이 일그러지도록 거센 바람과 압력에 저항했다. 우리는 밤새도록 데킬라를 마셨고 다음 날 새벽 머리가 깨지도록 아파 눈을 떴다.

690M 소각로 굴뚝에 지상으로부터 높이가 10M 간격으로 쓰여 있다. 나는 350M 지점을 지난다. 같은 동작이 계속 반복된다. 언제부터인지 왼쪽 무릎에 통증이 인다. 왼쪽 무릎은 삼 년 전 폭포에서 뛰어내릴 때 다친 부위다. 바위에 부딪혀 뼈가 조각났다. 낙하산이 다 펼쳐지지도 않은 채 나뭇가지에 찢어지고 몸은 바위에 부딪혀 물살 센 상류에 처박혀 둥둥 떠내려갔다. 첫 해외 원정에서였다. 습한 열대 기후와 입에 맞지 않는 식사 때문에 신경이 날카롭게 곤두서 있었다. 예감이 좋질 않았다. 여기까지 왔는데 포기하고 싶지 않았다. 아무 생각 없이 폭포에

서 몸을 던졌다. 사람들은 살아 있는 게 행운이라고 말했다. 왼쪽 무릎에서 소리가 난다. 나사가 빠져 어딘가에 걸린 모양이었다.

원정을 떠나기 전날 밤 호텔 클럽에서 환송회가 있었다. 조명과 댄스 음악에 취한 사람들이 좀비처럼 흐느적거렸다. 채연은 오늘 밤 섹시해 보였다. 나와 헤어지고 그녀는 많이 변했다. 남의 눈을 의식하지 않는 대담한 행동을 하기도 했다. 그래도 나를 의식한다는 걸 느낄 수 있었다. 그날 클럽에서 영준과 채연은 결혼을 발표했다. 두 사람은 무대 중앙에 서서 키스를 했다. 사람들의 박수와 휘파람 소리, 폭죽이 터졌다. 우리는 삼차까지 갔다. 노래방에서 화장실로 가려고 좁은 계단을 내려오는데 채연과 마주쳤다. 그녀는 취해 있었고 스치는 순간 들릴락말락한 작은 목소리로 말했다. 죽어 버렸음 좋겠어.

엑스레이 사진 속에 내 무릎은 다섯 개의 핀으로 고정되어 있다. 나는 그것을 까맣게 잊고 있었다. 이번 제안을 받았을 때 무릎에 다섯 개의 핀이 있다는 것이 전혀 생각나지 않았다. 무릎을 굽히고 펼 때마다 소리가 나고 아팠다. 한 호흡에 한 동작이 되지 않고 무릎에 자꾸 손이 갔다. 통증이 올 때마다 이마에 진땀이 났다. 앞으로 300M는 더 가야 하는데 한 걸음을 딛기 위해서 한 호흡을 여러 번 가쁘게 나누어야 했다. 한 동작에 세 호흡 네 호흡이 필요했다. 그만큼 체력이 소비되는 것이다. 이제 절름발이처럼 사다리를 타고 올라가야 할 모양이다.

이상 한파와 폭설로 계획이 뒤로 미뤄지고 있었다. 강 PD는 밤마다 내게 전화를 걸어 더 이상 연기할 수 없다며 스폰서가 이벤트 자체를 포기할지 모른다고 협박 아닌 협박을 했다. 이번 이벤트가 스폰서 맘에 들어야 우리는 해외 원정 프로그램에 도전할 수 있었다. 이번 스폰서를 놓쳐 또 다른 스폰서를 구하는 것은 하늘의 별 따기였다. 나는 최소한 눈은 녹아야 하고 기온도 올라가야 아무 탈 없이 계획대로 진행할 수 있다고 강 PD를 설득했다. 자정이 지날 무렵 강 PD가 느닷없이 집 앞으로 나를 불러냈다. 한밤중에 웬일이냐고 묻는 나를 다짜고짜 차에 태웠다.

"어디 가게?"

"그게 너무 보고 싶다."

"뭐가?"

"너두 봤잖아, 새꺄."

그는 누런 이가 드러나게 벌쭉 웃고 차의 시동을 걸었다. 그에게서 술 냄새가 조금 나는 것 같았다. 강 PD는 고속도로를 밤새 운전했다. 휴게소에 차를 세우고 잠시 눈을 붙였다. 그가 운전대에 엎드려 코를 골았다. 해가 떠올랐다. 나는 그를 뒷자리로 보내고 운전대를 잡았다. 잠시 집으로 돌아갈까 망설였다. 강 PD가 엉망으로 구겨져 자고 있는 모습을 돌아보았다. 왠지 짠했다. 돈 때문만은 아니라는 생각이 들었다. 나는 그가 어디로 가고 싶은지 알고 있었다. 새벽 고속도로를 달려 헬기를 타고 돌았던 항만의 톨게이트를 통과했다. 공단 지대로 들어가 거대한 굴뚝 앞에 차를 세웠다. 그리고 잠깐 잠이 들었던 것 같았다. 얼마나 잠들었을까, 강 PD가 나를 흔들어 깨웠다. 우리는 차 밖으로 나왔다. 공단 전체는 며칠째 내린 폭설로 백색의 무덤으로 변해 있었다. 어지러울 정도로 하얀 눈밭에 발이 푹푹 빠졌다. 처녀지 같은 순백의 무덤 사이로 우리가 타고 온 자동차 바퀴 자국이 선명하게 나 있었다. 우리는 눈 속에 파묻힌 발을 질질 끌고 불쑥 솟아 오른 그것을 향해 다가갔다. 서둘러 걷던 강 PD가 눈밭에 넘어졌다. 그의 얼굴과 옷이 온통 눈투성이였고 안경엔 뿌연 김이 서렸다. 뭐가 그리 좋은지 벌건 얼굴이 연신 웃고 있었다.

한 사다리에 두 발이 동시에 머물기 시작한다. 통증을 참고 왼발을 다음 사다리에 올린다. 다시 두 발이 한 사다리에 머문다. 연결 동작 없이 뚝뚝 끊긴다. 그사이에 미켈과의 간격이 더 벌어진다. 그는 속도가 떨어지긴 했지만 처음과 별반 차이가 없다. 통증이 발가락 끝까지 저릿하게 만든다. 사다리에 얼굴을 대고 눈을 감는다. 두려움이 굴뚝을 오르는 모습을 원거리로 잡는다. 굴뚝은 실제보다 훨씬 크고 거대한 시멘트 덩어리로, 나는 거대한 시멘트 덩어리에 달라붙은 개미처럼 보인다. 숨을 쉴 때마다 허연 입김이 공중으로 흩어진다. 절반은 지나온 것 같은데 갈 길이 아득하게 느껴진다. 사다리를 굳게 잡고 아픈 다리를 끌어올린다. 무릎을 살짝 굽히기만 해도 통증이 득달같이 달려든다. 예사롭지가 않다. 다리가 이렇게 아파 본 적이 있었는지 기억을 더듬는다. 초등학교 때 축구를 하다가 팔이 부러졌었고 학창 시절 주먹 싸움으로 코를 다쳤고 택시가 급정거하는 바람에 눈 밑이 찢어진 적이 있었다. 점프를 하면서 입은 크고 작은 부상들, 하지만 지금처럼 아픈 통증의 기억은 떠오르지 않는다. 공단을 덮은 매캐한 연기 한자락이 굴뚝에 걸렸는지 눈앞이 흐리다.

채연이 내게 달려온다. 처음엔 긴가민가했었다. 채연은 멀리서도 차 안에 들어앉은 나를 알아보고 손을 흔든다. 하지만 나는 그렇지를 못했다. 그녀는 사람들 이목을 끄는 미인이었다. 가냘픈 몸매에 긴 머리, 작은 얼굴에 깊은 눈동자를 가졌다. 그녀는 길거리 캐스팅을 당했다고 자랑하듯 내게 말한 적도 있었다. 하지만 언제부턴가 나는 사람들 속에서 걸어오는 그녀를 알아보지 못했다. 그냥 사람들 중 하나가 되어 버렸다. 얼마 만에 만나는 건지도 몰랐다. 차 문이 닫히고 그녀는 뒤로 숨기고 있던 꽃다발을 주었다. 축하해, 그녀는 나의 열 번째 고공 점프를 축하한다고 말했다. 나는 꽃다발 냄새를 맡았다. 그녀의 벌어진 코트 사이로 차도에 쏠린 황량한 바람 냄새가 났다. 그녀의 살집 없는 마른 다리가 내려다보였다. 먼지가 앉은 낡은 구두도. 나는 밖으로 눈을 돌렸다. 한꺼번에 몰려나온 퇴근 차량으로 도로는 주차장이 되어 가고 가다 서다를 반복했다. 만나면 늘 그랬던 것처럼 저녁을 먹고 술을 마신 다음 모텔로 갈 작정이었다. 채연은 내가 잠수를 타자 끊임없이 연락을 시도하고 내 주변 사람들을 만나고 다녔다. 우리 오늘이 마지막이야. 그만 만나자. 이 말을 어느 시점에서 꺼내야 할지 몰라 머릿속이 복잡했다. 저녁을 먹기 전에, 모텔에 도착하기 전에, 그녀를 만지기 전에, 언제가 좋을까. 교외로 차를 돌렸다. 모텔에 가기 전 후미진 곳에 차를 댔다. 나는 무턱대고 그녀에게 달려들었다. 채연은 나를 진정시킨 다음 팔을 뒤로 돌려 브래지어 후크를 풀고 가슴이 드러나게 속옷과 블라우스를 말아 올렸다. 벗기다 만 팬티를 다리 한쪽에 걸고 채연은 버둥거리며 신음했다. 모든 게 일찍 끝나 버렸다. 모텔에 갈 필요도 없었다. 몸을 떼려는 순간 채연은 두 다리로 내 허리를 감고 절박하게 말했다. 삼 초만, 삼 초만, 이대로 같이 있어.

채연이 차에서 내리기 직전 작은 상자를 내밀었다. 시계였다. 내가 갖고 싶어 했던 티타늄 소재의 스위스 아미 제품이다. 세 가지 문자판에 각종 모드가 갖춰져 있다. 이걸 언제 줄까 고민했었어, 채연은 눈도 마주치지 않고 말했다. 그녀는 고맙다는 말도, 이제 그만 만나자는 말도 듣지 않고 집으로 들어가 버렸다.

점프 슈트 안쪽이 땀에 축축하게 젖는다. 몸이 풀려 가벼워졌다. 눈금 세 개를 지나고 나서부터 왼쪽 무릎에서 소리가 나지 않는다. 무릎 통증도 서서히 수그러든다. 뻑뻑하기만 할 뿐 힘을 주고 구부려도 아프지가 않다. 이제 내 몸은 사다리를 완전히 기억하고 있는 모양이다. 수월하게 몸이 돌아간다. 한 호흡에 한 동작씩, 미켈과의 거리가 좁아진다. 그는 조금 있으면 굴뚝 정상에 서게 된다. 내가 꼭대기에 닿으면 그는 뛰어내리기로 되어 있었다. 미켈이 손가락을 동그랗게 오므린다. 괜찮으냐는 얘기다. 나도 손가락을 동그랗게 모은다. 이때 뭔가 머리 위에서 후드득 떨어졌다. 사다리를 꽉 잡았다. 부식된 굴뚝에서 떨어져 나온 잔해들이다. 미켈이 걱정되어 위를 올려다보왔다. 그가 사다리 한쪽을 잡고 위태롭게 매달려 있었다. 허공에 매달린 그가 이리저리 흔들린다. 이때 다시 굴뚝의 잔해 더미가 머리 위로 떨어졌다. 나는 사다리에 이마를 대고 밀착했다. 미켈은 여전히 허공에 늘어져 있다 천천히 몸을 구부려 사다리에 두 발을 올렸다. 그리고 나를 향해 엄지를 치켜 들었다. 나는 안도의 한숨을 내쉰다. 그의 헬멧에 장착된 소형 카메라가 좋은 그림을 전송했을 것이다.

미켈이 에어컨 앞에서 땀을 식히고 있었다. 그의 허리엔 레슬링 챔피언 벨트 같은 굵은 벨트가 졸라매져 있다. 그의 상체가 과장되어 보인다. 방금 전 미켈은 벤치 프레스에 누워 50kg 역기를 열 번이나 들어 올렸다. 그의 가슴 근육과 팔 근육이 터질 듯 부풀어 올랐다. 그는 헬스 마니아다. 사람의 몸을 조각처럼 깎거나 붙일 수 있다고 믿고 있다. 그는 자신의 몸을 철저히 관리한다. 그는 내가 사는 곳으로 오피스텔과 헬스장을 옮겼다. 나는 무릎 부상 이후 꾸준히 근력을 키워 왔다. 에어컨 앞에서 땀을 식힌 미켈이 헬스 기구 앞으로 걸어간다. 자리를 잡고 앉아 무게를 조정하고 숨을 들이마시며 힘껏 다리를 들어 올린다. 허벅지 근육의 윤곽이 드러나고 목에 힘줄이 솟는다. 숨을 내쉬며 다리를 내린다. 한 호흡에 한 동작씩 그의 얼굴이 벌겋게 변한다. 발동작과 반대로 오르내리는 바벨이 탁탁 쇠 부딪치는 소리를 낸다. 버터플라이, 체이스 웨이터, 암컬, 풀오버, 미켈은 기구가 놓인 순서대로 근육을 단련시킨다. 나는 근육이 잘 붙지 않는 체질이다. 미켈의 터질 듯한 전완근이 부럽기만 하다. 전완근을 특별히 훈련하면 이두근과 삼두근의 비율이 알맞게 발달하게 된다. 저런 근육을 만들기 위해서 어떤 고통을 감수하는지 잘 알고 있다. 근육이 타들어 가는 느낌이 들 정도로 버티기 힘든 무게로 오랫동안 자극되어야 한다. 정말 무거운 중량을 들었을 때 어느 지점에서 실패하는지 알 수 있다.

690M 소각로 굴뚝엔 지상으로부터 높이가 10M 간격으로 쓰여 있다. 나는 400M 지점을 지났다. 영준이 파란 점프 슈트를 입고 왔다 갔다 하는 것이 내려다보였다. 영준이 올라갈 차례가 되었다. 뒤늦게 나타난 채연이 담요로 영준을 덮어 주고 뜨거운 차를 타 주었다. 두 사람은 대화가 없고 서로 겉도는 인상을 주었다. 그녀를 반기는 사람은 아무도 없었다. 왜 왔는지 모르겠다고 투덜거렸다. 채연이 데리고 온 검은색 도베르만이 사람들 사이를 휘젓고 다녔다. 장비를 건드려 쓰러뜨리고 벗어 놓은 옷을 물어 끌고 다니고 마시던 커피 잔을 엎었다. 워낙 사납게 생긴 놈이라 누구 하나 나서서 야단할 수도 없었다. 그

런데 이상하게도 놈은 나만 보면 꼬리를 내리고 눈을 게슴츠레하게 떴다. 내 바짓가랑이 사이를 맴돌고 구두를 핥았다. 강 PD는 모니터 앞에 채연의 자리를 마련해 주었다. 채연이 의자에 앉자 도베르만도 진정되는지 그녀의 발치에 자리를 잡고 하품을 했다.

영준이 모든 장비를 갖추고 헬멧을 썼다. 그가 오르기로 계획한 시간보다 삼십 분 이상 늦었다. 일정이 조금씩 뒤로 미뤄지고 앞서 출발할 사람들이 속도를 내지 못해서였다. 세 사람이 적당히 시간 안배를 해야 오늘 일정이 순조로워진다. 영준은 걱정했던 것보다 몸이 가벼워 보였다. 오늘로 날짜가 잡혔다고 영준에게 휴대전화를 했을 때 그는 술에 취해 있었고 저 너머 어지러운 음악 소리가 들렸다. 그는 이번 이벤트에 참여하지 않겠다고 했다가 마음을 바꿨다. 그들 부부 사이가 좋지 않다는 건 알고 있었다. 채연에 관한 안 좋은 소문들이 영준을 괴롭혔다. 결혼 전에 이 바닥에 이름만 대면 아는 남자들과 채연이 관계했었다는 소문이 나돌았다. 별명이 스포츠맨 킬러였다. 운동선수나 다이버, 카레이서와 사귀다가 하루아침에 돌변해 차 버렸다. 채연과 결혼을 반대하는 사람이 많았지만 그는 무시했었다.

개업의로 잘나가는 그는 결혼 후 몸이 붇고 술도 세졌

다. 그는 병원에서 퇴근하면 집에 돌아가지 않고 친구들과 어울려 도박을 하거나 술을 마셨다. 거리낌 없이 누구에게나 밝게 다가가던 영준은 나이 탓인지 피로하고 그늘졌다. 영준이 안전장치를 하지 않고 올라가는 것이 마음에 걸렸다. 체력이 소진되고 고비가 닥쳤을 때 그가 어떻게 대처할지, 그저 그를 내려다볼 뿐이다. 영준의 헬멧에도 소형 카메라가 부착되어 있다. 내 뒷모습이 카메라에 잡힐 것이다. 다리가 불안하고 호흡은 거칠고 조급한 시선에 굼뜬 엉덩이가 카메라에 클로즈업될 거였다. 강 PD가 말하는 좋은 그림과는 거리가 멀었다.

썰렁한 주점 안에 반주 없는 영준의 노래가 흘러나왔다. 지하 주점은 곧 문을 닫으려는지 손님이 없었고 소파에서 썩은 곰팡내가 났다. 나는 친지가 운영하는 스포츠 용품 대리점을 봐주며 그곳에 딸린 작은 방에서 기거했다. 점프를 같이하는 친구들이나 후배, 일자리를 구하지 못한 동기 놈들이 자주 와서 한나절씩 놀다 갔다. 채연은 스포츠 용품점의 아르바이트생이었다. 은근히 눈독을 들이는 놈들이 많았다. 영준도 가끔 가게로 놀러 와 문 닫는 것을 도와주고 같이 맥주를 마시러 가곤 했다. 채연은 나와 단둘이 있고 싶어 했다. 언제부턴가 영준과 나, 채연은 자주 어울리게 되었다. 세 사람은 하릴없이 시내 중심

가를 돌아다녔다. 화려한 불빛의 도로 양쪽으로 노점상들이 늘어섰고 가판대 앞에 사람들이 몰려 구경을 했다. 채연은 사람들 너머 삐죽 얼굴만 내밀고 물건을 사는 일은 없었다. 그녀는 내가 하찮은 것 하나 제대로 사 줄 수 없는 백수 신세라는 걸 잘 알고 있었다. 그러던 채연이 자신도 모르게 가판에 진열된 목걸이 하나를 보고 참 예쁘다고 말했다. 영준이 목걸이를 사 주겠다고 지갑을 꺼냈지만 채연은 새침하게 돌아서며 내 팔짱을 꼈다. 영준은 무안한 얼굴이 되었다. 영준은 채연에 대한 감정을 숨길 수 없었다. 그건 누가 보더라도 쉽게 알아차릴 수 있는 거였다. 나는 두 사람 사이가 왠지 짜증스러웠다.

주점 안에 들어온 우리는 맥주를 시켰고 텅 빈 무대를 바라보다 채연에게 먼저 마이크를 건넸다. 우리는 돌아가며 노래를 불렀다. 나는 음치였다. 술기운에 노래 부를 용기를 냈다. 음정도 박자도 엉망이었다. 마이크가 내 노래를 거부하는 걸까. 마이크에서 손톱으로 칠판 긁는 소리가 났다. 나는 채연이 노래를 부르는 사이 비틀거리며 밖으로 나왔다. 북적이던 사람들이 이젠 귀가를 서두르고 있었다. 차도까지 나와 택시를 잡으려고 손을 들었다. 머릿속에서 이명이 울렸다. 비현실적인 울림이었다. 관자놀이를 지그시 누르며 검은 하늘을 올려다보았다. 도로 반대쪽에 멀티플렉스 영화관이 있었다. 가끔 채연과 영화를 보러 간 곳이다. 영화관 건물 측면에 비스듬히 사다리가 붙어 있었는데 사다리에는 짧은 치마를 입은 여자가 앞서 올라가고 저만큼 뒤로 남자가 따라 올라오고 있었다.

나는 주점 입구에서 계단을 타고 올라오는 영준의 노래를 들었다.

내 마지막 소원은 하늘이 끝내 모른 척 저버린대도 불꽃처럼 꺼지지 않는 사랑으로 영원히 널 가슴속에 차오를 테니, 너를 위해서 오늘도 참아야 했던 그동안 너 얼마나 힘들었었니. 천년이 가도 나는 너를 잊을 수 없어, 사랑했기 때문에…….

노래 소절이 두 번이나 반복되었고 노래 마디마다 감정이 절절이 배어 나왔다. 나는 노래 중간에 나타날 수 없었다. 노래가 끝날 때까지 기다려야 한다고 생각했다. 나는 마지막 회 영화를 보고 투명 캡슐처럼 생긴 엘리베이터를 타고 내려오는 기분이 들었다.

미켈이 마지막 힘을 다해 사다리를 오르고 있다. 끝까지 제 속도를 잃지 않고 흔들림이 없다. 마치 계단 밟기 운동을 하는 것 같다. 그에게 여유를 주기 위해 속도를 조절하고 잠시 쉰다. 아팠던 무릎이 떠오르지만 무감각하다. 나는 굴뚝에 걸린 사다리에만 집중했지 정작 굴뚝엔 관심 없었다. 굴뚝에 손을 대고 쓸어 본다. 온갖 상처와 시간의 더께가 더덕더덕 붙어 있지만 내연하고 있는 열기가 느껴진다. 밤마다 몰래 유독가스를 내뿜었을 시간이 그리울지 모른다.

밑을 내려다보니 영준이 빠르게 사다리를 타고 오르고 있다. 초반부터 무리할 필요는 없는데 나를 제치고 올라갈 것처럼 속도를 낸다. 한 호흡으로 세 동작 네 동작을 욕심낸다. 나는 그에게 천천히 하라고 소리 지른다. 정상을 향하던 미켈도 아래를 내려다본다. 지금 굴뚝에 세 사람이 매달려 있다. 영준이 달리듯 올라오고 나는 영준과 미켈의 중간 지점이다. 초반부터 속도를 내는 영준이 지금 떨어지면 낙하산도 펴지 못하고 달려온 속도의 곱절만큼 빠르게 떨어질 것이다. 강 PD는 침을 삼키며 좋은 그림을 기다린다. 먹잇감이 되어서는 안 된다. 다시 영준에게 숨을 돌리라고 소리친다. 왜 이래, 난 잘못한 것 하나도 없어. 이게 나한테 복수하는 거야? 그가 바닥에 곤두박질치는 상상을 한다. 사람들이 비명을 지르고 채연이 달려오고 도베르만은 침을 흘리며 짖어 댈 것이다. 690M 소각로 굴뚝에 지상으로부터 높이가 10M 간격으로 쓰여 있다. 영준이 한 지점에 멈춰 움직이지 않는다. 그의 어깨가 들썩인다. 정말 무거운 중량을 들었을 때 실패의 지점을 아는 걸까. 아무래도 오늘 시간이 오래 걸릴 것 같다.

　채연은 결혼하고 나서도 내게 가끔 전화를 걸었다. 처음에는 전화를 걸고 말없이 끊었다. 그러다 술에 취해 알아듣지도 못하는 말을 횡설수설 늘어놓았다. 나는 그녀에게 한 번도 행복하냐고 묻지 않았다. 나는 그녀를 버렸다. 그녀와 헤어지기 위해 야비하게 굴었다. 이유는 없었다. 그녀를 바라보는 내 시선은 모멸감을 느끼기에 충분했다. 싫어, 싫은데 어쩌란 말이야. 사람은 가끔 비현실적인 혼돈에 빠져 누군가 희생양을 원한다. 채연은 시계의 한 번도 사용하지 않는 모드처럼 잊었다.

　곤죽이 되도록 술을 마신 다음 날 가게 문을 열지 못했다. 잠결에 셔터 두드리는 소리가 들렸다. 눈도 제대로 뜨지 못하고 셔터 문을 올렸다. 채연이 그렇게 문을 두드렸는데 못 들었느냐고, 삼십 분 넘게 기다렸다고 뿌루퉁하게 말했다. 그녀는 가게 안을 청소하고 진열된 상품들을 가지런히 정돈했다. 나는 그녀를 문틈으로 엿보고 있었다. 그녀의 하얀 목덜미, 봉긋한 가슴, 팽팽한 엉덩이까지 시선으로 핥고 있었다. 그녀는 주문한 체육복 개수를 세서 끈으로 묶어 놓고 손님을 기다리는 편안한 자세가 되었다. 나는 채연을 불러 약을 사 오라고 심부름을 시켰다. 벽에 걸린 바지에서 돈을 꺼내 가라고 말했다. 채연은 신발을 벗고 맹수 우리에 들어오는 것처럼 조심스럽게 내 방에 들어왔다. 내 바지 주머니에서 돈을 꺼내려는 순간 나는 그녀를 이불 위로 쓰러뜨렸다. 그녀의 발버둥을 멈추게 하기 위해 사랑한다고, 처음 봤을 때부터 사랑했었다고 속삭였다.

일행 중 제일 늦게 나타난 영준은 브리핑이 있어도 차에서 나오지 않고 잠만 잤다. 내가 두 번이나 들어가 깨워도 일어나지 않았다. 알았다는 말만 되풀이했다. 그를 이번 이벤트에서 빼 주지 않은 것을 후회했다. 모퉁이를 돌아서는 스포츠카가 눈에 들어왔다. 채연이었다. 스포츠카가 영준의 차 옆에 서더니 모피 코트에 찢어진 청바지를 입은 채연이 도베르만을 앞세우고 내렸다. 그녀가 여길 올 줄은 아무도 몰랐다. 채연은 일행과 인사를 나누고 영준의 차에 들어갔다 나왔다. 강 PD와 채연이 모니터 앞에 나란히 앉았다. 그들은 웃으면서 무슨 말인가 주고받았다.

채연과 영화를 보러 간 적이 있었다. 2차 세계대전을 배경으로 한 지루하기 짝이 없는 영화였다. 한참을 졸다가 깨 보니 화면에 단발 쌍엽기가 아프리카 사막 위를 날고 있었다. 단발 쌍엽기에 남녀 주인공이 타고 있었다. 파국의 정점으로 치달은 남녀 주인공은 끝없이 펼쳐진 사막 위를 날았다. 여자의 목에 두른 흰 머플러가 길게 풀려 비행기 밖으로 휘날렸다. 비행기 길이보다 길게 바람을 타고 멀리, 흰 천이 사막 위를 떠다니는 것처럼 보였다. 채연을 생각하면 황토 빛 사막 위를 나는 단발 쌍엽기와 길게 풀린 흰 머플러가 떠올랐다.

영준이 움직이기 시작한다. 몸을 둘러보며 장비를 점검하고 꼼꼼히 사다리를 짚는다. 그는 무슨 생각을 했을까. 이제 안심해도 되는 건지. 미켈은 어느새 굴뚝 정상에 올라서 두 팔을 흔든다. 그의 성공은 나에게 힘이 된다. 속도를 내서 사다리를 오른다. 굴뚝에 쓰여 있는 눈금의 숫자를 읽고 지나간다. 650, 660. 한 호흡에 한 동작씩, 무리할 필요는 없다. 공단을 덮은 매캐한 연기가 산자락 사이로 물러난다. 670, 680. 멀리 바다가 허공에 구름처럼 떠 있다. 690. 나는 하늘로 날아갈 것 같다.

굴뚝 정상에서 미켈이 기다렸다는 듯이 손을 내민다. 그가 쓰고 있는 고글에 햇빛이 반사돼 화염처럼 이글거렸다. 그는 내 어깨를 가볍게 쳐 주고 포옹한다. 이제 그는 뛰어내릴 준비를 한다. 몸을 좌우로 비틀고 무거운 바벨을 들어 올리려는 듯이 심호흡을 한다. 들숨과 날숨이 빨라진다. 미켈이 허공에 몸을 날린다. 새처럼 두 팔을 벌려 완만하게 떨어진다. 그다음 중력이 무서운 속도로 끌어내린다. 낙하산을 펼칠 고도를 빨리 결정해야 한다. 순간을 놓치면 추락하고 만다. 해파리가 헤엄을 치듯 낙하산 줄이 포르르 풀리며 둥근 천이 하늘로 솟는다. 낙하산 줄이 팽팽히 당겨지며 방향을 잡아 땅으로 내려간다. 미켈이 착륙하는 모습이 보인다. 사람들이 그에게 달려간다.

다음은 내 차례다. 깊은 밤 마시던 독한 데킬라 한 잔이 생각난다. 굴뚝 끝에 다리를 가지런히 모으고 선다. 안개가 물러난 공단은 SF 영화에 나오는 미래 도시 같다. 생각은 모으려고 할수록 흩어진다. 영준은 굴뚝 절반 지점을 지났다. 끝까지 올라올 수 있을지 알 수 없다. 강 PD는 모니터를 들여다보고 좋은 그림을 기다린다. 한때 채연은 내 허리를 두 다리로 감고 삼 초만이라고 말했었다. 모피 코트에 찢어진 청바지를 입은 채연이 도베르만의 목덜미를 어루만지며 내가 죽어 버렸음 좋겠다고 말한다. 미켈은 죽은 친구를 그리워하며 내 곁에서 자길 좋아한다. 소문대로 호모인지도 모른다. 나는 모든 게 두렵다. 눈을 감는다. 대기는 모래사막처럼 건조하고 침이 마른다. 나는 수를 센다. 하나, 둘, 셋, 두 팔을 벌려 공중에 몸을 던진다. 두 손으로 떠받을 듯한 공기가 이내 사라지고 무서운 속도가 나를 끌어내린다. 눈을 번쩍 뜨고 낙하산 줄을 움켜쥔다. 나는 수를 센다. 지든 이기든 몇 초면 모든 게 끝난다.

690M 소각로 굴뚝엔 지상으로부터 높이가 10M 간격으로 쓰여 있다. 나는 지금 허공에 던진 숫자 하나를 지난다.

낙원 휴게텔

새벽 5시 출입구 셔터가 반쯤 올라가 있었다. 선영은 허리를 굽혀 건물 안으로 들어갔다. 건물 입구에 경비실이 있었지만 아무런 인기척이 없었다. 건물에서 이 시간에 일하러 올 사람은 선영밖에는 없었다. 선영은 엘리베이터를 타고 5층 버튼을 눌렀다. 5층에 도착하자 가방에서 열쇠를 꺼내 목욕탕 현관문을 열었다. 실내에 들어온 다음 불을 켜고 35번 로커를 따고 반바지와 티셔츠로 갈아입었다. 로커가 한쪽 벽면을 채운 실내는 시간에 쫓겨 급하게 떠난 사람들의 흔적이 남아 있었다. 선영은 여기저기 흘리고 간 것들을 치우기 시작했다. 수건은 수거함에, 머리빗은 원적외선 박스에, 로션 뚜껑도 닫고 헤어드라이어도 제자리에 두었다. 청소기를 돌리고 대걸레로 바닥을 닦고 쓰레기통도 비웠다. 다음은 욕탕을 청소할 차례였다.

목욕탕을 처음 개장했을 때는 손님이 많아 24시간 영업을 했다. 선영처럼 때를 미는 아줌마도 네댓은 되었고 매점도 장사가 잘되었다. 늘 바빠 정신없이 일을 해야 했다. 수건 수거함은 늘 넘쳤고 비품은 금방 동이 났으며 시설은 금세 망가져 끝도 없이 손을 봐야 했다. 선영도 돈을 많이 벌었다. 그러나 호황은 2년 남짓한 시간뿐이었다. 인근 터미널 주변에 대형 사우나 두 곳이 문을 열었다. 한 곳은 건물 전체가 찜질방과 사우나, 스포츠 센터로 이루어졌고 다른 한 곳은 골프 연습장의 사우나 시설이었다. 목욕탕 손님은 점점 줄어들었다.

목욕탕은 터미널 맞은편 뒷골목에 위치했다. 지금은 죽은 골목이나 마찬가지지만 몇 년 전만 해도 이곳은 상권이 좋았다. 상권이 새로운 곳으로 이동했다. 대형 백화점이 들어서면서 진공청소기처럼 상권을 빨아들였다. 사람들은 그곳에서 모든 걸 구매하고 소비했다. 최근 터미널 주변에 주상복합 쇼핑몰까지 짓고 있어서 불황의 골이 더 깊어질 전망이었다. 유명한 먹자골목이었던 이곳은 수시로 업종이 바뀌고 문을 닫는 가게들이 늘어났다. 뒷골목은 밤이 되면 포장마차 천지였다. 사람과 자동차와 포장마차가 한데 뒤엉켰다. 사람들은 조금만 스쳐도 눈을 부릅떴다. 강력 사건이 자주 일어났다. 특히 데이 자가 붙은 날은 이 골목에 사람들이 끓어오르듯이 넘쳤다. 화이트데이, 블랙데이, 빼빼로데이, 밸런타인데이, 크리스마스, 아직 이 골목이 죽지 않았다는 증거였다. 정부에서 백화점에 술집을 허가해 주지 않는 게 천만다행이었다. 하지만 다음 날 아침이면 모든 게 하수구로 쏠려 간 듯 적막하고 침울했다.

뒷골목의 건물들은 자구책으로 리모델링을 하기 시작했다. 그리고 새로운 브랜드의 점포를 입주시켰다. 목욕탕이 있는 6층 건물도 지은 지가 오래되어 예외는 아니었다. 1층에는 커피숍과 돼지보쌈집이 있고 2층에는 생맥줏집과 설계 사무소가 있었다. 3층엔 피부 관리실이 4층엔 남탕이, 5층에는 이발소와 여탕이 있었다. 그리고 6층엔 문을 닫은 경리 학원이 있었다. 건물주가 입주자들에게 리모델링 계획이 있다고 말했을 때 올 것이 왔다고 생각했다. 억울하다거나 화가 난 사람은 없었다. 다들 눈치를 보고 재빠르게 머리를 굴려 자신들의 손익을 따졌다. 그동안 월세나 관리비를 내기도 만만치가 않았는데 차라리 잘된 일인지도 몰랐다. 건물주는 금방 시작하는 것은 아니라고, 시간이 있다고 했다. 자신도 자금을 모아야 한다고 말했다. 결론이 뭔지 아리송했다.

목욕탕 주인 여자는 낯빛이 어두웠다. 남에게 싸게 넘기려는데 리모델링은 악재가 될 수 있었다. 목욕탕을 시작하면서 받은 은행 융자금에 사채 빚까지 여자는 사면초가였다. 빚이 눈덩이처럼 커지고 있었다. 주인 여자는 얼마 전 자신이 타고 다니던 외제차를 팔았다. 사채업자에게 손가락을 잘라버리겠다는 협박을 당했다.

선영은 목욕탕 평상에 누워 TV를 보았다. TV 소리가 홀 전체에 크게 들렸다. 아침 10시가 넘었는데 손님이 몇 명 없었다. 같이 일을 하는 오 여사는 다른 곳으로 일자리를 찾으려고 휴대전화를 붙들고 있었다. 하루도 빠짐없이 들르던 사우나 단골손님들의 발길이 끊긴 지 오래되었다. 근처 회원제 사우나가 할인 행사를 하고 있어 그곳으로 몰려갔을 가능성이 있었다. 비키니 선탠 자국이 선명한 여자가 드라이어로 머리를 말리고 또 다른 여자는 냉장고에서 음료를 꺼내 계산할 사람을 찾는다. 선영은 무거운 몸을 일으켰다. 여자에게 돈을 받고 거스름돈을 내준다. 매점 여자는 주인 여자와 싸우고 일을 그만두었다. 주인 여자는 늦은 저녁 수금하러 잠깐 들를 뿐이었다. 주인 여자가 해야 할 일들이 선영에게 돌아왔다. 손님이 주문한 감식초나 커피를 타는 일에서부터 표를 받는 일, 매점 물건을 파는 일까지 선영이 나서서 했다. 선영은 이런 목욕탕이 자신 거라면 그깟 빚이 얼마나 있는지 몰라도 다 청산할 수 있을 것 같았다.

선영은 속이 타서 물을 벌컥 마시고 매표구 앞에 앉았다. 매표구 너머로 엘리베이터 앞과 이발소가 내다보였다. 석 달 전 이발소 주인이 바뀌었다. 전 이발소가 변태 영업으로 문을 닫더니 결국 가게를 팔았다. 새로 바뀐 이발소 주인 남자는 덩치가 좋고 짙은 눈썹에 웃을 때 눈꼬리가 처져 인상이 선했다. 선영과 마주치면 수줍게 목례를 했다. 말을 나눠 보진 못했지만 선영은 그가 밖까지 손님을 따라 나와 인사하는 것을 여러 번 목격했다. 이 건물에서 장사가 안 되기는 목욕탕이나 이발소나 마찬가지였다. 전 이발소는 돈을 벌기 위해 밀실을 만들어 놓고 아가씨를 고용해 장사를 했다. 골목 안에만 해도 체인점 미장원과 남성 전용 미용실도 여러 군데 있었다. 이발소에서 특별한 서비스를 제공하지 않는다면 오래 버티지 못할 게 뻔했다.

오랜만에 단골손님이 선영을 찾았다. 선영은 팬티와 브라 차림으로 욕탕에 들어갔다. 선영의 별명은 미쉐린이다. 자동차 타이어를 선전하는 캐릭터로 팬티와 브라 위로 살들이 울룩불룩하게 올라와 매점 여자가 붙여 준 별명이다. 때밀이 침대에 물을 끼얹고 단골손님을 눕힌다. 발끝에서부터 때를 밀기 시작했다. 대패를 밀듯 여자의 다리를 밀고 옆구리로 올라간다. 대팻밥이 말려 떨어지듯 때가 밀린다. 사람의 벗은 몸을 보면 나이와 살아온 이력을 짐작할 수 있다. 여자들의 몸은 출산 유무와 성형수술 흔적과 어디가 취약한 부분인지 드러낸다. 부유한 여자들은 손톱과 발톱이 잘 관리되어 있고 피부에 윤기가 돈다. 어깨와 팔의 근육들이 단단하게 뭉쳐 있고 손발이 험하면 힘을 쓰는 단순노동으로 삶을 꾸렸을 가능성이 높았다. 유흥업에 종사하는 여자들은 몸에 과한 장신구나 피어싱을 하고 때밀이 침대에 눕는다. 오늘 단골손님은 엿가락처럼 침대에 들러붙어 곤한 숨소리를 낸다. 선영의 이마에서 땀이 떨어졌다. 대야의 물을 퍼서 자신의 몸에 후딱 끼얹었었다.

목욕탕 주인 여자가 선영과 저녁을 먹고 싶다고 했다. 선약이 있다고 거절하려다 마지못해 약속을 잡았다. 만나봐야 뻔한 이야기가 나올 것 같았다. 주인 여자는 여러 번 선영에게 돈을 빌려 달라고 부탁했었다. 며칠 안 본 사이 주인 여자는 얼굴 살이 쏙 빠졌다. 눈에는 지푸라기라도 잡아야 한다는 절박함이 배어 있었다. 선영은 시선을 피했다.

선영과 주인 여자는 한정식집에서 만났다. 술을 시켜 서로의 잔에 따라 주었다. 선영은 곧 본론이 나올 텐데 절대 돈을 빌려주지 않겠다고 마음을 다잡았다. 주인 여자는 뜻밖의 제안을 했다.

"목욕탕 인수할 생각 없어요?"

"내가 그렇게 큰돈이 어디 있어?"

"선영 씨 알부자라고 소문났더라, 신도시에 아파트도 새로 샀잖아. 나이도 있고 언제까지 이 일을 계속할 거야? 전에 이런 목욕탕 하나 해 보고 싶다고 말하지 않았어?"

"나한텐 이걸 인수할 큰돈이 없어."

"내가 싸게 해 줄게, 선영 씨가 운영하면 내가 할 때보다 잘될 거야. 혹시 동업할 사람은 없어? 알아봐. 이번 주말까지 돈이 꼭 필요해. 그때까지 결정해 줘. 되는 방향으로."

주인 여자의 설득이 계속되었다. 주인 여자가 제시하는 가격을 생각하면 구미가 당겼다. 주변 시세로 봤을 때 낮게 책정된 가격이었다. 하지만 돈이 부족했다. 동업할 사람을 떠올려도 딱히 생각나는 사람이 없었다.

"충동적으로 물건 사듯 이 자리에서 결정할 수는 없어.

시간을 좀 줘 봐."

"얼마나?"

"사흘만. 급하다고 하니까."

선영은 매표구 창구에 앉아 여러 사람에게 휴대전화를 돌렸다. 다들 먹고살기도 빠듯한데 목돈이 있을 리가 없었다. 다 자신과 처지가 비슷한 사람들이었다. 괜한 일에 자신이 매달리는 게 아닌지, 주인 여자에게 쓸데없는 희망만 준 게 아닌지, 머릿속이 정리되지 않았다. 가끔 엘리베이터가 멎는 벨 소리가 들렸다. 복도 저 끝 먼지가 가득한 창문으로 뒷골목의 하늘이 멀거니 내다보였다. 그러다 이발소 문에 달린 삼색 등을 보자 생각이 방향을 틀었다. 갑자기 이발소 주인이 떠오른 것이다. 왜 그가 등장했는지는 모르겠지만 좀체 그가 머릿속에서 떠나질 않았다. 그가 나를 미친 여자로 보진 않겠지. 선영은 매표소 창구에 도사리고 앉아 이발소 문이 열리고 그가 나타나길 기다렸다. 이십여 분이 지났을까 그가 손님을 배웅하기 위해 모습을 드러냈다. 선영은 유심히 그를 지켜보았다. 과연 동업자로서 마땅한 사람인지 돈을 얼마나 가지고 있는지 판단할 길이 없었다. 자신의 잣대로 남을 평가하는 일이 얼마나 어리석은 일인지 알면서도 그가 신뢰할 만하다는 결론을 내렸다.

가격을 좀 더 내리고 남탕을 인수 조건에서 뺀다면 목욕탕을 사는 것이 불가능한 일도 아니었다. 그리고 동업할 상대를 제대로 고른다면 위험부담이 줄어들 수 있었다. 선영은 목욕탕을 나와 이발소 앞으로 갔다. 당장 문을 열고 들어가 당당하게 사업 제안을 하고 싶지만 자꾸 망설여졌다. 마음을 진정시키고 어떻게 말을 꺼내야 할지 생각을 정리했다.

이발소 문 앞이 이렇게 낯설 줄 몰랐다. 선영은 슬그머니 문을 밀고 안으로 들어섰다. 실례합니다. 소파에 앉아 있던 이발소 주인이 선영을 보고 일어섰다. 흰 가운을 입은 그는 의사처럼 보였다. 그의 얼굴이 어쩐 일이냐고 묻고 있었다. 실내에는 방향제 냄새가 진동했다.

"드릴 말씀이 있어서 왔는데……."

"아, 네. 여기 앉으세요."

남자는 선영에게 자리를 권했다. 단속 나왔을 때 수건으로 얼굴을 가린 여자들이 이발소에서 뛰쳐나가는 것만 보았지 이렇게 이발소에 들어와 본 것은 처음이었다. 그가 방향제 냄새와 비슷한 차를 내왔다. 잠시 두 사람은 통성명을 했다. 선영은 오늘부터 그를 강 사장이라고 부르기로 했다. 선영은 자신의 생각을 차분히 전했다. 먼저 이발소 영업이 잘되느냐고 묻고 목욕탕을 인수하려고 하는

데 동업자를 구한다고 말했다. 그리고 눈을 질끈 감고 동업할 생각이 없느냐고 물었다. 강은 주의 깊게 듣고 있었다. 그러다 언제까지 결정해야 하는지 물었다. 이번 주 토요일 오전까지 답을 주셔야 돼요. 선영이 대답했다. 그는 하필이면 왜 자신한테 이런 제안을 하느냐고 묻지 않았다. 선영은 답을 하지 못할 것 같아서 다행이었다.

기중기가 목욕탕 간판을 내리고 그 자리에 낙원 휴게텔 간판을 달았다. 선영과 강이 간판을 다는 모습을 지켜보았다. 작업은 생각보다 힘들고 오래 걸렸다. 지나가는 행인이나 주변 상인들도 나와 구경을 했다. 선영은 얼굴이 붉어지고 가슴이 마구 뛰었다. 자신의 생에서 무엇보다 역사적인 순간이었다. 시작이 반이라고, 간판을 단 것만으로도 절반의 성공 같았다.

두 사람은 전 재산과 약간의 대출을 받아 공동투자를 했다. 이익이 생기면 공평하게 나눠 갖기로 약속했다. 목욕탕과 이발소를 하나로 만드는 공사가 시작되었다. 처음 업종 선정에 두 사람은 고민했다. 여관을 하기로 했지만 마음이 선뜻 가지 않았다. 최대한 기존 시설을 살리고 공사비가 적게 들어가는 방향으로 가닥을 잡았다. 한때 노숙자 생활도 해 봤다는 강이 수면방을 해 보지 않겠냐고 제안했다. 선영은 비디오방, 키스방, 찜질방은 들어봤어도 수면방은 처음 들어 본다고 말했다.

"찜질방에 가면 수면실이 있는데 겹치지 않나요?"

"전적으로 수면을 위한 공간을 만들고 싶어요. 손님을 이발해 주거나 머리를 감겨 주거나 면도해 줄 때 느끼는 건데 사람들이 진정한 잠을 얼마나 원하는지 몰라요. 보이진 않지만 몸부림쳐요."

선영은 그동안 자신에게 몸을 맡긴 여자들을 떠올려 보았다. 벗은 몸들이 때밀이 침대에 축 늘어져 있을 뿐 코를 골고 편한 잠을 자는 사람은 보지 못했다. 심정적으로 그의 말에 동조하지만 돈을 벌 수 있을지는 미지수였다. 시장 조사를 해 보기로 했다. 대형 사우나의 24시간 찜질방에 들어가 손님들의 행태를 관찰했다. 똑같은 반바지와 티셔츠를 입은 남녀가 전쟁터에서 몰살당한 시체처럼 널브러져 하룻밤을 보냈다. 잠을 잔다기보다 공간을 이용하고 있다는 느낌이 들었다. 도피처, 값싼 합숙, 세상에는 집으로 돌아가기 싫어하는 사람들이 널려 있었다. 선영도 이곳에서 여러 번 쪽잠을 잔 적이 있었다. 외국에는 관이나 캡슐 속에서 잠을 자고 나오는 사람들이 있다고 강이 말했다. 정말 현실성이 있는 사업인지 의문이 들었지만 선영은 차츰 마음이 기울었다. 그녀는 강에게 자선 사업을 하는 게 아니라는 걸 분명히 말하고 수면방을 하기로 결정했다.

선영과 강이 머리를 맞대고 설계도를 그렸다. 전체를 일반실과 회원실로 구분했다. 일반실은 남녀 구분 없이 사용할 수 있도록 하고 바닥에 흰 테두리로 잘 곳을 그렸다. 그리고 천장에서 내려온 커튼이 테두리를 감쌌다. 회원실엔 간이침대를 들이고 서랍장에 꽃병까지 준비했다. 샤워장은 기존 욕탕을 이용하기로 했다. 내부 공사를 하는 동안 선영과 강은 개업 준비로 정신없이 바빴다. 수면 매트와 이불과 베개를 주문하고 커튼은 감을 사서 직접 만들었다. 조명은 낮고 은은한 것으로 선택했다. 사업 허가를 받기 위해 여러 가지 서류를 준비해야 했다. 낙원은 선영이, 휴게텔은 강이 추천해 상호를 낙원 휴게텔로 정했다.

선영과 강이 복합 터미널 주변에 개업 전단을 뿌렸다. 선영과 강 말고도 이곳에서 전단을 뿌리는 사람이 많았다. 미용실이나 술집, 음식점 전단을 나눠 주는 사람들이었다. 선영이 전단을 건네면 냉정하게 뿌리치는 사람도 있고 받아서 힐긋 보더니 바닥에 버리는 사람도 있었다. 선영은 주말 동안 사람들 사이에서 열심히 전단을 돌렸다. 백화점 앞에서 강은 연신 허리를 굽히며 행인들에게 전단을 주었다. 선영의 배낭은 전단이 많이 남아 묵직했다. 선영은 강의 옆으로 가려고 횡단보도 앞으로 다가섰다. 전단을 나눠 주던 다른 여자가 선영에 뒤에 바싹 붙었다. 신호등이 바뀌었다. 횡단보도 앞에 섰던 사람들이 일제히 차도로 내려섰다. 선영이 절반쯤 차도를 건넜을 때 갑자기 배낭이 헐거워진 느낌이 들었다. 선영은 뒤를 돌아보았다. 횡단보도에 전단이 줄줄이 쏟아져 있었다. 선영은 허겁지겁 차도에 흩어진 전단을 주웠다. 하지만 신호등이 바뀌자 차들이 움직였다. 선영은 차도 한가운데서 어쩔 줄 몰랐다. 자동차가 전단을 밟고 지나가고 바람에 아주 멀리 날아간 것도 있었다. 사람들이 스스로 주워 뭔가 들여다보았다. 선영의 배낭은 예리한 칼로 찢어졌다.

휴게텔의 첫 손님은 남자였다. 그는 주변을 두리번거리고 아가씨가 있느냐고 물었다. 잠만 자는 곳이라 말하자 속았다는 얼굴로 돌아갔다. 그런 남자들이 하루에 여러 명 있었다. 남성 휴게실쯤으로 착각하고 여자가 서비스해 주는 곳이려니 했다. 선영과 강은 그런 우려가 있어 편안한 잠자리와 안락한 수면을 강조하는 문구를 넣었지만 소용없었다. 그저 상술이라고 생각한 모양이었다. 영업 시간은 오후 5시부터 다음 날 10시까지였다. 남자 몇이 왔다 간 이후로 손님이 전혀 들지 않았다.

주변 유흥업소에서 일하는 아이들이 먼저 손님이 되었다. 일을 마치고 밖으로 나온 아이들은 차를 놓치거나 술에 취해 놀다가 집에 돌아가지 못할 때가 있었다. 아이들은 호기심 삼아 들러 잠을 자고 갔다. 한 번 자고 간 아이들이 단골손님이 되고 친구들을 데리고 왔다. 술에 취해 들어온 아이들이 진상을 부릴 것 같지만 그럴 분위기가 아니었다. 그 흔한 TV와 컴퓨터도 없었고 둔중한 울림이 아이들을 제압했다. 매트와 이불을 받아 정해진 번호에 자리를 깔고 스르르 잠이 들었다. 선영은 처음엔 이상하다고 생각했다. 그건 강이 피우는 향 때문이 아닌지 싶었다. 아이들은 흰 테두리 안에서 태아처럼 웅크리며 잠이 들었다. 배를 드러낸 아이, 이불과 매트를 팽개치고 자는 아이, 테두리 밖으로 팔다리가 빠져나간 아이, 들개 같은 아이들이 어느새 온순히 잠이 들었다.

하나둘 손님이 늘어 갔다. 희한한 곳인 양 들여다보고 돌아가는 사람도 있지만 비몽사몽 간에 들어와 몸을 누인 사람들이 다시 찾아왔다. 얼굴에 멍이 든 엄마가 아이 둘을 데리고 온 적이 있었다. 선영은 일반실 가격으로 회원실을 내주었다. 아이 엄마는 늦게까지 잠들지 못했다. 강이 아이 엄마에게 차를 마시게 했다. 아이 엄마는 작은 침대에서 아이들을 양팔에 끼고 편히 잠들었다. 출장비를 아끼려고 온 손님도 있었고 아들 집을 찾으려다 길을 잃은 할아버지도 있었다. 술집 도우미도 심야 알바생도 이용했다. 단골손님이 차츰 늘어났다. 아침이 되면 햇살이 들어올 수 있게 모든 커튼을 열었다. 햇살이 소음과 먼지를 끌고 들어와 사람들을 깨웠다.

손님이 늘면서부터 일이 많아졌다. 강이 청소를 도맡아 했고 비품 관리는 선영이 했다. 매트와 이불이 금방 더러워지고 해졌다. 세탁기는 쉴 새 없이 돌아가고 선영은 하루 몇 번씩 건물 옥상에 올라가 빨래를 널거나 걷어야 했다. 새벽이면 주방에 들어가 해장국을 끓여 손님들에게 나눠 주고 잠이 덜 깬 사람들을 몰아냈다. 사람을 하나 더 쓰고 싶지만 형편이 되질 않았다. 선영은 입술이 부르트고 살이 조금 빠진 것도 같았다. 선영과 강이 마주 보고 밥을 먹은 적이 언제였는지 가물가물했다. 선영이 식사 준비를 하면 강이 먼저 먹고 나가고, 다음에 선영이 식사를 했다. 손님이 빠져나가고 모든 일이 끝나면 서로 멀리 떨어져 잠이 들었다. 강은 손님이 쓰는 매트나 이불을 둘둘 말고 빛이 들지 않는 구석에서 잠들었다. 낮과 밤이 뒤바뀐 생활이 계속되었다. 마치 손님에게 두 사람의 잠을 빼앗기는 것 같았다.

강은 선영이 차려 주는 식사를 남김없이 먹었다. 선영은 강의 신상에 대해 아는 것이 별로 없었다. 강도 마찬가지였지만. 그 나이 먹도록 혼자 살았을까 싶었다.

"여자가 해 주는 밥 먹어 본 적 없어요?" 선영이 먼저 입을 열었다.

"객지로 떠돌며 먹고살다 보니 세월이 후딱 가 버렸네요. 선영 씬 돌싱이에요?"

"돌싱은 무슨 돌싱? 자식 키우느라 정신없이 살았지."

두 사람 사이에 말이 끊어졌다. 선영은 강을 물끄러미 바라보았다. 부자지간에도 동업은 어렵다는데 이 남자는 무던하고 모난 구석이 없었다. 시시한 반찬에도 맛있게 밥 먹을 줄 아는 남자를 세상 여자들은 왜 지금껏 내버려 뒀는지 다들 눈이 삐었다 싶었다. 선영은 철부지 시절 남자를 잘못 만나 지금껏 고생하고 있다고 자책했다. 남자는 아이를 핑계로 선영의 인생에 들락거렸다. 한마디로 원수였다. 울분 같은 것이 목을 메이게 했다.

자정이 지나면 일반실은 천장에서 내려온 흰 커튼들로 숲을 이루었다. 그것들은 빛을 받아 푸르스름하게 보였다. 그 속에서 코 고는 소리와 새근대는 숨소리가 들렸다. 손님들은 남녀 불문하고 연령층이 다양했다. 전에는 밤을 보낼 곳이 없어 쫓겨 들어온 손님들이라면 지금은 자발적으로 이곳에서 잠을 자러 온 사람들이었다. 그것은 강의 노력 덕분이었다. 그는 음악과 향으로 수면을 유도했다. 음악은 들릴까 말까 한 북소리였는데 그것은 사람의 심장 뛰는 소리와 비슷했다. 향은 아로마와 라벤더를 썼다. 안면 있는 손님에게 같은 향의 차를 대접했다. 온도와 습도를 세심하게 체크하고 조명에도 각별히 신경 썼다. 사람들은 짙은 어둠을 두려워하므로 불침번을 서는 부분 조명을 달았다. 손님들은 영화를 보러 온 관객처럼 잠을 기다렸다. 소곤거리는 말소리가 사라지고 단계적으로 소등이 되면 잔잔한 북소리가 낙숫물 떨어지는 소리처럼 들린다. 그러면 사람들은 자신만의 온전한 스크린에 빠져들었다.

사용료가 두 배가 되는 회원실은 쉽게 손님이 들지 않았다. 일반실을 쓰는 단골손님이 회원실로 이동하는 경우가 생겼다. 장기 투숙하는 사태가 발생할까 우려했지만 간곡한 부탁으로 일용직 근로자와 술집에서 일한다는 아가씨에게 회원실을 내주었다. 하지만 곧 사건이 터졌다. 남자 하나가 아가씨 방을 기웃거리다 몸을 만졌다는 것이다. 그날 밤 여자가 비명을 질러 자는 사람을 모두 깨웠다. 지갑을 잃어버렸다는 사람도 나타나고 자리가 비좁다고 시비가 붙어 싸우는 사람도 있었다. 휴게텔 물건을 훔쳐가는 사람도 있었다.

월세와 이자를 내고 조금 남는 것은 선영과 강이 반씩 나눠 가졌다. 제대로 운영하려면 사람 하나를 더 써야 한다는 데 의견이 일치했다. 구인 광고를 냈다. 찾아오는 사람들이 별로 마음에 들지 않았다. 그저 돈만 생각하고 온 사람들은 대번에 알 수 있었다. 선영은 현이라는 아이가 떠올랐다. 가끔 일반실에서 자고 가는 남자아이였다. 같은 건물 지하 술집에서 일하는 아이였다. 키가 작고 왜소한 체격이지만 야무지고 눈빛이 총총했다. 선영은 현이에게 같이 일할 생각이 없느냐고 물었다. 잠시 생각하는 눈치였던 현이 술집 사장에게 허락을 받고 오겠다고 했다. 현이는 숨이 차게 뛰어 올라와 일주일 후부터 일할 수 있다고 말했다.

현이를 채용한 날 대청소를 했다. 한 달에 한 번 쉬는 날이었다. 창이란 창은 다 열어 환기시키고 구석구석에 쌓인 먼지를 들어냈다. 더 이상 빨아도 소용없는 매트와 이불은 과감히 버렸다. 선영은 강과 의논했다. 이불과 매트 대신 침낭을 만들면 어떠냐고 물었다. 그는 선영의 생각에 동의한다고 대답했다. 돈이 들더라도 침낭을 만드는 것이 관리가 쉬울 것 같고 사용하는 손님도 안락할 것 같았다. 침낭은 오리털로 만들고 침낭마다 숫자를 새겨 넣기로 했다. 휴게텔엔 손님이 꾸준히 모여 들었다. 선영이 일이 밀려 급하게 밥을 먹다 체하면 강이 빨간 피가 몽글 올라오게 검지 끝을 따 주었다.

어느 날 강이 외출을 하더니 새로운 손님을 데리고 왔다. 손님은 회원실에 짐을 풀었다. 선영은 요사이 강이 못마땅했다. 외출도 잦고, 휴대전화를 들고 사라지기 일쑤였다. 얼마 지나지 않아 선영의 의문이 풀렸다. 휴게텔로 문의 전화가 왔다. 그곳에 불면증을 고쳐주는 도사님이 계시다는데 빈자리가 있나요? 라고 물었다.

선영은 강을 불러 따졌다.

"대체 무슨 생각을 하고 있는 거예요? 사업을 망칠 생각이에요?"

강은 한숨을 내쉬었다.

"의논하려고 했는데, 손님이 하도 부탁해서 어쩔 수가 없었어요."

"그래서 불면증을 고쳐 주는 도사가 된 거예요? 대체 어쩌려고 그래요. 혹시 여기가 병원인 줄 착각하는 거 아니죠?"

"저 사람 하나만 예외로 봐주세요. 더 이상은 없어요. 선영 씨가 신경 쓰실 일은 없을 겁니다. 제가 다 알아서 할게요."

강은 약속을 지키지 않았다. 불면증을 고치겠다고 막무

가내로 찾아온 두 사람을 더 회원실에 들였다.

선영은 잠깐 잠이 들었다 깼다. 새벽 3시가 넘어가고 있었다. 일반실은 마감되어 더 이상 손님을 받지 않았다. 사람들은 깊은 적막을 덮고 잠들었다. 북소리는 더 이상 들리지 않았다. 선영이 기둥 같은 커튼 사이를 지났다. 벌어진 커튼 사이로 잠든 사람들의 모습이 보였다. 잠든 사람들의 얼굴은 제각각이었다. 고통으로 얼굴이 일그러지고 체념하듯 하관을 떨어뜨리고, 입을 벌리고 뒤척이다 알아듣지도 못하는 소리를 웅얼거렸다. 때론 양손을 모아 뺨에 대고 기도하듯 잠이 들었다. 누가 행복하고 불행한지 의미가 없었다. 현이도 그들 사이에서 창백하게 잠이 들었다.

강이 이발실을 만들겠다고 의자며 이발 도구를 가져다 놓은 공간에 불이 켜져 있었다. 선영은 그의 등 뒤로 살그머니 다가갔다. 그는 테이블 앞에 앉아 뭔가에 열중하고 있었다. 그는 테이블에 늘어놓은 흰 종이 봉지에 가루약들을 넣고 있었다.

"뭐 하는 거예요?"

"인기척 좀 내고 다녀요. 놀랐잖아요."

선영은 강의 허락도 받지 않고 흰 가루를 손가락에 찍어 맛을 보았다. 아무 맛도 냄새도 없었다.

"밀가루는 아니고, 마약인가요?"

"상상력 풍부하십니다. 내가 잠이 잘 오라고 만든 약이에요."

강이 웃었다. 선영은 강의 웃음기에 화가 났다.

"그 약을 누가 먹는데요? 혹시 손님들에게 먹이려는 건 아니죠?"

"누가 먹든 절대 몸에 해가 되는 약은 아닙니다."

선영은 철렁 가슴이 내려앉았다. 개량 한복을 입고 뻔질나게 외출할 때부터 조짐이 좋질 않았다. 침구며 부황기, 저주파 치료기를 사들일 때부터 알아보았어야 했다.

"아니, 당신이 의사도 아니고, 그러다 사람 잘못되면 누가 책임질 건데. 법에 걸려요. 불법 의료 행위라고 들어 봤어요? 나보다 유식하니 들어 봤을 테고, 관에서 자고 나온 것 같은 편안한 잠자리, 라고 나를 혹하게 할 땐 언제고, 내 돈을 다 날리게 할 셈이에요! 어서 당신 환자들 다 내보내요."

"걱정도 팔잡니다. 선식에다 설탕이랑 영양제 좀 갈아넣었는데 무슨 해가 되겠어요. 잠이 오는 약을 달라는데 약국에서 수면제 사다 줘야 속 시원합니까. 플라시보 효과라는 말 못 들어 봤어요?"

"플라시보고 지랄이고 다 때려치워요!"

선영은 처음으로 강에게 목청을 높였다.

잠이 깬 현이가 두 사람을 걱정스러운 눈빛으로 보고
있었다.

강은 밤마다 회원실을 의사처럼 회진을 돌았다. 그의
수첩에는 그들의 나이와 직업, 이곳에 온 이유와 증상이
적혀 있었다. 만나면 우선 오늘 기분이 좋았느냐고 물었
다. 그리고 혈압과 체온을 쟀다. 그사이 강의 환자들은 쌓
였던 자신만의 이야기를 시작하려고 눈치를 본다. 강은
환자들이 눈꺼풀이 무거워질 때까지 차분하게 이야길 들
어 주었다. 강은 악몽에 시달리거나 자주 잠을 깨는 환자
들의 머리맡에 자신이 만든 약을 놓아두었다. 환자들은
오랜 고민 없이 잠이 들었다. 회원실의 불면증 환자들은
자기 차례가 오기를 기다렸다. 강은 밤마다 이 일을 의식
처럼 치렀다.

강의 또 다른 환자는 젊은 엄마가 데려온 여자아이였
다. 여자아이는 평상시 괜찮다가도 갑자기 발작을 일으켰
다. 혀를 깨물고 눈동자가 돌아가고 팔다리가 비틀어졌
다. 젊은 엄마는 간질 환자라고 말하지 않고 아이를 맡겼
다. 나무젓가락을 입에 물리고 팔다리를 주물렀지만 수
분 동안 발작은 지속되었다. 아이 엄마는 연락이 닿질 않
았다. 기도원에서 온 집사 여자는 밤새도록 천사와 악마

의 싸움을 큰 소리로 중계했다. 잠을 자던 사람들이 항의를 하고 환불을 요구했다. 선영은 며칠 동안 강과 눈을 마주치지도 않고 말도 하지 않았다.

현이가 일하러 나오지 않았다. 몸이 아파 며칠 쉬겠다는 아이가 연락도 없이 일주일째 나오질 않았다.

선영은 그럴 아이가 아닌데 걱정이 되기도 하고 화가 나기도 했다. 더 기다려도 오지 않으면 다른 알바를 구할 작정이었다. 현이가 돌아왔다. 전과 다르게 머리를 빡빡 밀고 부쩍 얼굴이 홀쭉해졌다. 현이는 고개를 숙이고 죄송하다며 다시 일할 수 있겠느냐고 물었다. 선영과 강은 허락했다. 현이는 갈 곳이 없다고 이곳에서 기거하면 안 되겠느냐고도 물었다. 현이는 빈 회원실 하나에 짐을 풀었다. 모처럼 세 사람이 모여 아침 겸 점심을 먹었다. 현이는 무척 입이 짧았다. 선영은 그것 때문에 정이 가다가도 말았다. 선영은 그동안 현이에게 궁금한 것을 물었다. 공부는 어디까지 했니? 부모님은 어디 사시니? 현은 눈을 들지 않고 부모님은 돌아가시고 복지 시설에서 자랐다고 말했다.

백화점 전면에 인기 여배우가 쇼핑백을 들고 행복하게 웃고 있는 사진이 걸렸다. 세일 기간이 시작되었다. 백화점 앞에는 조각 공원이 조성되어 있었고 거대한 노랑머리 소녀가 깁스를 하고 모금함과 곰 인형을 들고 서 있었다. 하단에 붙은 작품 설명을 읽는 사람은 아무도 없었다. 거대한 노랑머리 소녀는 외롭게 서 있었다. 밤이 되면 조각 공원은 만남의 장소가 되었다. 때론 패션쇼와 음악 콘서트가 열리기도 했다. 터미널 오거리에 지하차도 공사가 시작되었다. 언제나 차량들이 길게 늘어서 수신호를 받고 움직였다. 낙원 휴게텔은 김밥집이나 미장원, 옷가게, 네일숍, 식당, 편의점처럼 일상으로 녹아들었다. 시간은 빠르게 흘렀다. 휴게텔에 잠든 사람들은 바깥세상이 그저 의아할 뿐이었다.

4층 남탕이 건달들에게 접수되었다. 남탕에서 뜯어낸 폐자재가 엘리베이터를 타고 밖으로 방출됐다. 게임방을 한다는 소리가 들렸다. 게임기가 두 개씩 포개져 엘리베이터를 타고 올라갔다. 시커먼 게임방 간판이 휴게텔 간판을 압도했다. 말이 게임방이지 불법 도박장이었다. 4층 게임방이 생기면서 손님이 많이 늘었다. 그들은 휴게텔에 올라와 잠깐씩 눈을 붙였다. 식음을 전폐하고 게임에 매달리는 사람들이었다. 한탕에 눈이 멀어 무력한 얼굴을 하고 늘 돈에 쪼들렸다. 잠이 깨면 흐린 눈빛으로 게임방으로 향했다.

선영은 강과 본체만체 지냈다. 꼭 필요한 말만 나누었다. 회원실 생각만 하면 머리가 아팠다. 회원실 손님을 내보내느라 속을 많이 썩었다. 그래도 강은 별 변화가 없어 보였다. 자신의 호기심 때문에 다른 사람이 피해를 본다는 생각을 왜 안 하는지 사과 한마디 없었다. 불면증을 가장한 여자가 강을 유혹하기도 했다. 잠이 오지 않는 여자를 토닥이다 강이 먼저 잠이 들었다. 잠든 여자가 뱀같이 눈을 떴다. 여자는 강의 옷 속에 손을 넣고 가슴을 만졌다. 강이 여자를 밀쳤지만 여자는 뱀처럼 똬리를 틀어 강을 침대에 눕히려고 했고 바지춤을 그러쥐었다. 강은 허겁지겁 뛰쳐나왔다.

선영은 이제 강이 하고 싶은 대로 내버려 두었다. 뭘 하고 싶은지 그것을 알고 싶어서였다.

어느 날 백발 할머니가 중년의 아들을 데리고 왔다. 중년 남자는 피부색이 검고 삐쩍 말라 할머니가 짚고 온 나무 지팡이 같았다. 그에게서 지독한 술 냄새가 났다. 남자는 할머니가 이끄는 대로 움직였다. 할머니는 병원에서 가져온 약 한 보따리를 강에게 건넸다. 약을 먹여 하루 종일 죽은 듯이 잠을 재워야 한다고 말했다. 하루 두 번 약을 먹지 않으면 예측할 수 없는 행동을 한다고 했다. 현이가 남자를 9번 침대에 눕혔다. 강은 남자의 침대에 약 시간 철저 엄수라고 쓴 종이를 매달았다.

건달들이 건물 엘리베이터를 이용하지 못하게 했다. VIP가 방문한다는 거였다. 양복을 빼입은 건달들이 건물 입구와 층마다 서 있었다. 휴게텔에 손님들이 올라오지 못했다. 선영이 엘리베이터를 타려고 버튼을 눌렀다.

"아, 아줌마, 엘리베이터 못 움직여. 대기시켜야 된다고."

엘리베이터 문이 건달 몸에 부딪혀 닫혔다 열렸다 했다.

"이게 당신들 거야? 왜 영업 방해하는 건데."

"아줌마 성질나게 하네. 걸어 다니면 되잖아."

건달이 선영의 어깨를 밀쳤다. 선영은 건달에게 달려들어 팔뚝을 물고 신발을 벗어 때렸다. 건달의 주먹이 선영의 머리 위로 날아왔다. 선영이 사람 죽인다고 소리를 질렀다. 어느새 강이 달려 나와 건달들과 한판 붙었다. 강이 많이 얻어맞았다. 그 일이 있고 나서 건달들이 휴게텔 앞을 막고 손님들을 위협해 돌려보내고, 안에도 들어와 침낭에서 냄새가 난다느니 바퀴벌레가 기어간다느니 행패를 부렸다. 건달들은 사업을 확장하고 싶어 했다. 그러기엔 4층은 협소했다.

새벽 안개가 도시를 점령했다. 습한 기운이 안개를 끌

어 모았다. 마스크를 한 사람들이 출근길을 서두르고, 도로에 늘어선 가로등은 낚싯바늘 같은 끝만 내놓고 안개 속에 잠겼다. 도시의 뒷골목은 모든 걸 하수구로 쓸어 버린 듯 텅 비어 적막했다. 가게들은 아직 문을 열지 않았고 휴게텔 건물도 셔터가 반쯤 내려져 있었다. 안개를 뚫고 휴게텔 건물 앞에 119 구급차가 멈췄다. 구급대원이 건물 안으로 들어갔다. 밤새 앓던 현이가 들것에 실려 나왔다. 얼굴엔 산소 마스크를 쓰고 있었다. 현이를 돌보느라 밤을 꼬박 새운 강이 구급차에 올라탔다. 구급차의 사이렌 소리가 도시 한복판을 지나갔다.

강이 없는 사이 9호 침대 남자가 약을 먹지 못했다. 그가 가래 끓는 소리를 내며 잠에서 깨어났다. 그는 배가 고프다고 했다. 선영은 그에게 밥을 차려 주었다. 그는 아주 생소한 눈빛으로 주위를 둘러보았다. 선영은 할머니의 말이 떠올라 약봉지를 내밀었다. 남자는 한 손으로 툭 쳐서 약봉지를 바닥에 떨어뜨렸다. 말릴 사이도 없이 밖으로 나가 버렸다. 선영은 뒤좇아 달려 나갔지만 어느새 사라지고 없었다.

9호 침대 남자는 슬리퍼를 끌고 골목길을 돌아다녔다. 대낮부터 술집에 들어가 술을 마셨다. 돈이 없어 술집 주인과 싸우고 경찰을 부르러 간 사이 도망을 쳤다. 그는 홀린 듯 앞을 향해 걸었다. 앞을 가로막는 사람이 있으면 가장 부드러운 손길로 어깨를 만지고 허리를 만져 길을 비켜 줄 것을 부탁했다. 뒤를 돌아선 사람들은 그의 얼굴을 보고 질겁을 했다. 도로를 건너 백화점 앞까지 갔다. 조각 공원 벤치에 사람들이 앉아 있었다. 남자도 벤치에 앉아 거대한 노랑머리 소녀를 마주했다. 지하차도 공사장에 주사기처럼 꽂혀 있는 굴착기도 멍하니 내다봤다. 그는 굴착기와 노랑머리 소녀를 번갈아 쳐다보았다. 갑자기 그가 일어나더니 노랑머리 소녀에게 달려들었다. 노랑머리 소녀가 휘청했지만 남자는 뒤로 나가떨어졌다. 그는 몇 번이나 노랑머리 소녀에게 달려들었지만 번번이 나자빠졌다. 경찰이 그를 데려갔다. 술 냄새가 나고 옷이 찢어지고 흙투성인데 집이 어딘지 자신이 누구인지 모른다고 말했다. 선영이 경찰서에서 남자를 데리고 왔다.

현이는 백혈병 시한부 생명이라는 선고를 받았다. 병원에서 할 수 있는 일은 별로 없었다. 적극적인 치료 시기를 놓쳤다고 했다. 부모의 정도 모르고 막일을 하며 잔뼈가 굵은 아이였다. 그런데도 현이는 세상을 향한 원망이 없었다. 하룻밤 사이에 현이가 강의 나이만큼 된 것 같았다. 강은 현이를 퇴원시켜 휴게텔로 데려왔다.

선영은 빛이 가장 잘 드는 방을 현이에게 내주었다. 화병에 꽃도 꽂아 주고 가습기도 틀어 주었다. 현이는 이어 폰을 끼고 늘 음악을 들었다. 문병 온 친구들을 만나면 병세가 호전된 듯 밝게 웃었다. 현이 침대 옆에 9호 침대 남자는 늘 잠이 들어 있었다. 가래 끓는 소리가 나고 깨어나면 서둘러 약을 먹였다. 딱 알맞은 타이밍이었다. 남자는 문득 눈을 떠서 사람을 놀라게 했다. 선영이 할머니에게 전화해 데려가라고 했지만 뒤로 미루기만 했다.

선영은 새벽이 되기 전 눈을 떴다. 온몸 뼈 마디마디가 나사로 조여진 듯 뻣뻣하고 움직이면 얼음이 깨지는 소리가 날 것 같았다. 손가락 하나 움직일 힘이 없었다. 선영은 꿈이 많으면 몸이 좋질 않았다. 꿈속의 잔상들이 머릿속에 남아 개운치가 않았다. 요샌 먹은 것도 없는데 잘 체했다. 매번 강에게 손을 따 달라고 부탁할 수도 없었다. 주방으로 나가 물을 마셨다. 오늘은 어제보다 손님이 많지 않았다. 건달들이 게임방을 차리면서 골목에는 좋지 않은 소문들이 돌았다. 휴게텔 건물이 사채 때문에 건달 손에 넘어갔다는 것이다. 건달들이 영업을 방해하는 이유가 있었다.

선영은 폭포처럼 쳐진 커튼 사이를 소리 없이 지난다. 사람들의 자는 모습이 들여다보였다. 침낭은 고치처럼 사람들을 품어 안았다. 서로 코를 맞대고 잠든 연인들, 가슴

에 X 자로 손을 올리고 자는 사람, 침낭을 돌돌 말아 기대
잠든 사람, 자신의 몸을 끌어안고 자는 사람, 긴 머리카락
을 바닥에 흩뜨리고 자는 여자, 몸을 뒤척이고 잠꼬대를
하는 사람, 깨어 있는 사람은 하나도 없었다. 선영은 침낭
을 가져와 사람들 가까이 누웠다. 침낭에 들어가 지퍼를
올렸다. 몸이 서서히 더워졌다. 굳었던 몸이 부드러워졌
다. 졸음이 몰려왔다.

　선영은 배를 타고 있었다. 양산을 썼는데도 눈이 부셨
다. 뱃전에 남자가 앉아 있었다. 선영은 화장을 하고 원피
스를 입었고 남자는 양복에 넥타이를 맸다. 남자는 낯이
익으면서도 처음 보는 사람 같았다. 두 사람은 손을 잡고
뱃전을 가르는 물살을 보고 있었다. 남자는 아이를 남겨
두고 떠났어도 선영에게 첫사랑이었다. 가장 행복한 순간
이었다.

　9호 침대 남자가 깨어날 줄은 아무도 몰랐다. 남자는
몽유병 환자처럼 일어나 맨발로 휴게텔을 빠져나와 밖으
로 나가려고 했다. 엘리베이터를 타고 나가려다 게임방
앞에서 내리게 되었다. 게임방에는 사람들이 많았고 게임
기 앞에 몰두하는 사람들을 보게 되었다. 게임 화면에는
갖가지 색깔의 물고기가 돌아다니고 있었다. 사람들은 모

두 물고기를 잡으려고 안달이 난 것처럼 보였다. 현란하고 싱싱한 물고기가 그에게 꼬리를 쳤다. 남자는 빈자리에 앉아 화면을 마주하고 손에 침을 발라 물고기를 문질렀다. 그리고 미친 듯이 버튼을 눌렀다. 건달 하나가 남자가 하는 짓을 지켜보고 있었다. 한눈에 봐도 또라이 같았다. 남자는 건달들에게 끌려 나와 바닥에 내동댕이쳐지고 집단으로 구타당했다. 9호 침대 남자가 그 이후로 어디로 갔는지 아무도 알 수 없었다.

현이의 병세가 악화되었다. 병원에 가자고 해도 싫다고 했다. 열이 높고 아무것도 먹지 못했다. 입술이 갈라지고 검푸르게 변했다. 호흡이 불규칙해 숨이 가빴다. 현이는 마지막 끈을 놓치지 않으려고 안간힘을 썼다. 선영은 어서 업으라고 강에게 재촉했다.

"병원에 가도 소용없어요. 괜히 돈만 축내요. 9호 침대 아저씨 아직 못 찾았어요? 날 내려다보시더니 많이 아프니 묻는 소릴 들었는데,"

선영과 강은 현이가 아파 헛소리를 하는 줄 알았다.

"힘든데 말 그만하고 병원에 가자, 곧 응급차가 올 거야. 여기선 해 줄 수 있는 게 아무것도 없어."

"못 움직일 것 같아요. 두 분이 이러고 계시니깐 꼭 제 부모님 같네요."

현이가 간신히 침을 삼키고 미소 지었다. 선영이 현이 손을 꼭 잡았다.

"괜찮아, 잘 해낼 수 있을 거야. 조금만 힘내. 우린 널 믿어."

강과 선영은 조용히 현이가 눈을 감는 모습을 지켜보았다.

현이는 혼자 누워 있었다. 홀의 흰 커튼들이 바람에 날렸다. 누군가 다가오고 있었다. 그는 모자를 쓰고 멜빵 바지에 장화를 신고 있었다. 누구세요. 현이가 물었다. 그가 한 손으로 현이의 이마에 손을 올리더니 아프니 하고 물었다. 9호 침대 아저씨였다. 어디 갔다 오셨어요? 그가 손에 들고 있던 투명한 비닐봉지를 보여 주었다. 그 안에는 색색의 물고기들이 가득 놀고 있었다. 낚시 갔다 왔어요? 그가 고개를 끄덕인다. 9호 침대 남자가 현이를 일으켜 세워 업고는, 들고 있던 투명한 비닐 봉지를 건넨다. 현이는 가만히 물고기들을 들여다본다. 달빛 같은 투명한 물에 현란한 색깔의 물고기들이 떠돌고 있었다. 9호 침대 남자는 현이를 업고 성큼성큼 걸었다.

휴게텔이 문을 닫고 대청소를 했다. 해묵은 먼지를 털어 냈다. 강은 원하던 이발실을 만들어 손님들에게 서비스를 제공하게 되었다. 선영은 등 너머로 익힌 경락 마사지를 본격적으로 배울 생각이었다. 4층 게임방은 영업을 하지 않았다. 게임기가 고장 났다는 것이다. 고장 난 게임기가 고철이 될지도 모른다고 했다. 특별한 이상도 없는데 게임기 화면에 그림들이 송두리째 사라졌다는 것이다. 물고기들이 모두 없어졌다고 했다.

올 여름은 유난히 길었다. 휴가철이라 도시의 사람들이 모두 떠나고 없는 것 같았다. 며칠씩 문을 닫는 가게도 속출했다. 사우나, 목욕탕도 길게 열흘을 쉬었다. 어느 날 낙원 휴게텔에 경찰이 들이닥쳤다. 성매매단속기간이었다. 이발소 의자가 문제가 되었다. 혹시 아가씨를 고용하느냐고 물었다. 선영은 화가 나서 당신들이 찾는 아가씨가 나다 하고 버럭 소리를 질렀다. 누군가 쿡, 하고 웃었다. 경찰은 더 이상 트집을 잡지 않았다.

백화점 광장에 분수가 물을 뿜었다. 그사이 아이들이 뛰어놀았다. 야외 테라스에 앉은 핫팬츠를 입은 여자들이 다리를 꼬고 아이스크림을 먹었다. 터미널 맞은편 뒷골목은 유흥가였고 먹자 골목이었다. 그곳에 해가 지면 낙원 휴게텔 네온 간판에 불이 들어왔다.

청소기 돌아가는 소리가 요란했다. 대걸레로 바닥을 닦고 유리창과 창틀도 닦았다. 화장실과 샤워실도 깨끗이 청소했다. 사람 손만큼 좋은 것이 없었다. 침낭을 옥상으로 가지고 올라가 방망이로 퍽퍽 쳐대 볕에 널고, 다 마른 빨래와 커튼을 걸었다. 두 사람은 모두 땀에 젖어 있었다. 선영은 강에게 등목을 시켜 주겠다고 했다. 강은 아니라고 손을 휘저었지만 선영의 손에 끌려갔다. 강이 욕조를 잡고 등을 보였다. 선영은 호스로 강의 등에 물을 뿌리고 비누칠을 했다. 그리고 다시 물을 끼얹었다. 강은 물을 끼얹을 때마다 움찔거렸다. 문득 이 남자를 때밀이 침대에 누이고 때를 미는 상상을 했다. 사람의 벗은 몸을 보면 살아온 이력을 알 수가 있었다. 강의 등은 단단하고, 배꼽 아래에는 큰 흉터가 나 있었다. 선영은 흉터에 대해 묻지 않았다. 선영의 가슴골에서 쉼 없이 땀이 흘러내렸다. 예전 뱃전에 앉아 눈부신 잔물결에 손을 담그던 느낌이 되살아났다. 손끝이 떨렸다. 선영은 대야에 물을 받아 자신의 몸에 후딱 끼얹었다. 꿈속에서 꿈을 꾼 것 같았다.

벚꽃 엔딩

이 사진틀은 언제부터 이곳에 걸려 있던 것일까.

식탁 위부터 도망치던 바퀴벌레가 벽을 타고 기어오르더니 사진틀 뒤로 숨어 버렸다. 놈은 사진틀 뒤로 숨기 직전 몇 번이나 죽을 고비를 넘겼는지 모른다. 재영의 헛손질보다 놈이 더 빠르게 움직였다. 막상 놈이 사진틀 뒤로 숨어 버리자 재영은 기세가 꺾여 돌돌 만 신문지 끝으로 사진틀을 건드려 볼 뿐이다. 부엌 바닥이나 냉장고 뒤를 들락거리던 바퀴벌레는 추적을 당하면 곧잘 사진틀 뒤로 사라졌다. 그래도 사진틀을 걷어 내고 훌훌 털어 버릴 생각은 하지 않았다. 언제나 멈칫하고 사진틀 안을 들여다보게 된다.

가로세로 40×30인 사진틀 안에는 재영의 백 년 넘는 가족사가 고스란히 담겨져 있었다. 돌아가신 할머니가 갓 결혼했을 때의 열여섯 꽃다운 모습과 교복을 입은 할아버지의 청년 시절 모습이 나란히 붙어 있었고 바로 아래로 젊은 시절 할머니가 재영의 아버지와 큰고모를 무릎에 앉히고 찍은 사진이 있었다. 가운데 쪽으로 재영이 태어나서 한 번도 보지 못한 증조할머니 할아버지의 사진이 자리했고 아기였던 재영이 엄마 품에 안겨 당시 중고등학생이었던 고모 삼촌 들에 둘러싸여 공원에서 찍은 사진도 있었다. 엄마 아버지의 신혼 시절 사진도 모퉁이 한편에 끼어 있었다.

흑백 사진 위로 여러 개의 컬러 사진이 꽂히기 시작한 건 막내삼촌 대학 졸업식에서 사각모를 쓴 할아버지 사진 때부터였던 것 같다. 홀쩍 세월을 뛰어넘어 할머니 생신 때 찍은 가족사진 한 장. 사진 속 할머니는 일본 가부키 배우처럼 뽀얗게 화장을 했다. 그 사진을 자세히 들여다보면 열린 방문 안쪽에 여러 인물들이 보였는데 재영의 눈에 들어오는 단 한 사람은 치과 집 아들 용호 오빠뿐이었다.

재영이 사진틀에서 제일 좋아하는 사진은 하얗게 머리가 센 할머니가 러닝셔츠 바람으로 앙상한 두 팔과 마른 가슴을 훤히 드러내고 마당에 쭈그리고 앉아 담배를 피우는 사진이었다. 할머니 하면 굵은 손마디 끝에 걸린 담배가 제일 먼저 떠올랐다. 재영은 바퀴벌레를 잡다 문득 할머니가 보고 싶어졌다. 흑백과 컬러 사진 사이에는 시간의 단층이 무질서하게 어긋나 있었다.

최근 사진틀에 새로운 사진 한 장이 등장했다. 재영이 친정으로 이사 오면서 누군가 꽂아 놓은 남편과 아이 사진이었다. 지금보다 젊은 남편이 유람선 앞에서 아이와 나란히 키를 맞추고 웃고 있는 사진이었다.

재영은 옷을 갈아입기 위해 직원 전용 사물함이 있는 휴게실로 향했다. 휴게실로 가기 전 거쳐야 하는 사무실에는 일찍 나온 부장이 컴퓨터 앞에 앉아 작업을 하고 있었다. 그와 눈을 마주치고 인사를 하는 경우는 거의 없었다. 재영은 점퍼로 갈아입고 매장 입구로 갔다. 아침마다 직원 조회가 있었다. 직원들은 모두 이십 명 남짓으로 빙 둘러 모여 오늘 하루 특별 지시 사항을 듣고 구호를 외치면 끝이었다. 인근에 대형 마트가 들어서면서 매출이 많이 떨어지고 직원 수도 줄었다. 마트가 매물로 나왔다는 소문이 줄곧 돌았다. 재영은 이곳에서 진열 사원으로 일하고 있었다.

할인 행사를 준비하기 위해 창고에서는 라면이나 캔 음료, 과자 등을 원 플러스 원으로 묶는 일이 한창이었다. 재영과 같이 진열 사원으로 일하는 광희와 미자는 과자 봉지를 테이프로 둘둘 감은 다음 이로 잘라 카트에 던졌다. 분위기가 어색하고 냉랭했다. 광희와 미자가 뽀로통해 말이 없었다. 재영은 누구 편을 들 수가 없어 난처했다. 광희와 미자는 며칠 전 말다툼을 했다. 같은 품목을 파는 진열 사원들 간에는 묘한 경쟁심이 있었다. 둘은 서로 손님을 끌다 다툰 이후로 앙숙이 되었다. 참기름 한 병, 마요네즈 한 병 가지고 자리다툼을 할 때가 있었다. 진열 사원은 소속 대리점에서 월급을 주는데 매출이 떨어지면 진열 사원을 철수시켰다. 광희와 미자는 외모상으로 체격과 머리 모양이 비슷해 쌍둥이처럼 보일 때가 있었다. 재영이 처음 이곳에 왔을 때 두 사람은 서로 자기편으로 끌어들이려 했지만 줄곧 중립을 지켜 왔다.

아직 손님이 몰릴 시간이 아니라 매장 안은 한산했다. 번들 상품은 행사 중인 매대에 산더미처럼 쌓이고 다들 개장 준비에 바빴다. 재영은 자신이 맡은 상품의 진열대를 살폈다. 재영이 맡은 상품은 밀가루, 설탕, 홈베이킹 믹스 가루가 주종이었다. 빠진 것들을 채우고 날짜가 지난 것들은 후방으로 철수했다. 상품의 매출 경쟁력은 무엇보다 가격이었다. 오십 원, 백 원 차이로 손님의 선택이 결정되었다. 재영은 상품에 가격표가 제대로 부착되어 있는지 확인했다.

이제 매장 안은 손님 맞을 준비가 끝났다. 냉장고와 냉동실 안에도, 진열대에도 신선과 채소 코너에도 상품들이 꽉 채워졌다. 수산 코너의 스티로폼에 랩을 두른 생선들이 조명을 받아 싱싱해 보이고 베이커리에서 빵 굽는 냄새가 진동했다. 재영은 아침을 먹지 않아 출출했다. 정오가 지나 손님들이 하나둘 카트를 밀고 들어와 진열대 사이를 오고 갔다. 직원들은 밤거리 여인처럼 진열대 사이를 서성거렸다. 점심시간까지는 한 시간 남아 있었다. 재영은 하품을 했다. 광희는 진열대에 기대 누가 보든지 말든지 휴대전화에 빠져 있었고 미자는 작은 손거울에서 얼굴을 떼지 않고 있었다.

재영은 친정에 이사 오면서 남편과 떨어져 지냈다. 남편은 후배가 운영하는 공장에 일자리를 얻어 그곳에서 기거하고 있었다. 한 달에 한 번 친정으로 재영과 아이를 보러 왔다. 아이와 장을 보고 돌아오다 친정집 대문 앞을 기웃거리는 남편을 발견했다. 그의 손에는 빨랫감이 든 가방이 들려 있었다. 남편은 선뜻 처갓집 안으로 들어가지 못하고 있었다. 남편이 아이를 보자 번쩍 들어 안았다. 아이도 아빠의 목덜미를 끌어안았다. 모처럼 모인 세 식구가 치킨집으로 향했다. 재영과 남편은 생맥주 한 잔씩을 시켰다. 전에는 부부 동반으로 생맥주를 마시러 가곤 했는데 같이 맥주를 마시며 웃고 떠들던 사람들은 재영 부부 곁을 떠나고 없었다.

술기운에 남편의 얼굴이 불그스레하게 변했다. 재영은 묻고 싶은 게 많았지만 서로 상처를 주고받았던 말들을 떠올리며 쉽게 입을 열지 못했다. 두 사람은 말이 없었다. 남편은 아이에게 학교 생활이 어떤지 이것저것을 물었다. 재영은 남편의 말을 가로채고 나한텐 궁금한 게 없어 하고 생뚱맞게 묻는다.

"그만 좀 먹어, 아이 좀 먹게. 배 나온 것 좀 봐라."

남편은 재영에게 핀잔을 주었다.

"당신 배나 신경 써."

"나 배 많이 들어갔는데,"

남편은 자신의 배를 두드렸다. 가만히 보니 남편은 얼굴 살이 빠지고 야윈 것 같기도 했다. 술 좀 그만 먹으라고 말을 하려다 꾹 참는다. 남편이 다시 맥주 한 잔을 주문했다. 재영은 말리지 않았다.

"나 일자리 알아보고 있어. 마냥 놀 수도 없잖아. 아이도 엄마가 봐주신다고 했으니깐."

"당신이 할 줄 아는 게 뭐가 있다고. 이런 시골구석에 무슨 일자리가 있어."

"여기 시골 아니거든. 시로 승격된 게 언젠데. 누가 알아, 찾으면 있을지?"

아이는 싸우지 말라고 절임무를 손가락으로 집어 남편과 재영의 입에 넣어 주었다.

재영은 일자리를 찾으려고 생활 정보지 구인란을 꼼꼼히 살폈다. 전화를 걸기도 하고 찾아가 보기도 했지만 쉽게 일자리를 찾을 수 없었다. 대부분 젊은 알바생을 선호했다. 이력서를 들고 찾아간 곳을 맥없이 돌아 나올 때 결혼 생활 10년이 격리된 수감 생활처럼 느껴지고 이제 막 출옥한 죄수 같은 기분이 들었다. 어디서 어떻게 출발해야 할지, 세상은 눈이 시리도록 밝고 바람 한 점 없이 고요한데 재영을 받아 줄 곳은 어디에도 없어 보였다.

뜻밖의 곳에서 연락이 왔다. 할인 마트에서 진열 사원이 필요하다는 전화였다. 마트에 납품하는 대리점 상품을 진열하고 매장 일도 함께 해야 한다고 말했다. 재영은 잘할 수 있을 것 같았다. 첫 출근 하는 날 재영은 아침 조회에 참석하고 양주와 와인이 빽빽이 들어찬 진열대 하나를 청소했다. 술병을 다 바닥에 내려놓고 선반을 닦고 술병도 하나하나 닦았다. 늘 뽀얗게 먼지를 뒤집어쓰고 있다가 신참이 오면 때를 벗었다. 일종의 신참 신고식이었다.

　재고와 반품할 것들을 카트에 싣고 마트 뒤편 주차장을 가로질러 갔다. 그곳에 컨테이너 박스 두 개가 나란히 놓여 있었다. 그 안에 반품할 물건과 폐기 처분할 것들을 모아 놓았다. 카트 바퀴가 땅에 닿아 요란한 소리를 냈다. 같은 주차장을 쓰고 있는 실내 수영장에서 젖은 머리 여자들이 투명 비닐 백을 들고 셔틀버스에 오르고 있었다. 버스 계단을 오르는 한 여자의 흰 뒤꿈치가 눈에 들어왔다. 발목에 두르고 있던 발찌가 반짝 빛났다. 그 빛이 재영의 미간을 찌푸리게 했다.

　"재영아."

　재영은 자신을 부르는 소리를 듣고 얼굴을 돌렸다.

　주차장에서 자신을 부른 사람은 오토바이에서 내리는 용호 오빠였다. 슬리퍼에 칠부바지를 입고 허리에 전대를 둘렀다. 영락없는 장삿꾼 모습이었다.

　"오빠, 장 보러 왔구나?"

　"네가 여기서 일하는데 여기서 장 봐야지. 저번에 왔을 땐 넌 안 보이던데."

　"쉬는 날이었나 봐. 장사는 잘돼? 오빠 가게에 밥 한번 먹으러 가야 되는데."

　"걱정 마. 네가 안 팔아 줘도 잘돼."

오빠가 눈을 찡긋했다.

그는 서둘러 매장 안으로 들어갔다. 대파 몇 단과 양파와 망 배추를 골라 파란 비닐 봉투에 담고는 계산대를 빠져나가기 전 재영을 향해 손을 들었다. 재영도 희미한 미소를 띠고 손을 흔들었다.

"누구야?" 광희가 호기심이 가득한 얼굴로 물었다.

"아는 오빠야."

"수상해. 근데 사람이 왜 저렇게 까매? 혹시 필리핀이나 베트남 사람 아니야?"

"한국 토종인데."

광희는 사람을 잘 웃게 만들었다. 새벽에 신문을 돌리고 출근한다는 말을 듣고 놀란 적도 있었다. 성질이 불같아도 살갑게 굴 때는 봄바람 같았다. 점심시간이면 같이 밥 먹자고 기다리고, 식당에 자리 맡아 놨다며 빨리 오라고 재촉했다.

매장의 식당은 모든 소문과 정보가 교환되는 곳이었다. 같이 밥을 먹으러 오는 부장과 화장품 코너 여주인은 부부 사이였고 마트의 사장과 부장은 오랜 친구 사이였으며 떨이 상품을 파는 마이크 담당인 주임은 부장의 고향 후배라는 것이다. 비쩍 마른 배달원 영배는 캐셔 소영과 동거하고 있는데 밥을 잘 먹지 못하는 이유가 사춘기 때 농

약을 마신 후유증 때문이라고 했다. 최근 가장 뜨거운 소문은 베이커리 여주인과 수산 코너 총각이 바람이 났다는 거였다. 사실인지 아닌지는 중요하지 않았다. 소문이 만들어지고 소멸된 곳도 식당이었다.

점심 식사 시간에 탈의실 겸 휴게실에는 양치를 하거나 화장을 고치기 위해 여 직원들이 분주하게 들락거렸다. 광희가 입가심하라고 타다 준 믹스 커피가 식어 가고 있었다. 재영은 의자에 앉아 잠깐 눈을 붙였다. 요새 며칠 동안 제대로 잠을 자지 못했다. 잠을 자도 꿈이 많아 늘 피곤했다. 부장은 직원들이 휴게실에서 잠자는 것을 싫어한다고 했다. 또 누군가 그랬다. 매장 안에 수십 대의 CCTV가 있는데, 어쩜 탈의실 안에도 있을지 모른다고. 고개를 뒤로 꺾고 가슴이 오르내리며 자고 있는 재영을 CCTV가 잡고 있을지 알 수 없었다.

사람은 돈 거저 먹는 법이 없어. 귀신같이 잘 맞히는 신통한 점집이 있다고 형님이 말했다. 게다가 그 점쟁이는 돈벌이보다는 자신의 업보 때문에 점을 본다고 했다. 일찍 결혼을 했지만 상처를 하고 그 뒤로 방황하다 스님이 되기도 하고 외항선을 타 보기도 했는데 어느 날 갑자기 모든 것이 부질없다는 생각이 들더니 신기가 오더라는 것이다. 죽을 고비를 넘기고 점쟁이가 되었다고 했다. 재영은 평소 무속에 관심이 없었고 점쟁이를 반사기꾼이라고 생각했다.

형님과 점을 보기 위해 원룸의 작은 방에서 기다렸다. 재영은 괜히 온 것 같아 가슴이 두근거렸다. 정말 안 좋은 이야기가 나오면 감당할 수 있을 것 같지 않았다. 재영의 차례가 되었다. 점쟁이는 백발 노인으로 작고 단아한 체구에 눈빛이 영민해 보였다. 범접할 수 없는 기운마저 느껴졌다. 재영은 점쟁이에게 남편과 자신의 음력 생년월일과 태어난 시를 알려 주었다. 노인은 노트에 검정 펜으로 재영 부부의 사주 풀이를 빠르게 써 내려갔다. 그는 검은 펜 뚜껑을 닫고는 잠시 말이 없었다. 재영은 벌써부터 목이 콱 메어 오고 눈물이 핑 돌았다. 노인은 천천히 숨을 내쉬고 재영의 눈을 바라보며 입을 떼었다.

"지금 댁이 갖고 있는 것이 아무것도 없다고 나오네, 법원이나 검찰에 불려 갈 일도 생길 거고."

"그럼 어떡해야 돼요?"

노인이 다시 말이 없어진다.

"집이 활활 타오르는데 식구들 목숨만 건져도 구십 점이야."

"그래도 무슨 방법이 있을 거 아녜요?"

재영의 얼굴에 소리 없이 눈물이 흘러내렸다. 노인이 재영에게 티슈를 뽑아 건넸다.

"멀리 도망가야지. 동서남북 어디로든 다 좋아. 살다 보면 앉을 때도 있고 서 있을 때도 있어. 참고 기다려."

재영은 생전 처음 보는 점쟁이 앞에서 그동안 참았던 눈물을 터뜨려 버렸다.

재영은 고향 집에 돌아와 아이를 학교에 보내고 하루 종일 누워 TV만 보았다. 생각을 마취시키지 않고는 자신을 견딜 수 없었다. 누군가 원망의 대상이 되어야만 복수의 꿈을 펼칠 수 있었다. 그런 꿈밖에 꿀 수 없었다. 과거를 돌이켜 잘못된 것들을 끄집어내 단죄했다. 그것의 주인공은 자신이었고 처절히 죽이고 다시 살리는 무한 반복의 시간이 흐르고 있었다. 상처를 깊이 들여다볼수록 수렁에서 빠져나오질 못했다.

아침이면 아버지가 신문을 들고 화장실로 들어가는 헛기침 소리가 들리고 마당을 쓸고 전지가위로 나무를 다듬는 소리가 들렸다. 엄마는 현관 계단에 놓인 화분에 물을 주고 꽃이 피면 빨리 나와 보라고 재영에게 소리를 질렀다. 재영은 몸이 일으켜지지 않았다. 현실과 꿈이 직조된 고통이라는 배를 타고 먼 섬에 유배되어 있었다. 이곳에서 빠져나갈 수 있을까, 누군가 나를 구조하러 오지 않을까, 허우적거렸다.

아버지는 자전거를 끌고 노인정으로 바둑을 두러 가고 엄마가 십 원짜리 동전이 가득 든 지갑을 들고 화투를 치러 나가면 재영 혼자 남았다. 재영은 TV 소리를 죽이고 정적에 귀를 기울이다 담을 걸어가는 고양이 그림자를 보고 놀라 이불을 뒤집어썼다. 그리고 다시 조용히 대문을 따고 들어오는 엄마와 아버지의 소리를 들을 수 있었다.

아이는 어른보다 빨리 현실에 적응했다. 닫힌 방문이 열리고 환한 아이의 얼굴이 들어왔다. 아이 뒤로 또래 친구들이 재영의 방 안을 들여다보았다. 재영은 몸을 일으켰다. 아이 손님들에게 방을 내주고 주방으로 나와 사과를 깎았다. 아이들이 컴퓨터 앞에 몰려 앉아 게임을 했다. 오랜만에 마루에 나와 마당의 따뜻한 햇살을 내려다보았다. 뾰족뾰족한 잔디밭에 장미꽃 나무 두어 그루와 사철나무, 소나무, 대추나무가 담장을 따라 가지런히 늘어섰다. 현관에서 대문까지 빨간 벽돌이 깔려 있었고 창고엔 아버지가 타고 다니던 승용차가 주차되어 있었다. 이 집은 재영이 태어난 곳이기도 했다. 길이 확장되는 바람에 삼 분의 일쯤 잘려 나갔지만 어렸을 적 고향 집 흔적이 여기저기 남아 있었다.

마당이 넓은 한옥이었다. 대문을 열고 들어서면 오른쪽으로 광이 있었고 광 안쪽으로 재래식 화장실이 있었는데 한번은 동생이 빠져 공원의 개천으로 씻으러 간 적이 있었다. 밤에 화장실이 가고 싶으면 할머니는 뒷마루에서 요강을 내다 주셨다. 마루의 천장은 꽤나 높았고 굵은 서까래가 받치고 있었다. 마루 양쪽으로 방이 있었고 부엌 옆에도 문간방이 있었다. 부엌은 지면보다 푹 꺼져 어두컴컴했고 부뚜막에는 까만 무쇠솥 두 개가 박혀 있었다. 지금 무성한 대추나무 아래 붉은 고무 뚜껑으로 닫혀 있는 곳이 우물 자리였다. 여름 방학 때 내려가면 노란 참외가 대야에 동동 떠 있던 자리였다.

재영은 가만히 눈을 감았다. 자신이 사촌들과 어울려 골목을 달려가는 소리를 들었다. 골목 입구의 만화 가게에서 외상으로 만화를 빌렸다. 방학이 끝나 손자들이 돌아가면 할아버지가 외상값을 갚아 주셨다. 일제 강점기 때 지었다는 군청 앞을 지나 공원에도 자주 놀러 갔었다. 공원에는 수양버들이 즐비하고 들쑥날쑥한 돌거북 송덕비 아래는 개천이 흘렀다. 재영은 낡은 그네를 타거나 철판으로 만든 미끄럼틀을 타고 주르륵 흘러내렸다.

공원 바로 옆 모퉁이에 용호 오빠 집이 있었다. 이 층 양옥집이었는데 일 층은 오빠 아버지가 치과 의원으로 쓰고 있었다. 용호 오빠는 치과 의사 아버지의 두 번째 부인에게서 태어났다. 아버지는 두 번째 부인과도 사별하고 용호 오빠와 단둘이 살았다. 오빠 아버지가 은퇴를 하고 전처 자식들과 재산 싸움으로 불화가 끊이지 않았다. 어느 날 치과 할아버지는 진료실에서 목을 매었다. 용호 오빠는 고향을 떠나 한참 만에 돌아왔다. 자신의 몫으로 남겨진 집은 거들떠보지도 않았다. 재영은 언제부턴가 고향에 돌아오면 치과 건물을 기웃거렸다. 폐가가 되어 버린 이 층 건물을 마치 비밀 화원처럼 들여다보았다.

한번은 할머니 심부름으로 치과 할아버지를 만난 적이 있었다. 아마 음식을 가져다 드린 것 같았다. 할아버지는 도수 높은 안경을 코에 걸고 현관으로 나왔다. 음식을 받고 재영을 물끄러미 바라보더니 화초 같구나, 한마디를 했다. 그리고 집 안에 있던 용호 오빠가 얼굴을 내밀었다.

"잠깐 들어와."

재영은 오빠를 따라 이 층으로 올라갔다. 그의 방은 정갈하고 아늑했다. 재영은 머뭇거리다 책꽂이에서 책 하나를 뽑아 들고 침대 모서리에 앉았다. 오빠는 작곡한 노래가 있다며 몇 소절 기타로 연주해 주었다. 어때? 소감을 물었다. 좋아. 다음 방학 때 내려오면 노래가 다 완성될 거야. 그때 나머지를 들려줄게. 완성된 노래를 들은 기억도 다시 오빠 방에 간 기억도 떠오르지 않았다.

할인 행사가 시작된 이후로 눈에 띄게 손님이 늘고 매장이 바빠졌다. 주변 아파트 단지에 전단을 돌리고 할인 마트 앞에 대형 플래카드가 걸렸다. 채소 코너 주임의 등이 땀에 절고 목이 쉬었다. 전 직원이 나와 행사 물건을 채우고 수시로 묶음 상품을 만들어 카트에 실어 날랐다. 쓸쓸하던 계산대 앞에 손님이 늘어섰다. 사상 초유 최저가 판매, 참치 통조림을 사면 건미역을 공짜로, 콩나물도 원 플러스 원, 우유도 원 플러스 원, 식용유도 하나를 사면 하나를 덤으로 주었다. 오리고기 깜짝 세일 오 분, 주꾸미도 삼십 프로 할인 행사에 들어갔다. 주임의 쩌렁쩌렁한 마이크 소리와 음악 소리에 귀가 멍멍했다. 정신을 차릴 사이 없이 지름신이 내렸다. 부장과 매장에 잘 나오지도 않는 사장이 계산대 앞에 서 있었다. 카트와 카트끼리 부딪치고 직원과 손님이 서로를 피해 다녔다. 재영은 자신이 관리하는 진열대 앞에 서 있었다. 다리가 아팠다. 맞은편 진열대의 광희는 오늘 출근하지 않았다. 어제 작은 소동이 있었기 때문이다. 남자 둘이 광희를 찾아와 행패를 부리고 돌아갔다. 광희가 그들에게 돈을 빌리고 갚지 않은 모양이었다. 재영은 광희가 창고 뒤로 돌아가 우는 걸 보았다. 오늘 아파서 나오지 않는다는 이야길 듣고 휴대전화로 전화를 걸었지만 받지 않았다.

재영은 자신이 팔리지 않는 물건 같다고 생각했다. 저 많은 사람들과 자신이 상품처럼 선택되고, 낭비되어 버려지고, 그저 짧은 인연으로 스쳐 지나가고 다시 손을 뻗어 카트에 물건을 넣는다. 카트에 물건을 채울 때마다 바코드가 드르륵 허상의 그림자에 색을 입힌다. 사람들은 산책하듯 행복해 보였다. 누군가 재영에게 말을 걸어 상품의 위치를 물었다. 재영은 진열대 한 곳을 가리키고 입을 막고 하품을 했다.

갑자기 마트가 정전이 되었다. 시끄러운 음악과 마이크 소리가 사라지고 조명도 꺼졌다. 평소 소음의 주범인 냉장고가 작동을 멈췄다. 생소한 민낯 같은 정적이 몇 초쯤, 다시 전기가 들어왔다. 아이 하나가 불이 들어왔다고 크게 말해 사람들이 웃었다.

다음 날 아침 조회 시간에 부장이 나와 5번 계산대 마감이 맞지 않는다며 모인 사람들을 눈을 부릅뜨고 노려보았다. 5번 계산대를 마감했던 소영은 얼굴을 들지 못했다. 배달원 영배는 초점 없는 눈으로 소영을 보고 있었다. 어젯밤 소영이 퇴근도 못 하고 가방 검사를 하고 몸수색을 당해 속옷 바람으로 사무실에 서 있는 걸 본 사람이 있다고 했다. 소영은 재영에게 찌개나 반찬 만드는 방법을 물어보곤 했는데 사는 처지에 비해 깔끔하고 야무진 아이였다. 그날 하루 종일 소영은 빨갛게 눈이 짓물러 있었다. 배달원 영배와 캐셔 소영은 더 이상 마트에서 볼 수 없었다. 나중에 알고 보니 정전으로 인한 계산대 오류로 판명되었다.

대추나무가 무성해져 아버지가 사다리를 타고 올라가 가지를 잘랐다. 대추나무 가지가 흔들릴 때마다 대추 알이 뚝뚝 떨어졌다. 담 너머 남의 집 앞마당으로, 골목길로 굵은 대추 알이 떨어졌다. 온 식구가 나서 떨어진 대추 알을 주웠다. 바구니 가득 채운 대추 알 하나를 아이와 함께 깨물었다. 맛이 시큼 달큼했다. 주운 대추 일부를 냉장고 안에 넣고 나머지는 햇볕이 잘 드는 베란다에 신문지를 깔고 널었다. 재영은 베란다 앞을 오갈 때마다 햇볕에 쪼그라드는 대추 알을 요리조리 돌려놓았다.

마트가 쉬는 날 남편을 보러 가기로 했다. 일 년 넘게 떨어져 있어도 남편이 있는 곳에 한 번도 가 보질 못했다. 밑반찬을 만들고 옷 몇 가지를 새로 샀다. 남편은 차를 가지고 기차역에 마중 나와 있었다. 빗방울이 툭툭 떨어지고 차는 공장이 있다는 시 외곽으로 달렸다. 국도를 끼고 소규모 공장들이 몰려 있었다. 남편이 자주 간다는 기사 식당에 들렀다. 문을 밀고 들어서자 넋 놓고 앉아 있던 여자가 남편에게 아는 체를 한다.

"여기 반찬 맛있어."

남편이 반찬 그릇 하나를 재영 앞으로 밀어 주었다. 나물 반찬 두어 가지에 고등어 반 토막. 두 사람은 말이 없이 밥을 먹었다. 재영은 아이를 데려오지 않은 걸 후회했다. 식당 밖 들판의 넘실대는 나무들 사이로 농가와 슬레이트 지붕의 공장들이 어울려 있었다. 저곳들 중 하나가 남편이 일하는 곳이었다. 남편이 소주 한 병을 시켰다. 재영의 잔에 남편이 술을 따라 주었다. 두 사람은 술잔을 기울였다. 재영은 열이 올라 얼굴이 화끈거렸다. 남편의 표정도 조금 익살맞게 변해 있었다. 밖으로 나오니 대지는 조용히 비에 젖고 있었다.

"여기서 더 가야 돼?"

"다 왔어."

식당을 나온 두 사람은 차를 타고 들판의 좁은 길로 들어섰다. 플라타너스에 가려진 철제 펜스 안으로 들어가 차를 세웠다. 두 채의 건물이 눈에 들어왔다. 비행기 격납고처럼 생긴 가건물 앞에 묶인 개 한 마리가 남편을 보고 짖어 대기 시작했다. 문이 열린 가건물 안에는 어지럽게 쌓인 원단과 완제품 들, 여러 대의 미싱이 보였다. 오늘 휴일이라 출근하는 사람은 없는 모양이었다. 두 사람은 사무실이 있는 건물로 들어갔다. 사무실이라고 해 봐야 컴퓨터가 놓인 책상 두 개와 손님 접대용 응접 세트가 전부였다. 그리고 여기저기 쌓인 박스 안에는 납품을 기다리는 파란 체육복이 가득 들어 있었다. 미싱은 사무실 안에도 있었다. 재영은 재채기를 했다. 이곳에 들어와 벌써 몇 번이나 하는지 몰랐다.

재영은 응접 세트에 앉아 남편이 타 주는 커피를 마셨다. 가건물 앞에 묶인 개는 사무실 쪽을 바라보고 있었다.

"엄청 복잡해 보인다. 일은 많아?"

"일감이 줄긴 했는데, 꾸준해."

"오늘 일하는 사람이 아무도 없네. 당신이 자는 덴 어디야?"

재영은 남편을 따라 건물 지하로 내려갔다. 일이 한참 많았을 때는 직원들이 숙식을 하던 곳이었지만 이젠 남편 혼자 쓰고 있다고 말했다. 철문을 열고 불을 켜자 휑한 공간이 나타났다. 모노륨 바닥에 싱크대와 냉장고가 있었고 창문엔 두꺼운 커튼이 쳐 있었다. 바닥이 차가워 재영은 발끝을 오므리고 걸었다. 남편이 자는 방으로 들어갔다. 겨울에 쓰던 전기장판 위에 이불이 그대로 깔려 있었고 낯익은 옷가지들이 어지럽게 흩어져 있었다. 수납장에 구형 TV가 얹혀 있었다.

재영은 전기장판 위에 앉았다.

"썰렁하다. 보일러 안 들어와?"

"보일러 틀어 줘?"

"아니, 그 정도는 아니고. 가끔 청소 좀 하고 지내. 먼지로 눈사람 만들어도 되겠다."

"자고 갈 거야?"

"왜? 그냥 갔으면 좋겠어?"

남편은 재영을 남겨 두고 공장에 남은 일이 있다고 올라갔다. 재영은 빈방 안에 우두커니 서 있다 가져온 반찬을 냉장고에 넣고 수건 하나를 걸레로 만들어 마루와 방을 꼼꼼히 닦았다. 시간이 조금밖에 흐르지 않았다. 밖이 어두운지 아직 해가 남아 있는지 알 길이 없었다. 공장을 둘러보고 싶었지만 여전히 비는 내리고 개가 자신을 보고 맹렬히 짖어 댈 것 같았다. 재영은 전기장판의 온도를 올리고 이불 속에 들어갔다. 이불에서 남편의 냄새가 났다. 몸이 따뜻해지니 피로가 몰려왔다. 팔을 뻗어 TV를 켰다. 방송 패널들이 시끄럽게 떠들고 밖에선 나지막하게 창 두드리는 빗소리가 들렸다. 깜박 잠이 들었다.

어느새 남편이 돌아와 재영의 등을 가만히 껴안았다.

"겨울에 춥지 않았어?"

재영은 남편을 돌아보며 중얼거리듯 말했다.

"후배가 식구들이 내려오면 지하를 고쳐 줄 수 있다고 말했어. 근처에 다세대 주택이 있어, 그리로 가도 되고. 이제 우리 같이 살자."

재영은 대답하지 않았다. 아이도 학교 생활에 적응했는데 조금만 더 이대로 지내면 안 될까 말하려다 그만두었다. 그냥 남편의 손을 잡았다.

일주일에 걸친 할인 행사가 끝이 났다. 오전에 매장 안은 썰렁했다. 어젯밤 남자 직원들끼리 주차장에서 바비큐 파티를 하고 밤새도록 술을 마셨다고 한다. 아직도 술이 덜 깬 남자들이 부스스한 얼굴로 장사 준비를 시작했다. 주임은 입술이 부르트고 목이 잠겼다. 그래도 오늘 다시 마이크를 잡을 모양이었다. 광희는 아무 일도 없었다는 듯이 다시 예전의 모습으로 돌아왔다. 재영은 부장에게 이번 달 말까지 근무하겠다고 말했다. 재영이 그만 둔다는 말은 금세 퍼져 만나는 사람마다 인사를 받았다. 후임이 오더라도 욕을 먹고 싶지 않아 상품 재고를 파악하고 반품할 것들은 따로 보관해 놓았다. 광희는 도와줄 게 없느냐고 물었다. 단칸방에 살아도 가족끼리 뭉쳐 살아야

지 하며 살짝 눈을 흘겼다. 두 사람은 이사를 가도 서로 연락하며 지내자고 약속했다.

아이는 전학 가야 한다는 말에 시무룩했다. 우리가 없어서 아빠가 외롭다는 말을 금방 이해해 다행이었다. 아이는 그사이 훌쩍 자란 것 같았다.

4월의 꽃향기가 바람에 실려 진하게 밀려왔다. 검붉은 덩굴장미가 활짝 피고 목련이 우아한 자태로 꽃망울을 터뜨렸다. 엄마는 그 앞에서 사진 한 장을 찍었다. 재영이 출퇴근을 하는 도로 양옆으로 벚꽃이 만개해 바람이 불면 물고기 비늘 같은 꽃잎이 떨어졌다. 마트 주차장에도 개나리가 피었다.

다락방에 올려 둔 재영의 짐을 끄집어 내렸다. 엄마는 짐들 중에서 이불 보따리를 마당에 풀었다. 방석부터 베개나 이불, 요까지 겉싸개를 뜯어 한쪽에 밀쳐 두었다. 그리고 솜싸개도 뜯었다. 재영은 풀 먹이는 이불 홑청을 거의 지퍼가 달린 물빨래하기 좋은 것으로 바꾸어 놓았는데 사용하지 않고 쟁여 놓기만 한 것들이었다. 마당에 먼지가 풀풀 날렸다. 엄마의 머리와 옷에도 실밥과 솜먼지가 들러붙었다.

왜 일을 만들어서 해. 내가 다 알아서 할게. 재영은 짜증을 부렸다. 이불솜은 며칠씩 해 좋은 날에 마당에 널어 말렸다. 그 바람에 아버지는 대문과 마당 사이를 몇 번이나 오가며 지그재그로 빨랫줄을 만들었다. 엄마는 다른 것은 몰라도 이불만큼은 책임지고 해놓을 테니 걱정 말라고 했다. 딸을 새로 시집보내는 것처럼 일에 매달렸다. 재영이 일을 마치고 돌아오면 삶아 빤 솜싸개가 누런 때를 쏙 빼고 하얗게 빨랫줄에 걸려 있었다. 어느 날은 이불 홑청이 집 전체를 가리고 너울거렸다. 그리고 엄마의 다듬이질 소리가 만화 가게가 있던 골목 입구까지 들렸다.

재영이 쉬는 날, 엄마는 외출을 하며 남은 이불 홑청을 삶아 빨아 풀을 먹이고 꿰매 놓으라고 했다. 밀가루 풀을 쑨 다음 면 주머니에 넣고 삶아 빤 홑청과 함께 조물거리다 풀물을 짜내 밖에 널었다. 아침 일찍 널어놓은 홑청이 꾸덕꾸덕 말라 가고 있었다. 어찌나 세게 풀을 먹였는지 바늘이 제대로 들어갈지 걱정이었다. 홑청을 걷어 베 보자기로 싼 다음 다듬잇돌 위에 올려놓고 방망이로 두드리기 시작했다. 아무리 방망이를 두드려도 엄마가 내는 리듬을 따라 할 수 없었다. 강약을 무시하고 엇박자의 연속이었다. 요를 꿰맬 때는 손가락에 골무를 끼웠는데도 바늘이 들어가지 않아 손끝이 아프도록 힘을 주어야 했다.

앞으로 네 서방한테 사각사각 소리 나게 이불 해 줘라.

엄마는 정성스레 이불 보따리를 묶으며 말했다.

송별회를 하려고 광희가 가져온 차를 타고 닭갈비집으로 갔다. 그동안 같이 일했던 아줌마 다섯이 모였다. 불판에서 고기가 지글지글 익고 맥주 한 병을 시켜 잔에 따라 건배를 했다. 재영은 봉투 하나를 받았다. 얼마 안 돼. 이사 가면 돈이 많이 들어가잖아. 가서 잘살아. 재영은 괜히 눈물이 핑 돌았다. 따라 주는 술잔을 다 받아 마시고 몽롱한 취기가 올라왔다. 이차는 노래방이다. 광희가 소리를 질렀다.

사람들과 헤어진 후 재영은 큰길을 따라 무작정 걸었다. 시장 안으로 들어갔다. 시장에는 용호 오빠가 한다는 식당이 있었다. 식당 문을 밀고 안으로 들어섰다. 손님 서너 명이 테이블이 차지하고 용호 오빠 부인은 주방에서 바삐 움직이고 있었다. 그녀가 먼저 재영을 알아보고 삐죽 얼굴을 내밀었다. 앞치마를 두른 그녀는 체격이 크고 다부진 인상이었다. 겉으론 재영에게 친절해 보여도 어딘가 모르게 경계하고 있다는 느낌이 들곤 했었다. 할머니 제사 때 고기를 사 가지고 왔었는데 재영을 바라보는 눈길이 편안해 보이지 않았다. 이런 느낌 때문에 오빠가 하는 식당에 맘대로 갈 수가 없었다.

"오빠 어디 갔어요? 저 요번 주에 이사 가요."

그녀는 주방에서 나와 재영의 말을 듣고 한시름 놓았다
는 표정으로 오빠가 치과 건물로 갔다고 말해 주었다.

"왜요?"

"거기다 식당 내려고 공사 중이에요. 여기 시장은 별
볼 일 없어요."

재영은 요사이 그 앞을 지나가 본 적이 없었다. 공원 주
변에 아파트 단지가 들어선다는 소문은 알고 있었다.

굳게 닫혀 있던 치과 건물 대문은 활짝 열려 있었다. 오
빠가 타고 다니던 오토바이가 대문 앞에 서 있었다. 재영
은 컴컴한 정원 안으로 들어섰다. 섬뜩한 느낌이었다. 오
빠를 불렀지만 대답이 없었다. 무성히 자란 잡초가 재영
의 발을 잡아챘다. 아주 오래되고 부패한 냄새가 일시에
몰려들었다. 화초 같구나 하는 치과 할아버지 음성이 들
리는 듯도 했다. 희미하게 불이 켜진 안쪽에서 부스럭거
리는 소리가 들렸다. 창틀도 다 떼어지고 건축 자재가 흩
어져 집 안은 거의 골조만 남아 있었다. 이 층으로 오르는
계단을 밟았다. 용호 오빠의 모습이 보였다. 인부들이 돌
아가고 뒷정리를 하고 있던 것 같았다.

"오빠."

그가 놀란 얼굴로 돌아봤다.

"어쩐 일이야. 바쁠 텐데. 이사 간다는 말 어머니한테서

들었다."

"식당에 갔더니 언니가 여기 있다고 해서. 여기다 가게 연다며?"

"응, 팔려고 내놔도 팔리질 않고. 시장보다 여기가 장사가 잘될 것 같아. 이 층은 아이들 방 만들어 주려고."

"여긴 원래 오빠 방이었잖아. 오빠, 기억나? 우리……."

재영의 말이 다 끝나기도 전에 오빠의 휴대전화가 울렸다. 오빠는 전화를 받으며 일 층으로 내려갔다. 배달이 밀려 빨리 식당으로 돌아오라는 내용 같았다. 그는 아래층을 휘둘러보더니 주머니에서 오토바이 키를 꺼냈다.

"오빠랑 이별주 한잔 하고 싶었는데 안 되겠네."

"벌써 술 한잔한 것 같은데."

"응, 송별회 했거든."

"생전 친정에 안 올 거니? 명절 때 만나자. 그때쯤이면 가게도 완성될 테고. 장사나 잘됐으면 좋겠다. 그만 가자."

그가 발걸음을 빨리해 어느새 오토바이에 올라탔다. 그는 재영에게 믿음직한 미소를 보여 주고 헬멧을 쓰기 직전 손을 흔들었다. 그리고 도로를 따라 내달렸다.

오빠, 한 번만, 딱 한 번만 오빠 오토바이 뒤에 타고 예전처럼 저수지 가는 길을 달리면 안 될까. 아카시아 향기

짙게 뿌리던 오빠 엄마 무덤 앞에서 내 볼에 입 맞춘 것 다 잊었어? 오토바이 머플러에 데어서 난 상처 오래도록 아물지 않았는데, 오빠는 꼭 기억 상실증 환자 같아. 재영은 밤하늘을 올려다보았다. 달은 시리도록 차고 별도 보였는데 군청 청소과 함석지붕 위에 고양이 한 마리가 쓱 지나갔다.

슈퍼문
(super moon)

멀리서 바다를 가로지르는 다리가 보였다. 안개 속에 거대한 교량 주탑 세 개와 그곳에서 뻗어 나온 케이블이 12km S 자 형 다리를 움켜쥐고 있었다. 펄 같은 바다엔 상선 몇 척과 바지선이 고정되어 있는 듯 떠 있었다. 바다에도 안개가 연기처럼 떠다녔다. 진호는 제한 속도로 달리다 거의 흐름을 느낄 수 없는 바다를 내려다보았다. 차 안에는 에미넴의 랩 〈루즈 유어셀프(lose yourself)〉가 흘러나왔다. 진호는 랩 박자를 따라 손가락으로 핸들을 툭툭 쳤다. 차 속도를 올렸다. 기분이 나쁘지 않았다. 차는 내비게이션의 파란 선을 순조롭게 따라가고 있었다.

새벽의 6차선 도로는 한산했다. 차들은 저마다의 차선

을 타고 매끄럽게 달렸다. 진호 옆 차선으로 리무진 공항 버스가 지나쳤다. 리무진 버스에 탄 사람들의 모습이 차창에 비쳤다. 조금은 지친 듯 상기된 얼굴로 바다를 보고 있었다. 진호도 그들과 같은 일행이라는 생각이 들었다. 신공항으로 통하는 이 다리는 사람들을 여행자가 되는 꿈을 꾸게 만들었다. 케이블에 휘감긴 안개가 사람들을 홀리고 있었다.

허공으로 끝도 없이 이어지던 다리가 십여 분 만에 톨게이트를 통과했다. 에미넴의 랩 배틀이 시작되기 직전이었다. 마침내 목적지 G에 도착한 것이다. G는 바닷물을 막아 건설된 인공 도시다. 최근 신공항이 들어서며 국제자유무역도시로서 위상과 면모를 갖추었다. 진호는 도로에 그려진 화살표의 방향을 따라 차선을 변경하며 G로 들어섰다.

시설관리공단과 물류복합단지와 대학 분교를 지나 도심 안쪽으로 들어갔다. 블록을 엇갈려 쌓은 기하학적 무늬의 건축물과 이집트의 오벨리스크를 본뜬 빌딩과 전면이 푸른 유리로 장식된 시청 건물이 아침 햇살을 받아 번쩍거렸다. 도로는 넓고 시원하게 뚫리고 건물마다 유명 프랜차이즈 간판들이 즐비하고 아직 문을 열지 않은 카페의 야외 테이블엔 축축한 파라솔이 접혀 있었다. 사람들은 별로 눈에 띄지 않았다. 낙엽만 이리저리 쓸려 다녔다. 이제 내비의 친절한 안내는 끝이 났다.

진호의 목적지 카지노 갤러리 77은 아직 나타나지 않고 있었다. 호수를 끼고 만들어진 카지노 갤러리 77은 카지노 호텔과 대규모 쇼핑몰과 오피스텔, 테마파크 공원, 전시관과 음악홀을 아우르는 복합 리조트 단지였다. 허리가 잘록한 술잔 모양의 77층짜리 건물 주변에 납작한 흰색 지붕이 몰려 있었다. 그리고 갈대숲에 둘러싸인 호수가 보였다. 진호는 오늘부터 이곳 경비 업체 직원으로 일하게 되었다.

하늘엔 비행기 한 대가 머리를 쳐들고 비스듬히 솟구치고 있었다. 고래 배 밑 같은 비행기의 흰색 아랫배를 보는 사이 약속 장소인 중앙 통제실이 있는 지하 주차장 R-6 구역을 놓쳐 버렸다. 갤러리 77의 지하 주차장으로 내려가는 통로는 모두 여덟 군데였다. 하지만 R-6은 찾을 수가 없었다. 진호는 수다스러운 랩을 꺼 버리고 신중히 밖을 응시했다. 한 바퀴를 돌고, 두 바퀴를 돌고, 세 바퀴를 돌 때쯤 R-6으로 들어가는, 은행나무와 청소차로 가려진 입구를 찾아냈다. 한숨을 돌리고 진입하려는데 휴대전화가 울렸다. 신호음 저편에서 남자 음성이 들렸다. 어제 통화한 선임 같았다. 진호는 시계를 보았다. 약속 시간이 지나 있었다. 곧 도착한다고 말하자, 상대방은 대꾸 없이 끊어 버렸다. 어둡고 울퉁불퉁한 통로를 빙글빙글 따라 내려갔다. 갤러리 77의 지하 주차장 규모는 올림픽을 치를 정도로 아주 넓었다. 이른 시간인데도 차들로 꽉 차 있었다. 중앙 통제실은 지하 3층 기계실 옆에 위치해 있었다. 보안 업체 유니폼을 입은 남자가 진호를 기다리고 있었다. 그는 손짓으로 차 세우는 장소를 알려 주고 지문 인식을 통해 통제실 안으로 진호를 데리고 들어갔다.

그는 초면에 악수를 한다든지 하는 예의는 생략했다. 진호가 약속 시간을 지키지 않은 게 못마땅한 얼굴이었다. 알려 줄 것이 많은데 시간이 없다는 태도였다. 통제실은 다섯 평 남짓으로 한쪽 벽에 모니터 화면이 가득했다. 마치 거대한 모눈종이 같았는데 자세히 들여다보면 모눈종이 하나하나가 시시각각 분화하고 있었다. 그는 앉으라는 말도 없이 진호에게 업무 지침서를 내밀었다.

"기본적으로 무인 경비 시스템이야, 우리는 CCTV 관리 업체라고 보면 돼. 몸 쓰는 일은 거의 없어. 갤러리 77 전체에 공식적인 보안 업체가 다섯 내지 여덟 군데가 들어와 있다고 하는데, 사설 경호 업체나 보안 업체와 비밀리에 계약한 사람들까지 합치면 그 이상일 수 있지. 그건 우리가 신경 쓸 건 아니고. 우리는 지하 주차장 2, 3층과 진출입로, 엘리베이터 안, 사각지대를 위주로 가장 넓은 중요 구역을 담당하고 있지. 설치된 CCTV만 총 천 대가 넘어." 그는 벽에 가득한 모니터를 자랑스럽게 쳐다봤다.

"할 일이 없다고 하면 없고, 할 일이 많다고 하면 수도 없이 많지. 별로 어렵지 않아. 기본 베이스만 잘 유지하고 하루 한 번 순찰 돌면 끝이야. 긴급 상황이 발생하면 경찰이나 소방서, 응급 센터로 자동 연결이 돼. 우리가 직접 나서는 일은 없을 거야. 단지 주차장 관리하는 데 신경 써야 돼, 민원이 많아. 차 도난 사건이 종종 일어나거든. 이유 없이 미친놈들이 출몰할 때도 있고."

"이 넓은 구역을 CCTV만 가지고 다 관리할 수 있을까요?"

"글쎄, 나도 모르지. 열심히 모니터를 들여다보면 답이 나오지 않을까."

그가 캐비닛에서 유니폼 하나를 꺼내 주었다. 진호는 화장실이 딸린 작은 방에서 옷을 갈아입었다. 방에는 침대로 쓰는 긴 소파가 있었고 전자레인지가 달린 싱크대도 있었다. 유니폼은 진호에게 약간 헐렁했다. 한 치수 작은 건 없냐고 물었지만 선임은 턱을 괴고 모니터를 들여다보느라 듣지 못한 것 같았다.

진호는 멋쩍게 그의 옆으로 다가앉았다.

"우리 둘이 근무하게 되는 건가요?"

"아니, 오늘 하루만. 24시간 교대 근무란 말 못 들었나?"

"아, 네. 들었어요."

"체육대학을 나왔다고 하던데 유단잔가?" 그가 뜬금없이 물었다.

"태권도하고 합기도 좀 했는데 실전에 써 본 적은 없어서."

"가스총을 주는데, 쓰는 법은 나중에 가르쳐 줄게. 혹시 경찰이 된 걸로 착각하면 안 돼. 가끔 그런 친구가 있거든."

선임은 모니터 다루는 법을 설명해 주었다. 하루 24시간 쉴 새 없이 돌아가는 영상은 멈춰 본 적이 없다고 했다. 가로세로 열 개씩, 총 백 개의 모니터 화면에 그림들이 끊임없이 나열되고 있었다. 진호는 모니터 앞에서 어떤 일을 하게 될까 잠시 생각해 봤다. 그는 CCTV가 잘 작동하고 있는지 확인하는 게 주된 업무라고, 전송된 영상은 빅 데이터에 저장되고 CCTV 영상 처리 업체로 보내진다고 덧붙였다. 진호의 눈은 금세 피로해졌다. 전송된 화면이 매 순간 바뀌어 하나의 화면이 네 개로 다시 열여섯 개로, 열여섯 개에서 예순네 개로 셀 수도 없이 무수히 분화돼 모눈종이가 터져 꽃이 피는 것처럼 보였다. 채색된 모눈종이는 얼핏 보면 식인 꽃 같아 꽃봉오리가 열렸다 닫혔다 하며 영상들을 잽싸게 삼켜 버렸다.

선임은 때가 탄 둥근 버튼을 제일 많이 사용했다. 둥근 버튼 표면에 박힌 활자는 거의 닳아 없어졌다. 그는 그런 때가 탄 크고 작은 버튼들을 진호가 다리를 건너며 랩에 맞춰 핸들을 톡톡 쳤던 것처럼 건드렸다. 모니터 화면에 텅 빈 엘리베이터 안의 모습과 관광객들이 차에서 내려 호텔로 들어서는 모습이 여러 각도로 잡혔다. 타이머를 돌려 원하는 시간과 장소로 이동하는 조작법도 선보였다. 선임은 CCTV가 타임머신이 될 수 있다고 말했다. 진호는 왠지 주눅이 들었다. 언제쯤이면 그처럼 자유자재로 모니터 화면을 다룰 수 있을까 걱정이 앞섰다.

선임은 먼저 점심을 먹는다고 진호를 두고 나가 버렸다. 진호는 뻑뻑한 눈을 비비고 잠시 데스크에서 물러났다. 업무에 관한 전반적인 내용들을 머릿속에 한꺼번에 정리하려고 했지만 역부족이었다. 진호는 그가 이야기할 때 고개를 끄떡거린 게 후회되었다. 그의 말을 끊지 못하고 질문하지 못한 건 그가 말끝마다 우리가 할 일은 별로 없어, 라고 반복적으로 말했기 때문이었다.

다시 데스크에 바짝 다가가 모니터 화면들을 응시했다.

화면 속 엘리베이터에는 사람들이 타고 내리고, 호텔 로비는 사람들로 북적대고 쇼핑몰 여자 화장실 앞은 줄이 길어지거나 짧아지거나 했다. 호텔 회전문과 객실의 긴 복도와 비상구 계단, 화분과 쓰레기통도 화면에 붙들려 있었다. 진호는 선임이 없는 사이 손때가 가장 많이 묻은 다섯 개의 버튼을 손가락으로 살짝 만져 보았다. 버튼이 부드럽게 달라붙었다 떨어졌다. 그것은 좋은 징조였다.

오후 2시, 점심을 먹기 위해 차 시동을 걸었다. 시동을 걸자마자 에미넴의 랩 배틀이 흘러나왔다. 진호는 아주 낯설고 이질적인 세계를 경험한 기분이었다. 아직도 현란한 모니터 화면의 잔상이 남아 있었다. 공복 상태가 오래돼 속이 울렁거렸다. 프리 스타일 속사포 랩의 볼륨을 줄였다. 지상으로 올라오자 강렬한 태양빛이 앞 유리창에 쏟아져 선글라스를 찾아 썼다. 사거리 신호등 앞에서 수제 햄버거 집을 발견했다. 바람 한 점 없는 오후였다.

햄버거 가게 문을 밀고 들어가자 빨간 모자를 쓴 직원이 주문을 받았다. 직원이 테이크아웃이냐고 물었다. 진호는 아니라고 고개를 가로젓고 창밖이 내다보이는 구석에 앉았다. 손님은 진호 하나뿐이었다. 배를 채울 수 있다면 맛은 포기해도 괜찮지 않을까 싶었다. 진호는 경호원 유니폼을 입고 있다는 것을 의식하지 않고 입을 크게 벌려 하품했다. 눈꺼풀이 점점 무거워졌다. 눈을 가느스름하게 뜨고 거리 어딘가에 있을 CCTV를 찾았다. 그러다 자신이 모니터 화면 속에 들어와 있을지 모른다는 생각을 했다. 햄버거는 생각보다 푸짐하고 맛있었다. 이곳에 자주 오게 될 것 같은 예감이 들었다. 소스가 묻은 손가락을 빨며 햄버거 하나를 포장해 달라고 부탁했다. 허락된 점심시간이 끝나 가고 있었다. 이 도시는 사람들이 보이지 않는 특징이 있다. 모니터 화면 속에 있던 그 많은 사람들이 어디로 갔는지 모르겠다.

갈대숲 사이로 푸른 물결을 헤치며 유람선이 지나고 있었다. 호수는 도시 한가운데 넓게 퍼져 있었다. 호수는 띄엄띄엄 떨어진 거대한 석상 주변을 맴도는 해자 같기도 하고 내륙 안으로 흘러들어온 바닷물 같기도 했다. 호수와 고층 건물과 숲은 굴곡 없는 지평선에 가지런히 늘어서 있었다. 진호는 가지고 나온 커피를 빨대로 마시며 흰색 벤츠 차량을 뒤따랐다.

흰색 벤츠 차량이 속도를 내지 못하고 서행을 하고 그 앞 차량도 느리게 움직였다. 차들이 밀리고 있었다. 탁 트인 도로에 많지도 않은 차량이 밀린다는 게 이상했다. 진호는 차창 밖으로 고개를 빼고 무슨 일인지 살폈다. 빛이 산란하는 인도에 짧은 팬츠를 입은 여자가 개를 데리고 뛰고 있었다. 여자의 얼굴은 조막만 하고 목과 귀가 시원하게 드러난 커트 머리에 기품 있고 단단한 긴 다리로 달리고 있었다. 개는 갈색 털에 흰 콧수염이 달린 슈나우저였다. 여자는 누가 봐도 젊고 매력적이었다. 광고를 찍는 모델 같았다. 도로 운전자들이 여자에게 반할 만했다. 진호는 이 도시에서 처음으로 사람을 만난 것처럼 경이로웠다. 여자가 횡단보도 앞에서 신호를 기다렸다. 신호가 바뀌자 개를 안고 걷는다. 세상의 모든 공기가 여자의 목덜미에서 나오는 듯 진호는 심호흡을 하며 여자의 체취를 들이마셨다. 누군가 클랙슨을 울렸다. 그새 여자가 사라졌다.

새벽 2시, 선임과 지하 주차장 2층과 3층의 순찰을 돌았다. 순찰을 도는 이유는 보안 장치의 점검이었다. 진호는 보안 장치에 새로 부여 받은 비밀번호와 지문을 등록했다. 2층 주차장은 주로 카지노 손님들이 이용한다고 했다. 오랫동안 방치돼 먼지 더께가 앉은 고급 승용차들이 한군데 몰려 있었다. 숙박비를 내지 않고 차를 버리고 도망가거나 도박 빚에 볼모로 잡힌 차라고 선임이 말했다. 주차장에서 피살 사건이 일어난 이후 호텔 측은 카지노 손님들의 차에 대해 까다로운 규정을 만들었지만 별 효과는 없었다고 했다.

3층 주차장은 여러 곳과 공동으로 사용하고 있었다. 음악홀과 쇼핑몰, 인근 오피스텔이 각자 구역을 정해 차를 세웠다. 높고 촘촘한 펜스로 경계를 구분해 놓아 사람들은 자신이 주차할 구역을 찾느라 한참을 헤맨다고 했다. 다른 구역으로 잘못 들어왔을 경우 처음으로 다시 돌아가 허용된 경로를 통해서만 본래 주차 구역으로 들어올 수 있다는 것이다. 그 외에는 방법이 없다고 했다. 그 말은 순찰을 돌다 길을 잃을 우려가 있다는 말이었다. 진호는 주차장 벽과 기둥에 쓰인 알파벳과 숫자를 수첩에 몰래 적었다. 횡한 주차장에 선임과 진호의 발소리가 울렸다. 그리고 어디선가 꾸준히 소음이 들려오고 있었다. 진호는 소리에 귀를 기울였다. 집에서 잠자다가 듣는 냉장고나 형광등 소리처럼 지하 기계실에서 꾸준히 소음이 나고 있었다. 두 사람은 구불구불한 통로를 따라 지상으로 올라와 쇼핑몰 중앙 분수대를 지나 음악홀과 연결된 에스컬레이터를 걸어 내려왔다. 유리창 밖으로 옅게 풀어진 어둠이 잔디밭 조각상들과 가로등, 푸르스름한 정적이 몰려 있는 흰색 지붕을 어루만지고 있었다. 진호의 목덜미에 땀이 찼다. 이제 중앙 통제실로 돌아가야 한다. 내일부터 혼자 순찰을 돌아야 하는데 정말 미로가 따로 없었다.

　사복으로 갈아입은 선임이 진호를 흔들어 깨웠다. 어떻

게 소파에서 자게 되었는지 기억에 없었다. 진호는 부스스한 몰골로 퇴근하는 그를 올려다보았다. 새벽 5시가 조금 넘는 시간이었다. 그가 문을 닫고 나가는 소리에 간신히 몸을 일으켜 세수를 하고 유니폼을 입은 다음 본사와 영상 통화를 하며 업무를 시작했다. 이제부터 혼자 일을 해야 하는 것이다.

진호가 잠든 사이에도 식인 꽃들이 활짝 꽃잎을 열어 분화한 화면들을 꿀꺽 먹어 치웠다. 덫에 걸려든 화면은 숱이 없는 남자의 머리통이었다. 선임이 일러 준 대로, 업무 지침 매뉴얼대로, 때가 탄 둥근 버튼을 누르고 바로 위 칸 세 번째 버튼을 눌렀다. 아무 이상이 없었다. 그리고 다음 버튼, 자동 연속 변환 장치를 누르려 했던 것이 빨간색 테두리의 버튼을 눌러 버렸다. 갑자기 모니터 화면이 심하게 일그러지더니 일곱 색깔 무지개로 변해 버렸다. 진호는 수정하기 위해 함부로 다른 버튼을 누를 수도 없고 본사에 문의할 수도 없었다. 매뉴얼 책자를 서둘러 이리저리 넘겼다. 답이 없었다. 이러다 식인 꽃을 죽일 수도 있다는 생각에 진땀이 났다. 매뉴얼 책자를 테이블에 집어 던지고 고개를 숙였다. 시간은 흐르고 머릿속은 하얘졌다. 질타가 쏟아지고 직장에서 쫓겨나는 그림이 그려졌다. 기도가 끝난 듯 진호가 고개를 들었을 때 다행스럽게 일곱 색깔 무지개가 사라지고 화면에 식인 꽃이 활짝 피었다. 세상에 이렇게 아름다운 꽃은 없을 것 같았다. 선임의 말이 맞았다. 사람이 할 수 있는 일은 별로 없었다. 어떤 조작이나 바보도 식인 꽃을 죽일 수 없다. 꽃이 사랑스러웠다. 배가 고파 어제 산 햄버거를 우적거리며 모니터 화면 앞을 떠나지 못했다. 시간은 아주 더디 흘러갔다.

진호는 쉬는 날마다 방을 구하러 다녔다. G에서는 싼 원룸이나 고시촌을 찾을 수가 없었다. 방을 구할 때까지 중앙 통제실 안에서 기거하기로 양해를 구했다. 선임은 가끔 데스크에 두 다리를 올리고 낮잠을 자거나 말도 없이 외출해 버려 쉬는 날이 쉬는 날 같지 않았다. 선임이 인기척을 느끼지 못하게 조용히 사무실을 빠져나왔다. 더 이상 방 구하는 것을 늦출 수 없었다. 세탁이나 식사 문제보다 이곳에서 벗어날 수 없을 것 같다는 강박관념이 생겼기 때문이다.

월세가 싸다는 G 외곽으로 나갔다. G에서 한 시간도 채 달리지 않은 바닷가의 한적한 마을에 방 하나를 얻었다. 바닷물을 막아 도시를 건설하는 대역사에 작은 마을은 황폐해진 것 같았다. 예전 피서객을 상대로 여름 한철 장사하는 민박집이었다. 주인 할머니 말에 의하면 전에는 찰랑거리는 바닷물이 저기 보이는 작은 섬까지 쭉 밀려 나가는 바람에 바닷길이 열려 관광객들이 몰려들었는데 지금은 아무도 오지 않는다고 했다. 작은 섬은 그저 돌무더기처럼 보였다. 그땐 수입이 쏠쏠했는데 저 징한 펄이 생긴 이후로 다들 G로 일하러 다녀. 할머니는 진호가 준 계약금을 둘둘 말아 주머니에 넣으며 말했다. 늦잠을 자며 맘대로 뒹굴 수 있는 공간에 파도 소리가 들린다면 더할 나위가 없지만 펄의 질퍽한 속살 냄새도 괜찮다고 생각했다.

교대 근무는 시간이 지날수록 편하고 익숙해졌다. 때가 타지 않은 다른 버튼들도 두렵지 않았다. 진호는 데이터에 빠른 속도로 접근해 업무를 단순화했다. 언제나 식인 꽃들은 식욕이 왕성했고 그들의 먹잇감들을 풍부하게 대줬다. 사람과 자동차, 모든 형상들이 식인 꽃 위산에 녹았다. 무엇보다 시간을 다룰 수 있다는 게 큰 발전이었다. 두 시간 전, 세 시간 전, 닷새 전, 마음대로 돌아가 영상을 복원할 수 있었다. 압축 타이머가 영상을 뒤로 돌려 주었다. 영상들은 아주 빠르게 돌아간다. 사람들은 무성 영화 주인공처럼 뒤뚱거리며 시간을 거슬러 올라간다.

새벽 2시가 다 되었다. 커피를 마시고 장난감 권총 같은 가스총을 겨드랑이에 찼다. 선임에게 다루는 방법은 아직 배우지 않았다. 애미넴의 랩을 이어폰으로 들으며 2층과 3층 주차장을 돌았다. 고요 속에 랩 음악은 속삭이듯 들렸다. 진호의 발소리는 접착제로 신발 밑창을 붙였다 떼었다 하는 소리 같았다. 두 가지 소리가 묘하게 어울렸다.

투명한 CCTV 렌즈가 진호의 아이디와 지문을 인식했다. 구불구불한 통로를 따라 올라가 쇼핑몰 광장에 도착했다. 며칠 전 쇼핑몰 광장에서 영화 홍보 차 내한한 할리우드 배우들의 팬 사인회가 있었다. 천장까지 솟구쳐 올랐던 분수는 물방울 하나 남기지 않고 말라 있었다.

진호는 에스컬레이터를 걸어 내려가며 유리창 너머 하얗게 빛나는 커다란 원형을 발견했다. 달이었다. 달은 하늘을 거의 다 덮고 있었고 팔을 뻗으면 만져질 듯 가깝게 느껴졌다. 만약 그것이 땅에 떨어져 해자 사이를 구르면 도미노처럼 서 있는 빌딩들을 모두 쓰러질 거였다. 어둠이 희끄무레해졌다. 하얀 원형 안에 그려진 지도가 보였다. 이어폰을 빼고 유리창에 바싹 다가섰다. 진호의 호흡에 유리창이 습기 찼다. 달은 계곡 사이에 끼인 듯 꼼짝하지 않고 투명해지더니 점점 민박집 창문에서 내다본 자주색 펄처럼 변했다. 진호는 유리문을 열고 잔디밭으로 내려섰다. 달을 보며 걷다 대리석 조각상 앞에 멈췄다. G에 오글거렸던 빛들은 온전히 사라진 듯했다. 진호는 갑자기 추위가 느껴져 두 팔로 몸을 감싸 안았다. 밀려온 안개 때문에 달은 서서히 하늘로 떠올랐다. 다시 빛들이 살아난다. 진호도 왔던 길을 되돌아가야 했다. 이어폰을 다시 귀에 꽂았다.

선임의 출근이 늦어지고 있었다. 사복으로 갈아입고 그에게 휴대전화를 걸었다. 그가 불쾌한 목소리로 전화를 받는다. 짙은 안개 때문에 11중 추돌사고가 일어나 다리에서 꼼짝도 못 하고 있다고 뉴스도 안 보냐며 화를 냈다. 인터넷 포털 사이트에 안개 속 11중 추돌사고 검색어가 떴다. 진호는 민박집으로 돌아가 커튼을 치고 죽은 듯 자고 싶었다. 24시간 교대 근무로 피로가 누적되고 있었다. 언제 도로가 뚫려 선임이 출근하게 될지 알 길이 없었다. 통제실 밖으로 나와 어슬렁거렸다. 돌멩이라도 있으면 걷어차고 싶은 심정이었다.

엘리베이터 출입구 가까운 곳에 승합차 한 대가 멈춰 사람들을 내려 주고 있었다. 차에서 내리는 사람들은 비행기 여승무원들이었다. 오피스텔 주차 구역이 이곳에 있었다. 그녀들은 머리를 하나로 묶거나 올리고 베이지 정장에 목엔 빳빳한 작은 스카프를 둘렀다. 캐리어를 끌고 서둘러 걷는 그녀들의 모습은 거의 비슷했다. 공장에서 찍어 낸 인형들 같았다. 건물로 들어가는 자동문이 막 닫히려는 순간 한 여자가 눈에 들어왔다. 짧은 커트 머리 여자. 왜 진즉 보지 못했는지, 바로 개를 데리고 뛰던 여자였다. 옷차림이 달라졌어도 알아볼 수 있었다. 진호는 안절부절못하다 통제실 데스크 앞으로 달려가 모니터 화면에서 여자를 찾았다. 모니터 화면은 분화된 그림들을 연속적으로 나열하며 시시각각으로 변하고 있었다. 빨리 찾지 못하면 그녀를 놓쳐 버리고 만다. 간신히 엘리베이터를 탄 그녀들의 모습을 발견했다. 커트 머리 여자는 안쪽 거울 앞에 비스듬히 기대 있었다. 그녀들은 모두 1층에서 내려 홀을 가로질러 밖으로 나갔다. 화면이 달라졌다. 진호는 자리를 옮겨 다니며 모눈종이 속에서 여자의 머리카락 한 올이라도 찾으려고 애썼다. 모눈종이 하나에 도로를 지나는 그녀들의 모습이 잡혔다. 종아리와 캐리어 바퀴밖에 보이지 않았다. 백 개의 모니터 식인 꽃들은 멀리 날아가는 나비를 잡지 못했다.

진호는 가슴이 뛰었다. 여자를 다시 봤다는 건, 앞으로 여자를 추적할 수 있다는 건 행운이었다. 비록 진호가 볼 수 없는 오피스텔에 살고 있지만 문제 될 건 없었다. 여자가 이곳에서 내린다는 것은 갤러리 77에서 벗어날 수 없다는 걸 의미했다. 여자들이면 누구나 갤러리 77의 광고 '완벽한 꿈의 파라다이스'의 주인공이 되고 싶어 하니까. 선임은 두 시간 후에 나타났다. 실실 웃는 진호를 이상한 눈으로 쳐다봤다.

진호의 작업이 하나 더 추가되었다. 그날 이후로 승합차에서 내리는 여승무원들을 찾느라 데스크 앞에 진득이 붙어 있었다. 여승무원들은 비행 스케줄에 따라 차에서 내리는 날도 사람도 달라졌다. 한 명이 내릴 때도 있고, 두 명이 내릴 때도 있고, 네 명이 다 내릴 때도 있었다. 하지만 여자는 열흘이 지나도 볼 수 없었다. 모니터 화면을 들여다보는 일이 시간 낭비 같았다.

민박집으로 돌아가는 길, 활주로 끝에 고도를 낮추며 비행기가 착륙을 시도하고 있었다. 여자가 지금 저 비행기를 타고 있다면 무엇을 하고 있을까 상상한다. 좌석 복도를 오가며 안전벨트를 확인하고, 음료 서비스를 하거나, 아니면 승객 없는 텅 빈 뒷좌석에서 담요를 덮고 쭈그려 자고 있을지도 모른다. 진호의 머릿속에 이런저런 모습으로 여자가 자꾸 떠올랐다. 진호에겐 여자가 모르는, 여자를 둘러싼 천 대의 CCTV 카메라가 있었다. 식인 꽃이 만개한 꽃밭에서 여자는 벗어날 수 없을 것이다.

해안도로를 달리면 커다란 바윗돌을 바다에 쏟아 붓는 공사가 한창인 곳이 많았다. 예전 나루터였던 흔적은 온

데간데없어졌다. 인근의 텃밭과 비닐하우스가 몰려 있는 마을은 언젠가 파도에 휩쓸려 들어갈 것처럼 위태롭게 보였다. 오른쪽 차창으로 펄이 펼쳐지기 시작했다. 며칠 전 일찍 잠에서 깬 진호는 맨발로 펄을 걸었었다. 아무리 걸어도 바닷물에 발을 담글 수가 없었다. 물이 발목까지 차오르자 민박이라고 쓴 반쯤 열린 창문을 돌아보았다. 여기서 돌아가지 않으면 지구 반 바퀴는 돌아야 할 것 같았다.

G는 사람이 잘 보이지 않는다는 특징이 있다. 도로엔 고급 승용차들 천지고 고층 건물엔 세계적으로 유명한 기업과 은행, 병원, 미용실, 커피 전문점, 레스토랑 간판을 쉽게 볼 수 있어도 거리를 걷는 사람을 본 기억이 없다. 사람이 전혀 없다고 말하는 것이 아니다. 잘 차려입은 노신사도, 유모차를 밀고 가는 젊은 엄마도, 키즈 카페에서 노는 아이들도 보았다. 미술관 잔디밭에서 데이트하는 젊은 커플도 있었다. 그들은 모두 광고 속 주인공들처럼 흠잡을 데 없이 행복해 보였다. 개를 데리고 뛰던 여자도 그들 중 하나였을까.

일주일에 두 번은 수제 햄버거집에 들렀다. 직원은 진호가 유달리 햄버거를 좋아하는 줄로 알았다. 매장에서 손님과 마주친 적은 거의 없었다. 늘 앉던 자리에 앉고 메

뉴판의 햄버거를 종류별로 시켜 먹었다. 넘실대는 갈대숲과 그 앞으로 볕이 따가운 회색 인도에 가로수 그림자를 눈여겨보았다. 오늘 어느 곳에서도 여자를 볼 수 없어 텅 빈 마음을 식은 커피로 달래고 몸을 일으켰다.

사무실에 날벌레가 들어와 모니터 위를 날아다녔다. 정신없이 빙빙 도는 놈을 내보내려고 문을 살짝 열었다. 오늘따라 기계실 소음이 크게 들리고 사무실은 후텁지근했다. 데스크에서 멀리 떨어지게 의자를 밀었다. 졸음이 몰려왔다. 모니터가 하얀 벽처럼 가물거렸다. 고개가 앞으로 툭 떨어졌다. 잠깐 기계실에서 바닷물이 밀려 나와 주차장으로 흘러넘치는 꿈을 꿨다. 통제실 문을 두드리는 소리가 들리는 것도 같았다. 굉음과 동시에 비상벨이 울렸다. 깜짝 놀라 눈을 떴다. 데스크에서도 노란색 버튼에 불이 들어와 번쩍거렸다. 모니터부터 확인했다. 지하 주차장 안으로 검은 물체가 내려오고 있었다. 정체를 파악하려고 화면을 크게 늘렸다. 해골 두건에 검은 선글라스를 쓴 오토바이 폭주족이었다. 모두 여덟 명쯤 되어 보였다. 진호는 본사와 접촉했다. 경찰이 출동했을 거야. 꼼짝말고 자리를 지켜. 진호는 모니터에 바싹 붙어 앉았다. 비상사태이므로 모니터 절반이 사고 현장에 집중되어 있었다. 오토바이에서 사내들이 내려 야구 방망이로 무차별적으로 차를 부쉈다. 바닥에 유리 파편과 부속품이 튀어 나 갔다. 통제실 안에서도 그 소리가 고스란히 들렸다. 경찰 출동이 늦어지면 어떡하나 조바심이 났다. 경찰차의 사이 렌 소리에 갤러리 77은 지진이 일어난 듯 흔들렸다. 진호 는 바깥 상황을 모니터를 통해 들여다보고 있었다. 폭주 족이 경찰차 세 대를 지하 7층까지 끌고 내려갔다. 그건 미친 짓이었고 출구 없는 발악이었다. 오토바이 여덟 대 가 흩어져 경찰의 추격을 따돌리고 도망치려 했지만 경찰 차가 출구를 막았다. 앞바퀴를 들고 차 지붕 위를 타고 달 리던 오토바이 한 대가 벽과 충돌해 불꽃이 터졌다. 경찰 차를 피하려다 바닥에 미끄러지거나 공중에서 뒤집힌 오 토바이들이 사방으로 기물을 파손하고 나둥그라졌다. 그 와중에도 오토바이 세 대가 미친듯이 속력을 내서 지상의 바리케이드를 뚫고 도로로 진입해 CCTV 시야에서 사라 졌다. 고통스럽게 나뒹굴던 두건 쓴 남자들은 경찰에 제 압당해 수갑을 차고 경찰차에 실렸다. 퇴근했던 선임이 갑자기 나타났다. 집에서 쉬고 있는데 자리로 속히 돌아 가라는 연락을 받았다는 것이다. 그는 현재 상황을 파악 하라는 지시를 내렸다. 지하 주차장은 아수라장이 되었고 전쟁터가 따로 없었다. 사고 현장은 아직 공개되지 않고 있었다. 지하 2층과 7층의 피해가 제일 컸다. 억대를 호가 하는 럭셔리 차들이 찌그러져 박살이 났다. 나머진 해일에 쓸려 온 쓰레기처럼 널브러져 있었다. 호텔 직원 여러 명이 나와 엄두가 안 난다는 표정으로 손을 놓고 있었다. 7층의 벽과 천장은 불에 탄 것처럼 검게 그을리고 소방관은 잔해 더미에 소화기를 뿌렸다. 진호는 통제실로 돌아오며 선임에게 휴대전화로 피해 상황을 알렸다.

"무슨 일이 있었어요?"

여자의 목소리가 들렸다. 진호는 뒤를 돌아봤다. 바로 그 여자였다. 심장이 농구공처럼 바닥에 떨어졌다 튀어올랐다. 여자는 짧은 팬츠 차림에 헐렁한 맨투맨 티를 입고 목덜미에 땀이 흥건했다. 여자는 놀란 얼굴로 진호를 보고 있었다. 진호는 입이 떨어지지 않았다.

"지하 주차장에서 사고가 있었어요. 거의 수습됐어요. 걱정 안 하셔도 됩니다."

"폭탄 터지는 소리가 들리고 무슨 테러라도 일어난 줄 알았어요. 경찰이세요?"

"네?"

여자는 진호를 경찰로 알고 있었다.

"전 호텔 보안 업체에서 일합니다."

여자는 아니면 말고라는 식으로 어깨를 으쓱하더니 살짝 미소 지었다.

매일 여자의 동선을 추적하고 있었는데 언제 비행에서 돌아온 건지, 개도 보이지 않고……. 진호는 무슨 말이든 해야 했다.

"이곳에 차를 세우셨나요? 아직 들어가시면 안 됩니다. 경찰이 피해 상황을 살펴보고 있어요."

"전 차 없는데. 이곳에 오기 전 동생한테 주고 왔거든요. 주차장은 원래 대표적인 우범 지대예요. 이곳은 안 그러려니 했는데."

여자는 두 손을 허리에 올리고 상반신을 비틀며 말하다 엘리베이터 입구 자동문이 열리자 달려 들어갔다. 진호는 여자에게서 바람을 느꼈다. 땀내가 섞인 상큼한 바람이었다. 진호는 산책을 나온 듯 잠시 서성거렸다. 바람의 여운이 길게 남았다. 선임이 사무실 밖으로 나와 소리치고 있었다. "뭐 하는 거야. 사무실 계속 비워 둘 거야. 나 집에 가야 돼." 원색의 레커차들이 지하 통로로 끝도 없이 내려가고 있었다. 진호는 허둥지둥 통제실로 달려갔다.

호텔 총지배인이 부하 직원들을 대동하고 통제실에 들이닥쳤다. 그는 데스크 영상을 힐끔 노려봤다. 진호는 사건 현장을 충실히 기록한 영상물을 그들에게 보여 주었다. 총지배인의 얼굴이 굳어졌다. 누군가의 과실, 실수는 책임을 전가시키는 손쉬운 방법이므로 그는 그것을 통제실 안에서 찾고 싶었던 모양이었다. 그들이 돌아가고 진호는 달달한 믹스 커피를 마시며 때가 탄 버튼들을 부드럽게 만졌다. 널 처음 만졌을 때 느낌이 나쁘지 않았어, 기다렸다는 듯이 달라붙었잖아. 진호는 여자를 만난 게 버튼들 때문인 것 같았다.

여자는 비행에서 돌아와 쉬는 날이면 이른 새벽이나 늦은 오후 운동을 나갔다. 호수공원을 달리기도 하고 동료와 어울려 호텔 피트니스 클럽에서 시간을 보냈다. 때로는 꿈의 파라다이스에서 쇼핑을 하고 스카이라운지에서 저녁을 먹고 바에 들러 맥주를 마셨다. 생활 패턴은 비교적 단순했다. 여자에게 남자 친구가 있는지 그게 가장 궁금했다. 남자와 데이트하는 걸 본 적이 없어 다행이지만 늘 마음을 졸였다. 그녀가 속한 모든 세상에 CCTV를 달고 싶었다. 진호는 이 마음을 경계했다. 그렇지 않다면 스토커나 다름없었다.

일상의 힘은 무서워 모든 걸 적응하게 만든다. 그래도 적응되지 않는 사각지대가 있다. 통제실은 섬이고 개간할 황무지다. 홀로 시간과 맞서다 보면 무력해진다. 시간 타는 냄새가 나고 너무 춥고 배고파 자신의 뼈를 핥는다. 우리가 할 수 있는 일은 별로 없어, 선임의 말이 맞았다. 그가 쉬는 날이면 이곳저곳 면접을 보러 다니는 걸 진호는

알고 있었다. 이곳을 떠나고 싶은 선임의 심정은 이해가
된다. 여자가 없었다면 진호는 시간에 전소되고 말았을
것이다. 모니터 타이머를 고속으로 돌린다. 여자가 나타
났던 장소에 이르러 정지 버튼을 누르고 아주 느리게 화
면을 돌려 여자를 찾는다.

　백 개의 모니터 화면에서 식인 꽃들의 꽃대가 파르르
떨었다. 꽃대의 뾰족한 돌기에는 분가루가 눈부시다. 화
려한 치장을 끝내고 먹이를 꽃받침 가까이 끌어들인다.
먹이가 점점 중심으로 다가오자 순간 꽃잎이 닫힌다. 다
시 꽃잎이 열리고 피 묻은 꽃대가 발딱 솟아 다른 먹이를
유인한다. 손때가 타지 않은 버튼들과 손대면 안 된다는
빨간 버튼으로 손이 움직인다. 한 번만 널 만져 봤으면 좋
겠다.
　밤을 지새우고 소파에서 일어날 때쯤 새소리가 들렸던
것 같았다. 귀를 의심하고 여기가 어딘지, 침침한 자리를
떨치고 일어나 더듬더듬 창가로 가다 이마를 벽에 부딪쳤
다. 펄의 속살 냄새가 나고 발바닥에 질펀한 흙이 밟혀도
진호는 눈을 뜨지 않고 이곳이 어딘지 확인하지 않았다.
다시 자리에 누워 몸을 뒤척였다. 이어폰을 끼고 새소리
를 멀어지게 했다.

선임이 출근하기 전 세수를 하고 옷을 갈아입는다. 데스크에서 모니터 영상을 확인한다. 언제나 그대로 변함이 없다. 선임 뒤통수에 목례를 하고 밖으로 나와 차로 향했다. 지하 주차장은 깊은 정적에 눌려 있었다. 오토바이 폭주족의 난입으로 흉물스럽게 변한 통로는 새 단장을 하고 있었다. 갤러리 77 호텔 이미지에 걸맞게 우주 공간으로 꾸밀 계획이라고 한다. 잘못하다가 연통같이 되지 않을까 우려했다. 공사가 언제쯤 끝나게 될지 기약이 없다.

진호는 차창을 내려 팔꿈치를 올리고 한 손으로 운전했다. 공기는 신선했고 바람은 습기 없이 뽀송뽀송했다. 에미넴의 랩 〈루즈 유어셀프〉에 맞춰 고개를 주억거렸다. 진호는 공연 중 떼창 부분을 따라 불렀다. 누가 들어도 상관없었다. 기분이 좋았다. 인도에 여자가 달리고 있었으니까. 진호의 차와 여자가 나란히 달렸다. 여자는 모자를 푹 눌러쓰고 이어폰을 귀에 꽂고 달렸다. 진호는 여자가 어떤 음악을 듣는지 궁금했다. 같은 노래를 듣고 있으면 얼마나 좋을까. 진호는 신호등 앞에서 멈췄다. 그녀도 사거리 횡단보도 앞에 서 있다. 그녀와 진호가 눈을 마주쳤다. 그녀는 누구지 하고 생각하는 얼굴이 되었다 신호가 바뀌자 빠르게 걸었다.

그녀는 이틀 전 비행에서 돌아왔다. 몸에 딱 맞는 유니폼을 입은 그녀들은 승합차에서 내려 캐리어를 끌고 똑똑 발소리를 내며 걸었다. 진호는 늦은 저녁 모니터에서 여자와 그녀들 중 하나가 미니 드레스에 높은 힐을 신고 외출하는 걸 봤다. 여자는 볼 때마다 트레이닝 팬츠에 후줄근한 티를 입고 있었는데 오늘은 전혀 다른 사람 같았다. 그녀들은 잠시 기다리더니 다가오는 스포츠카에 몸을 실었다. 진호는 손가락을 깨물었다. 그녀들이 클럽에 가는 게 거의 확실했다. 모니터에서 스포츠카가 사라졌다. 진호는 G에서 갈 만한 클럽이 어딘가 생각했다. 갤러러 77 호텔 지하에 요즘 핫하다는 클럽이 있다는 걸 알고 있었다. 하지만 그곳은 진호의 담당 구역이 아니었다. 진호도 클럽에 가 본 적이 있었다. 음악과 술에 취해 정신없이 몸을 흔들고 여자들에게 접근했다. 진호는 여자가 낯선 남자와 밀착해 춤추는 장면을 상상한다. 어쩌면 그들은 하룻밤을 같이 보내게 될지도 모른다. 진호의 얼굴에 열이 올랐다. 여자가 모니터에 나타나지 않는다는 걸 알면서도 샅샅이 훑어본다. 모니터 화면에서 얼굴을 돌렸다. 휴대전화로 에미넴의 랩 배틀을 크게 틀었다. 진호는 요동치는 감정을 억누르려 애를 썼다. 모니터를 등지고 앉아 심호흡을 했다. 시간은 12시를 넘기고 있었다. 클럽이 가장 뜨겁게 달아오를 시간이었다. 새벽 2시 순찰을 돌 시간이

다가왔다.

　진호의 발걸음은 힘이 없었다. 오늘 순찰 길은 지루하기 짝이 없었다. 겨드랑이 밑에는 한 번도 사용한 적도, 배운 적도 없는 가스총이 땀에 절어 있었다. 진호는 천천히 걸었다. 지하 주차장 2층은 공사 자재 창고가 되어 버려 카지노 고객들의 럭셔리 카들은 보이지 않았다. 천장의 조명이 흐릿하고 어둠이 웅덩이처럼 고여 있어 바닥의 주차선이 보일 듯 말 듯했다. CCTV 렌즈 아래 아이디와 지문을 인식하고 다음 경로로 이동한다. 진호는 걸을수록 마음이 진정되는 것을 느꼈다.

　쇼핑몰 광장을 둘러싼 매장은 모두 셔터가 내려져 있었다. 얼마 전 오픈한 토이 스토리 매장에 스타워즈 피규어들이 실물 크기로 전시되어 있었다. 검은 투구의 다스 베이더가 진호를 노리고 있다 당장이라도 검을 들고 튀어나올 것 같았다. 중앙 분수대는 가장자리에 사람들이 앉아 휴대전화를 보거나 유명 상표 커피를 들고 어슬렁대는 약속 장소로 유명했다. 특별한 날 분수 쇼를 하면 사람들은 물속에 동전을 던졌다. 사람들은 왜 동전에 행운을 거는지 모르겠다. 바닥에 떨어진 동전들은 정기적으로 회수해 불우이웃돕기 성금으로 기탁했다. 진호는 에스컬레이터 계단을 걸어 내려갔다. 유리창 밖으로 G의 모습이 내다보였다. 오늘은 달이 없어 공허했다. 빛들은 자주색 펄의 수없이 뚫린 숨구멍 같았다. 숨구멍의 기포가 미세한 떨림으로 부풀어 오르내렸다. 진호도 유리벽 앞에서 잠시 숨을 골랐다. 여자를 향한 격정이 사그라들길 기다렸다.

지하 출구를 따라 차가 내려오는 소리가 들렸다. 가끔 이 시간에도 차가 들어오긴 했다. 차는 엔진 소리가 너무 크고 속도를 줄이지 않고 내려오고 있었다. 술에 잔뜩 취해 운전을 하고 있다고 생각했다. 진호는 통제실로 돌아가려다 차 소리가 들리는 곳으로 움직였다. 더 이상 자동차 소리는 들리지 않았다. 문제가 일어날 소지는 없었다. 하지만 후미진 공간에 실내등이 켜진 차 한 대가 보였다. 차 속에 사람 그림자가 일렁이고 차 문이 여러 번 열렸다 닫혔다. 느낌이 좋질 않았다. 안에서 몸싸움을 하는 것 같았다. 차는 붉은색 스포츠카였다. 진호는 갑자기 여자가 생각났다. 뒷좌석 유리창으로 여자의 다리 하나가 지붕을 치는 걸 보았다. 진호는 정신없이 달려가 차 문을 마구 두드렸다. 문이 열렸다. 젊은 남자가 진호를 무섭게 올려 봤다. 젊은 남자 밑에 깔린 노랑머리 여자가 남자의 등에 팔을 두르고 있었다. 진호가 차 문을 닫는 동시에 여자의 목소리가 들렸다.

"저 새끼 뭐야?"

돌아서며 걷는데 갑자기 웃음이 터져 나왔다. 웃음은
사무실로 돌아갈 때까지 계속되었다. 진호는 자신이 미쳤
다고, 미쳐 가고 있다고 생각했다.

여자가 뛰고 있었다. 달리다 숨이 차는지 허리를 굽혀
무릎에 두 손을 얹었다. 비가 한두 방울 떨어지고 있었다.
진호는 퇴근하며 여자를 발견했다. 여자는 보름 만에 비
행에서 돌아와 이틀이 지나 운동하러 밖으로 나온 것이
다. 비가 조금 거세져 여자는 두 손을 머리 위에 올리고
흑기사를 기다리듯이 주변을 두리번렸다. 진호는 창문을
내리고 여자를 향해 큰 소리로 말했다.

"가는 데까지 태워 드릴게요."

여자는 경계심 가득한 얼굴을 풀지 않았다. 하지만 빨
리 결정해야 했다. 차가 밀리고 있었다. 여자가 올라탔다.
짧은 팬츠를 입은 여자의 허벅지가 내려다보였다. 여자와
눈이 마주쳤다. 진호는 머쓱해 시선을 어디다 둬야 할지
몰랐다.

"괜찮아요. 제 다리를 보여 주지 않으려면 차도르를 써
야겠죠. 낯이 익어요. 어디서 뵌 것 같은데."

"지하 주차장에서 저보고 경찰이냐고 물었잖아요."

"아, 기억나요. 경찰 아저씨."

"전, 경찰 아저씨 아닌데."

"알아요."

두 사람 사이에 말이 끊겼다. 와이퍼는 바쁘게 빗물을 갈랐다. 호수 수면 위로 비바람에 뒤엉킨 갈대의 모습이 비쳤다.

"퇴근할 때 가끔 운동하는 걸 봤어요." 진호는 잠시 뜸을 들였다. 말을 계속하다 보면 거짓말을 하게 될 것 같았기 때문이다.

"전 식전인데, 이 근처 맛있는 수제 햄버거 집이 있는데 같이 갈래요?"

여자는 생각하는 눈치더니니 앞만 보고 입을 열었다.

"그래요? 얼마나 맛있는데요? 실험해 볼 가치가 있을 만큼요?"

진호는 여자를 돌아보고 기분 좋은 미소로 대답했다.

"네, 한 번은 먹어 볼 가치가 있을 만큼요. ……비행기는 이륙할 때 십 분과 착륙할 때 십 분이 가장 위험하다면서요?"

진호는 왜 그런 뜬금없는 질문을 하는지 자신의 머리를 한 대 쥐어박고 싶었다.

"그런가 봐요."

두 사람은 수제 햄버거 집에 들어갔다. 언제나처럼 손

님은 없었다. 직원이 진호를 알아보고 인사를 건넸다. 빗
방울은 더욱 굵어졌다. 하늘엔 푸른 번개가 지나고 곧이
어 천둥이 쳤다. 따뜻한 커피향이 매장에 진동했다. 여자
는 시장했는지 햄버거를 맛있게 먹었다. 양 볼 가득 넣고
씹는 모습이 밉지 않았다. 여자는 주근깨가 많고 웃을 때
눈가에 잔주름이 잡혔다. 소스가 묻은 입가를 혀를 살짝
내밀어 닦는 모습이 귀여웠다.

비가 오는데 거센 물결을 가르며 유람선이 운행 중이었
다. 한적한 도로에 물이 튀며 차가 지나가고 우산으로 얼
굴이 보이지 않는 사람들이 비바람을 맞서며 걸었다. 여
자는 턱을 괴고 아련한 얼굴로 밖을 응시했다. 진호는 여
자가 무슨 생각을 하는지 궁금했다. 여자가 대답할 수 있
는 질문은 진호가 다 아는 것들이었다. 여자도 진호에게
질문이 없었다. 직원이 다가와 커피를 다시 따라 주었다.
여자가 머그잔을 두 손으로 감쌌다. 진호도 여자처럼 턱
을 괴고 머그잔을 만지작거리며 밖을 응시했다. 시간이
자꾸 흐르고 있는데 두 사람은 정지된 화면 속에 갇혀 있
었다.

여자와 같이 할 수 있는 게 뭘까 진호는 생각에 잠겼다.
식인 꽃들의 정원을 보여 주고 민박집 앞 펼쳐진 갯벌을
손을 잡고 걸으며 바다 없이도 섬에 갈 수 있다고, 그러려

면 지구 반바퀴는 돌아야 한다고 놀릴까. G를 다 덮을 정도로 큰 달이 내려와 아무도 살지 않는 별의 지도를 보여주고 갔다고 거짓말을 칠까. 아니면 카지노 슬롯머신에서 잭팟을 터뜨려 호텔 펜트하우스에 딸린 옥상 야외 수영장에 데려갈까.

여자는 비키니를 입고 매끈한 몸매를 자랑했다. 진호와 여자는 샴페인 잔을 들고 수영장에 들어갔다. 두 사람은 수영장 물속을 거닐며 샴페인 한 병을 다 비웠다. 나란히 난간에 팔을 걸치고 밤 풍경을 바라봤다. 진호는 여자를 뒤에서 안았다. 여자의 다리가 진호의 다리와 겹쳐졌다. 진호의 턱까지 여자의 입까지 물이 찰랑찰랑했다. 물 온도는 아주 적당했다. 차갑지도 뜨겁지도 않았다. G에 보이지 않는 사람들의 피가 이곳에 모여 있는 것 같았다.

"이렇게 높은 데서 내려다보니 밤바다가 정말 아름다워요." 여자는 밤하늘을 밤바다로 불렀다. 아무래도 괜찮았다. 여자는 몸을 빙그르 돌려 진호와 눈을 맞추다 입술을 포겠다. 진호는 밤바다에서 반짝이는 빛들을 응시했다. 그것은 자주색 펄의 숨구멍처럼 조금씩 입을 벌려 숨을 쉬었다. 그렇게 진호와 여자의 입술이 조우했다. 멀리 다리 케이블에 휘감긴 안개가 조금씩 밀려오고 있었다. "우리 숨자." 진호는 여자를 안고 밑으로 밑으로 가라앉

왔다.

　밤을 지새우고 소파에서 일어날 때쯤 찰랑이는 파
도 소리를 들었던 것 같다. 귀를 의심했다. 침침한 자리
를 떨치고 일어나 창가로 가다 이마를 벽에 부딪쳤다. 그
래도 창을 만들어 열 수 있다. 눈을 감아도 그냥 보이는
게 있으니까. 선임이 출근하려면 아직 멀었다. 진호는 자
리로 돌아와 몸을 뒤척이다 이어폰을 끼고 랩을 들었다.
Look, if you had one shot or one opportunity To seize
everything you ever wanted……. 파도 소리는 점점 멀어
졌다.

봉곡사

산 중턱 주차장에 차를 세웠다. 평일인데도 가족 나들이 차량이 여러 대 있었다. 차에서 내린 우리는 등산로 입구를 향해 걸었다. 주변은 한적했고 흔한 상점 하나 보이지 않았다. 신축한 펜션 몇 채가 눈에 띄었을 뿐이다. 나는 몇 걸음 뒤처져 그의 뒤를 따라갔다. 그를 따라가며 그의 시선이 머문 곳을 그대로 바라보았다. 그의 시선이 하늘에서, 우리가 지나온 들판의 구불구불한 도로로, 펜션의 축대 아래 무성한 들꽃 사이로 옮겨 갔다. 그가 들꽃 사이에 바람개비를 보았는지 모르겠다.

차량 진입 금지 표지판 너머 완만한 산길이 시작되었다. 초입부터 울창한 산의 기운이 느껴졌다. 새소리가 쉴 틈 없이 들렸다. 벌써 저만큼 앞서 걷던 그가 돌아서 나를 기다린다. 내가 다가가자 그는 엷게 미소 지으며 뒷걸음질하다 다시 앞서 걸었다. 내가 숲을 깊이 들여다볼수록 그와의 거리가 멀어졌다. 내가 숲에 한눈을 판 사이 그가 몇 번이나 돌아봤을까. 우리의 시선은 엇갈리기만 했다. 우리는 일정한 거리를 유지하며 산에 올랐다.

나는 숲의 냄새를 맡으려고 잠시 멈춰 심호흡을 했다. 그도 숲과 호흡하려는지 어깨가 조금 오르내렸다. 나는 카디건을 벗어 허리에 두르고 가방을 옆으로 멨다. 몸이 반쯤은 자유로워진 것 같았다. 그러는 사이 그는 눈이 부신지 손차양을 하고 숲 언저리 어딘가를 보고 있었다. 나는 그의 뒷모습을 물끄러미 바라보았다. 그는 전보다 많이 말라 있었다. 낡은 등산화에 눈에 익은 청바지, 소매를 접어 입은 셔츠가 헐렁해 보였다. 그의 손이 청바지 봉제선을 앞뒤로 스쳤다. 그의 손등에 힘줄과 혈관이 소나무 등걸처럼 불거져 있었다. 그의 손을 잡고 싶었지만 용기가 없었다.

숲길은 고즈넉했고 흙은 부드럽게 밟혔다. 울창한 소나무 숲 안쪽으로 하늘로 곧게 뻗은 자작나무 군락지가 있었다. 매끈하고 흰 나무껍질이 내밀하고 신성한 기품을 내뿜고 자신들의 영역을 지키고 있었다. 숲에서 쫓겨나

유폐된 귀족 같았다. 소나무들은 서로 어울려 얽히고설켜 은근한 유혹을 드러내 땅속의 뿌리까지 상상하게 만들었다. 깍지를 끼듯 연결되어 있어도 아무도 모르는 곳으로 슬금슬금 자라 다른 뿌리를 건드릴지 모른다는 생각을 했다. 숲 아래 계곡은 거의 말라 있었다. 그래도 어디선가 물 흐르는 소리가 들렸다.

멀리 벤치가 보였다. 그 벤치 위로 여린 잎이 성글게 달린 나뭇가지 하나가 늘어져 있었다. 목덜미에 땀이 배기 시작하고 목이 말랐다. 벤치에서 쉬려면 그가 지나치기 전에 불러 세워야 했다.

쉬었다 가요.

그가 멋쩍게 돌아섰다. 우리는 나란히 벤치에 앉았다. 가방에서 생수병을 꺼내 둘이 나누어 마셨다. 그는 조금밖에 마시지 않았다. 그는 오가는 사람들을 멀거니 바라봤다. 그가 마신 물처럼 내게 조금밖에 시선을 주지 않아 왠지 모르게 서운했다.

"숲이 정말 예뻐요. 여기서 촬영한 영화가 여러 편 있다고 들었어요. 왜 진즉에 날 데려오지 않았어요?"

나는 무심코 말을 내뱉고는 조금 후회했다. 우리가 만나지 않았던 시간들을 무시하고 변한 것이 아무것도 없다고 억지를 부리는 말로 들렸을 것이다. 우리 사이에 늘 그대로 남아 있는 건 뭘까.

"같이 오고 싶었지만 그러질 못했어요." 그는 담담하게 말했다.

"늦었지만 지금이라도 오게 돼서 좋아요." 나는 두 손을 모아 무릎 사이에 끼고 혼나는 아이처럼 대답했다.

나는 그의 희끗해진 턱수염 사이 옴폭한 인중을 보며 그가 다시 입을 열길 기다렸다. 그가 눈을 내리깔고 읊조리듯 말했다.

"우리가 모를 뿐이지 세상엔 이곳 말고도 멋진 숲길이 얼마든지 있어요."

"그렇겠죠. 우리가 모르는 숲길이 많이 있을 거예요."

우리는 벤치에서 일어나 나란히 걷기 시작하다 다시 조금씩 거리가 멀어졌다.

늦여름 태양이 소나무 숲을 뚫고 플래시를 터뜨리듯 번쩍거렸다. 미간을 찌푸리고 눈을 감고 몇 발짝을 뗀 것 같았다. 갑자기 현기증이 몰려와 휘청휘청 걸었다. 그가 내 팔을 잡아준다. 나도 그의 팔꿈치를 잡았다. 그에게서 새벽 철로의 축축한 침목 같은 서늘한 한기가 느껴졌다. 헐거운 팔짱을 끼고 그를 따라갔다. 그러다 저절로 팔짱이 풀려 그가 저만큼 앞서 걸었다. 나는 명치끝이 아린 걸 애써 눌러 참았다. 나는 그가 혼자 올라가도록 내버려 두었다. 그리고 천천히 태양빛에 적응했다. 그래도 그와 거리가 아득해진 건 아니다.

위로 올라갈수록 울타리 너머 나무들은 난삽하게 섞여 있었다. 서로 달라붙고 휘어지고 갈라지고 모두 교미 중인 동물 같았다. 그래서 향은 더욱 짙었다.

오늘 주공아파트 단지 앞에서 그가 나오길 기다렸다. 재개발을 앞둔 오래된 아파트였다. 그곳에 이사하고 하도 더러워서 화장실 청소하는 데만도 일주일이 걸렸다고 그가 말했다. 거짓말, 결벽증 환자야? 내가 확인하러 쳐들어가겠다고 했는데 한참 후에야 그의 집을 방문할 수 있었다. 그때 그의 집을 찾아가다 얼마나 헤맸는지 그가 날 길치라고 놀렸었다.

그가 사는 주공아파트 단지 뒤로 호수공원이 있었고 높은 번지점프 철탑이 있었다. 그 철탑은 랜드마크처럼 내 기억 속에 저장되어 있었다. 나는 철탑을 찾기 위해 그 작은 도시를 몇 번이나 돌고 돌았다. 차 안에서 그를 기다리며 철탑을 노려봤다. 다정한 그의 목소리가 들리는 듯했고 호수를 둘러싸고 있던 누런 갈대밭과 경계 없이 흩어지던 노을이 떠올랐다. 먼 곳을 바라보던 우리는 노을빛으로 변한 서로의 얼굴을 매만지고 속삭였다. 거부할 수 없는 힘이 우리를 옭아매 미치도록 하나가 되고 싶은 순간이 닥쳤다. 호수와 갈대밭이 황금빛 세상으로 빨려 들어가고 철탑은 난파선의 돛대처럼 기울어졌다. 우리는 서로에게 침몰하고 있었다.

그를 마지막으로 만난 게 언제쯤이었는지 시간을 헤아렸다. 일 년이 넘었다는 걸 알았다. 일 년이란 시간이 어제 읽다 만 책의 한 페이지처럼 정지되어 있었다. 다시는 만나지 않겠다는 다짐은 너무 쉬운 거짓말이었다. 그래야만 하는 것처럼 그가 먼저 연락해 오기를 기다렸다. 연락이 오지 않자 그가 잘못한 것도 없는데 미워지기 시작했다. 그가 날 유기하고 감금한 것 같았다. 너무 미워서 미안해지기 시작했고 미안하면 당연히 사과해야 하는데 사과하지 못해서 그가 더 미워졌다. 그리움의 감옥에서 그의 숨소리가 들리고 체취를 상상할 수 있는데 그가 곁에 없다는 건 고통이었다. 그가 없는 세상은 의미 없는 함정일 뿐이었다. 지인과의 통화에서 그의 소식을 듣게 되었다. 그가 치료를 포기하고 집에 돌아와 있다는 걸 알았다.

차 옆으로 그림자가 다가오고 있었다. 몰라 보게 야윈 그가 차창에 비쳤다. 가슴이 마구 두근거렸다. 나는 차 문을 열어 그를 옆자리에 앉혔다. 잠시 무슨 말을 해야 할지 몰라 당황했다. 만나지 못한 시간에 비해 너무 가깝게 앉은 탓이었다. 그에게서 날것 썩는 냄새가 났다.

"오랜만이에요." 내 목소리가 떨리고 있었다. 거짓말을 시작하려면 나타나는 증상이었다.

"우연히 이 앞을 지나가다가 혹시 당신이 집에 있을지 몰라 전화를 한 건데, 정말 당신이 전화를 받을 줄 몰랐어요." 그가 다 알아차릴 텐데도 어설픈 거짓말을 하느라고 쩔쩔맸다.

"전화 잘했어요. 그냥 지나쳤다면 내가 섭섭했을 거요."

그는 내가 거짓말하면 티가 난다고 말했었다. 그래도 그는 거짓말에 잘 속아 넘어가 주었다. 진실에 매달리는 것보다 알면서도 속아 주는 게 상대방에 대한 배려라고 생각하는 사람이었다.

"어디로 갈까요? 점심을 먹으러 갈까요?"

"밥은 먹었어요. 당신만 괜찮다면 보여 주고 싶은 데가 있는데, 거기로 가면 좋겠어."

그는 갈라지는 쉰 목소리로 말했다.

"길을 알려 줘요. 내가 길치라는 거 알잖아요."

입가에 잔주름이 잡히며 그는 빙긋 웃었다. 그가 길을 안내했다. 우리는 산허리를 가로지르는 구불구불한 도로를 타고 달렸다. 둘 사이에 침묵이 흘렀다. 나는 그를 돌아보며 얼굴이 좋아 보인다는 두 번째 거짓말을 했다. 그는 내 말에 자신의 거칠한 턱을 쓸어내렸다. 좀 더 빨리 연락을 했으면 단정한 모습으로 나올 수 있었을 텐데 하는 의미로 읽혔다. 당신도 좋아 보여요. 그가 말했다. 요새 좀 그랬는데 좋아 보인다니 다행이네요. 나는 며칠째 잠을 못 자서 얼굴이 푸석푸석하고 한쪽 뺨에 기미가 세계지도처럼 번져 있었다. 오늘 화장은 아주 어색했다. 나는 그의 말에 수긍한다는 뜻으로 고개를 끄덕였다.

나는 잊고 있던 것이 갑자기 떠오른 듯 그에게 물었다.

"우리가 가려는 곳이 어딘데요?"

"천년 소나무 숲길. 당신 마음에 들 거야."

벤치를 얼마 지나지 않아 숲길이 두 갈래로 갈라졌다. 한쪽은 사찰로 이어지는 길이었고 나머지는 등산로가 시작되는 곳이었다. 양 갈래 길 사이로 등산 코스를 알려 주는 알록달록한 표지판 하나가 서 있었다. 세 갈래 코스가 산 그림에 표시되어 있었다. 천년 비선길, 솔바람길, 긴골재길이 노란색, 빨간색, 초록색으로 누에마을과 사방댐과 저수지와 망장 고갯길로 구불구불 이어져 있었다.

"산을 좋아하니깐 여길 다 가 봤겠네요?"

그를 돌아보며 물었다.

"최근 구청에서 새로 코스를 만들어 났나 봐요. 전엔 없었는데."

나는 표지판에서 우리가 갈 수 있는 가장 먼 곳과 가장 가까운 곳을 눈으로 따라가 봤다. 나는 우리의 목적지가 머지않았음을 알았다. 숲길이 조금 가팔라졌다. 그는 여전히 두어 걸음 앞서 걸었다. 그가 빨리 올라간다고 생각했다. 그가 혼자 산책하듯이 쉬엄쉬엄 올라가고 있는데 내가 그를 옆에 붙잡아 두지 못해서 빨리 간다고 생각하는지 모른다. 새소리가 시끄럽게 들렸다. 달려 내려가는 아이들 뒤로 젊은 부부가 손을 잡고 내려오고 저만큼 아래 허리가 굽은 노인이 우리를 따라오고 있었다. 싱그러운 햇살이 탐조등처럼 숲 여기저기를 훑고 지나가 숲의 음지와 양지가 뒤바뀌었다. 따갑게 빛에 노출되었던 이파리들이 숨을 돌리고, 침침한 은둔을 하던 나무들은 그들의 위용을 드러냈다. 우리 뒤로 선명한 그림자가 늘어졌다. 우리의 그림자는 겹쳐지기도 했지만 하나가 되진 않았다. 그가 울타리 너머 손을 뻗어 허공을 쓸고 갔다. 이파리들과 나무껍질이 그의 손에 쓸렸다. 나는 그의 손에 상처가 나지 않을까 걱정되었다. 바람이 그가 벌린 손가락 사이를 지나 내게 오고 있었다. 문득 그가 입은 체크무늬 셔츠가 더워 보였다. 겨울에나 입을 만한 옷이었다. 우리는 두 번째 벤치를 스쳐 지나쳤다.

숲길 옆 계곡은 움푹 파인 웅덩이 같았다. 가파른 비탈에 나무들은 더욱 혼잡하게 어울렸다. 굵직한 소나무 하나가 쭉 찢어져 계곡으로 쓰러져 있고 시멘트로 옹이가 박혀 툭 불거진 소나무는 다른 나뭇가지에 기대 한 몸으로 하늘로 뻗었다. 나는 그 모습이 곱사등이가 자신보다 두 배나 큰 사람을 업고 있는 것처럼 보였다. 그 무게가 내게 전이된다. 나무가 되어야만 저 짐을 견딜 수 있을까. 그의 목말을 타고 올라가 어깨를 밟고 일어서 두 손을 벌리면 나무가 될 수 있을까. 햇빛 때문에 그의 등이 얇고 투명한 막처럼 번져 시야에서 사라진다. 약수터에 사람이 몰려 있는 것이 보였다. 파란 플라스틱 바가지도.

우리는 지인이 상을 받는 곳에서 처음 만났다. 나는 꽃다발을 지인에게 건네고 상을 받는 모습을 사진 찍었다. 초행길인 나는 시상식에 늦게 도착했다. 아는 사람이라고는 그날의 주인공인 지인밖에 없었다. 시상식은 미술관 잔디밭에서 진행되었다. 담쟁이넝쿨이 타고 올라간 빨간 벽돌집과 푸른 들판, 비닐하우스, 하늘거리는 코스모스와 야생화, 멀리 지평선과 나란히 고속도로가 달리고 있었다. 미술관 입구부터 소나무 아래 주차된 자동차들로 혼잡했다. 관광버스도 몇 대 와 있었다. 시상식이 끝나고 야외에서 가든파티가 있었다. 나는 지인에게서 그를 소개받았다. 우리는 냅킨으로 싼 푸른색 유리잔을 들고 눈인사를 나누었다. 지인은 그를 내가 사는 곳의 K 대학 교수라고 소개했다. 그는 고개를 가로저으며 일주일에 서너 번 대학에 출강하고 있을 뿐이라고 말했다. 키가 크진 않지만 자세가 바르고 차가우면서도 섬세하다는 느낌을 받았다. 그뿐이었다. 우리 둘이 대화를 나눈 기억은 없었다.

약수터 작은 수도관에서 물이 졸졸 떨어졌다. 내가 먼저 파란 플라스틱 바가지로 물을 떠 마시고 그에게 건넸다. 그가 몸을 수그려 물을 마시는 사이 그의 셔츠 안으로 검은 동공같이 깊게 팬 쇄골이 엿보였다. 물맛은 밍밍했다. 약수터 오른쪽으로 사찰이 있었다. 사찰 뒤 대나무 숲에선 시원한 바람이 불어왔다. 절은 단출하고 쇠락해 보였다. 보수공사를 하느라 사찰의 기왓장들이 대나무 숲 언덕에 가지런히 기대어 있었다. 그래도 대웅전 앞 잔디밭은 잘 관리되어 있었고 요사채 마루도 잘 닦여 반짝반짝했다. 나는 대나무 숲이 마음에 들었다. 그가 잔디밭에 꽂힌 표지판을 읽고 있는 사이 나는 문이 열린 대웅전 앞으로 갔다. 절 안에는 황금 불상과 원색으로 그려진 탱화와 천장 가득 연등이 매달려 있었다. 여자 하나가 흙이 잔뜩 묻은 등산화를 벗어 놓고 절을 하고 있었다. 여자가 무슨 기원을 하는지 궁금했다. 나도 불전 앞 작은 방석에 올라가 여자처럼 수도 없이 절을 하고 싶었다.

엎드린 여자가 바닥에 얼굴을 대고 일어날 줄 몰랐다. 탱화 속 그림들이 나를 노려보고 천장 가득 매달린 연등의 사람 이름이 적힌 꼬리가 바람에 이리저리 휘날렸다.

대웅전 잔디밭에 유독 흰나비들이 많았다. 가족과 같이 온 아이들이 나비를 잡는다고 뛰어다녔다. 우리 둘은 요사채 마루에 걸터앉아 흰나비들을 지긋이 바라보았다. 언젠가 이렇게 앉아 나비들을 바라본 적이 있었던 것 같은 기시감이 들었다. 아이가 가지고 놀던 공이 우리 앞으로 굴러왔다. 그가 공을 잡아 아이에게 던져 주었다. 사찰은 나비 천국 같았다. 나는 가방에서 과자 봉지를 꺼내 요사채 마루에 펼쳤다.

그를 다시 만난 건 대학병원에서였다. 그날 대학병원 로비에 환우를 위한 음악회가 열리고 있었다. 무대 위에 흰 가운을 입은 의사가 그랜드피아노 앞에 앉아 연주를 했다. 귀에 익은 곡이었는데, 쇼팽의 야상곡이었다. 나는 시모의 휠체어를 밀며 객석으로 만든 의자들 곁에 서 있었다. 객석이라야 이십 개 남짓한 의자들로 빈자리가 많았다. 그는 객석 저 끝에 홀로 앉아 있었다. 우리는 서로 알아보고 놀랐다. 그가 이곳 K 대학에 강의하러 온다는 말을 기억해 냈다.

그는 나를 보고 휠체어 앉은 시모를 보았다. 이것만으로 내가 왜 병원에 왔는지 충분히 설명이 되었다. 하지만 그가 왜 병원에 혼자 왔는지는 알 수 없었다. 사람이 살다 보면 몸이 아플 수도 있고 아니면 가족이 아플 수도 있고 병문안을 올 수도 있었다. 그는 미술관에서 볼 때랑 사뭇 다른 느낌이었다. 면바지에 운동화를 신고 백팩을 멘 모습이 청년 같았다. 그는 스스럼없이 말을 걸었다.

우리는 지인이 땅을 사서 직접 작업실을 짓고 있다는 것을 화제로 대화를 나누었다. 시모의 진료 시간이 다가 왔다. 피아노를 치던 의사가 발판을 연거푸 누르고 손가락을 가볍게 놀려 빠른 연주를 시작했다. 나는 그와 헤어져 휠체어를 밀고 진료실로 향했다.

그 이후로 우리는 병원에서 부딪치는 일이 몇 번 더 있었다. 조제실 앞에서, 엘리베이터 안에서, 원무과 창구 앞에서 마주쳤다. 우리는 외면하지 않고 눈인사를 나누고 스쳐 지나갔다. 그리고 더 이상 지인의 작업실 짓는 일을 말하지 않았다. 하지만 이것이 끝이 아니라는 예감이 있었다. 그 예감은 그를 처음 본 순간부터 시작되었고 애써 무시했을 뿐 만날 수밖에 없는 인연으로 결정되어진 것은 아닌지 스스로에게 물었다. 병원에 오게 되면 그를 찾아 두리번거리는 버릇이 생겼다. 로비 커피숍에 앉아 오가는 사람들 사이를 유심히 살폈다.

그가 스친 자리에 공허가 자라기 시작했다. 그를 처음 만난 날 가든파티 그림 속에는 모두가 증발되고 우리 둘밖에 남아 있지 않았다. 산뜻한 바람이 그의 머리카락을 귀 뒤로 날리고 테이블보가 펄럭였다. 나는 풀밭에 힐이 빠져 술에 취한 듯 휘청이며 걸었다. 날은 어두워지고 폭우가 쏟아질 것만 같았다. 가든파티는 엉망이 되어 버리고 태양보다 더 큰 태양이 빛을 먹어 버려 소리를 지우더니 급격히 응축된 순간이 폭발해 버렸다. 그리고 우리는 대학병원에서 우연히 다시 만났다.

날씨가 몹시 흐린 날 하루 종일 비가 오락가락했다. 병원에서 나오다 버스 정류장으로 걸어가는 그를 보았다. 나는 차창을 내려 그를 불렀지만 그는 듣지 못했다. 앞만 보고 걷고 있었다. 마치 정신이 딴 데 팔려 있는 것 같았다. 클랙슨을 눌렀다. 그가 돌아봤다. 뜨악한 표정으로 돌아본 그가 나를 알아보았다. 모른 척 지나가지 왜 불렀어, 하는 얼굴이었다.

"어디까지 가세요? 태워다 드릴게요."

그는 하늘을 쳐다보더니 손바닥으로 비를 받았다. 이제야 비가 오는 걸 알았다는 표정이었다. 그가 마지못해 차에 올라탔다. 나는 질주하는 차량 속으로 끼어들었다. 그가 떨고 있는 자신의 손을 다른 한 손으로 꽉 잡고 있었다. 그의 몸에선 서늘한 비 냄새가 났다. 그의 베이지 색 재킷에 얼룩덜룩 빗물이 스며들어 있었다.

"추워요? 옷이 젖었네요." 나는 그에게 손수건을 건네고 히터를 틀었다.

"터미널까지만 갈게요."

"네."

"오늘은 혼자 오셨네요."

"가끔 혼자 약 타러 올 때도 있어요."

그는 떨리는 손끝을 꽉 잡고 자신을 진정시키려 애를 쓰고 있었다. 무슨 일이 있느냐고 묻고 싶었지만 입을 열지 않았다.

비가 거세졌다. 와이퍼를 빠르게 작동시키고 음악을 작게 틀었다. 그가 고개를 돌리고 눈가를 훔쳤다. 지하 차도를 빠져나가면 바로 터미널이었다. 그는 시트에 파묻혀 잠을 자듯 고개를 외로 꼬고 있었다. 숨을 내쉴 때마다 가슴이 오르내렸다. 지금은 터미널에 그를 내려 주기에 적절한 시점이 아니었다. 거리로 내동댕이치는 것과 같았다.

대학병원 호수 산책로에 돌아가 잠시 차를 세웠다. 그의 시트를 뒤로 젖혀 주었다. 그는 어떤 말도 하지 않았다. 정말 자고 있는 걸까. 습기 찬 유리창이 뿌옇다. 안개에 갇힌 듯했다. 욕망 때문에 그의 손을 잡을 수 있을지 모른다는 생각을 했다. 그를 놔두고 차 밖으로 나와 비를 맞았다. 돌아가야 하는데 방법이 생각나질 않았다.

연못을 보기 위해 사찰 아래 비탈길을 천천히 내려갔다. 흙탕물이 고인 웅덩이처럼 보였던 곳이 연못이었다. 물은 탁했고, 짙은 색 수련이 덮고 있었다. 우리는 물고기가 사는지 들여다보았다. 침침한 수련 아래 수염 두 개가 달린 물고기가 둔하게 움직이고 있었다. 나비가 연못까지 날아왔다. 물 위로 수련 꽃대가 보일 듯 말 듯 솟아 있었다.

우리는 푸른 이끼 낀 계단에 앉았다. 그가 계단 옆 풀꽃을 꺾어 내게 건네주었다. 풀꽃은 내 손바닥에서 금방 시들었다. 시든 풀꽃을 계단 옆 잡풀 속에 숨겼다.

그가 불쑥 말을 했다.

"이렇게 앉아 있으려니까 다비식 보러 가서 도시락 먹던 생각이 나네."

"생각나요. 아주 추운 날이었는데 그 많은 사람들이 잔디밭에 앉아 절에서 준비한 도시락을 먹었잖아요."

그날 다비식에서는 전국 각지에서 몰려온 스님들이 만장을 들고 사찰 경내를 휘감고 돌았다. 유력 정치인과 정부 관리도 참석한 대규모 행사였다. 스님의 시신은 언덕두 개를 넘어 평평한 공터에 소나무로 쌓아 올린 장작더미에 안치되었다. 시신 위로 여러 겹의 소나무 가지를 덮고 휘발유를 뿌려 불을 붙였다. 날름대던 화염이 기세 좋게 타들어 가기 시작했다. 검은 연기가 하늘로 치솟았다. 산 둔덕에 몰려 있던 사람들이 불구경을 했다. 나는 스님의 시신이 타는 광경을 보려고 사람들 어깨 너머로 발끝을 세웠다. 그는 점점 더 잘 보이는 곳으로 이동했다. 미끄러운 비탈길을 내려가 헐벗은 나무 아래 서 있었다. 그가 내게 손짓했다. 연기가 매운지 눈시울이 붉어져 있었다.

사찰 밖으로 쏟아져 나온 사람들이 자동차들과 뒤섞였다. 우리는 버스를 갈아타기 위해 낯선 도시의 시외버스 터미널에 도착했다. 시외버스 터미널은 한산했고 사람이 많지 않았다. 우리는 대합실에 앉아 차 시간을 기다렸다. 그와 나누었던 이야기들은 떠오르지 않는다. 대합실 밖으로 밋밋한 건물 뒤편이 내다보였다. 실외기가 달린 창문하나가 자꾸 눈에 걸렸다. 창문엔 여관이라고 쓰여 있었다. 기다리는 버스는 시간이 지나도 오지를 않고 날은 점점 추워졌다. 우리는 대합실을 빠져나와 창문을 향해 달렸다. 어찌나 빨리 그 작은 방을 찾아 들어갔는지, 우리는 숨이 차 헐떡이며 부둥켜안았다.

입술이 부딪치고 서로의 살갗을 핥았다. 모든 걸 태우고 맨 나중에 남는 건 무엇일까. 불길이 날름대며 솔가지를 태우고 점점 더 깊은 곳으로 들어가 사지를 건드릴 테지. 사람들은 불길을 보며 시시껄렁한 농담을 주고받았어. 빨리빨리 타 버려. 나무젓가락을 갈라 차가운 밥알을 씹고 빨갛게 무친 반찬을 우물거렸어. 버스 정류장에서 어르신이 가지고 나온 나물을 한 봉지 샀지. 바라춤의 황금빛 징이 쩔그렁쩔그렁 사찰 전체에 울리고. 추도사가 길고 지루해 여러 번 하품을 했지.

"당신은 모든 걸 기억해야 해."

그가 내 등을 기어오르며 가쁘게 말했다.

"하나도 빠짐없이 다 기억할게."

벽 모서리를 타고 벌레 하나가 내려오고 있었다. 나는 그의 등을 감았던 팔 하나를 풀어 위로 뻗었다. 벌레는 내 손이 올라오자 방향을 틀어 비스듬히 사선으로 내려왔다. 나도 벌레의 방향을 따라 내 몸에 얹힌 그를 데리고 조금씩 움직였다. 놈은 내 손에 닿을 듯 말 듯 도망쳤다. 조금만 더, 조금만 더. 내 머리가 벽에 부딪혀 꺾여 이불 밖으로 나온 벗은 다리들이 내려다보였다.

우리는 계단을 다시 올라 대웅전 앞으로 갔다. 나비들은 여전히 사람들과 바람 사이를 떠돌았다. 바람은 대나무 숲에서 불어오는 것 같았다. 대나무 숲 위로 자리한 작은 법당으로 발길을 돌렸다. 법당 안에는 눈을 부릅뜬 호위무사가 서 있었다. 큰 말벌 소리에 놀라 사람들은 오래 있지 못하고 쫓기듯 내려왔다.

소박하고 단출한 절터에 햇볕이 조요하게 내리쬐였다. 가족 단위 나들이객들도 데이트족도 햇볕 아래 하릴없이 서성거렸다. 그도 여유를 즐기듯 햇빛에 눈을 가늘게 뜨고 입가를 늘려 웃었다. 왠지 홀가분해 보였다. 우리의 목적지는 이곳이 끝이었다. 더 이상 숲길은 없었다. 돌아갈 일밖에 남지 않았다. 등산복에 배낭을 멘 사람들은 사찰 윗길로 올라갔다. 나는 그 길을 따라가 봤다. 빽빽하게 우거진 나무들이 낯선 이방인처럼 나를 맞이했다. 길이 보이지 않을 때까지 올라가 볼 작정이었다. 하지만 그는 나를 따라오지 않았다. 그저 길을 비껴 들어왔을 뿐인데 적막이 야생처럼 달려들었다.

한 남자가 그에게 다가와 사진을 찍어 달라며 휴대전화

를 건넸다. 그는 휴대전화를 받아 들고 석등 앞에 서 있는 가족의 사진을 찍어 주었다. 휴대전화 사진을 들여다보던 젊은 남자는 만족한 듯 웃었다. 나도 그와 사진을 찍고 싶었다. 하지만 그는 사진 찍는 걸 싫어했다. 나중에 누군가 자기 사진을 없애야 하는 수고로움이 싫다고 했다. 양털 구름이 흩어지고 있었다. 그가 천천히 발길을 돌렸다. 앞서거니 뒤서거니 우리 사이의 거리는 처음과 다름없었다. 나는 길가 돌탑에 돌을 올리고 떨어지지 않게 매만졌다. 그사이 그가 나를 앞질렀다. 그의 뒷모습이 국도 변에 서 있는 풍선 인형처럼 체크무늬 셔츠를 나풀거리며 둥둥 떠내려가고 있었다. 우리가 올라오며 지나쳤던 것들이 차례로 뒤로 물러났다. 약수터를 지나고, 쉼터와 우리가 잠시 머물렀던 벤치가 지나갔다. 이 숲이 끝나 가고 있었다. 그의 발걸음을 더디게 하려고 일부러 그와 마주 보며 뒤로 걸었다.

"그러다 넘어져요."

"여길 한 번 더 오고 싶어요. 눈이 많이 오거나 낙엽이 산더미처럼 쌓였을 때, 같이 와요."

"그래요. 같이 와요."

그가 내 말을 흉내 내는 것처럼 말했다.

나는 대답 없이 그의 등 너머 멀리 시선을 던졌다.

폭설이 내린 어느 날 나는 푹푹 빠지는 눈길을 그가 남긴 발자국을 따라 걷는다. 휘파람 같은 바람 소리에 눈발이 내 시야를 어지럽힐 때쯤 문득 고개를 들어 눈이 어스름히 쌓인 자작나무 숲을 찾아낸다. 그의 발자국이 온데간데없이 사라져 잠시 길을 잃는다. 기억을 그러모아 발자국을 만들어 내고 그의 발자국에 내 발을 넣고 걷는다. 발자국 안에 낙엽이 쌓이고 푸른빛이 넘치고 빗물이 고인다. 언제든지 당신과 함께 올 수 있어.

나는 뒤로 걷다 균형을 잃고 넘어질 뻔했다.

우리는 자주 만나지는 못했다. 그가 일주일에 두 번 대학으로 출강할 때만 만날 수 있었다. 그런 날도 대개 병원 진료가 예약되어 있었다. 늦은 오후 개방되어 있는 청소년 수련원 안으로 들어가 분수와 축구하는 아이들을 보고 실개천을 따라 산책을 했다. 그리고 미술관 카페로 옮겨 차를 마셨다. 언젠가 한 번은 영화를 본 적이 있었다. 화성에 갇힌 남자 이야기였다. 비닐 천막을 쳐 모종을 기르고 깡통 같은 우주선을 타고 화성을 탈출한다는 이야기였다. 정말 가능한 일일까.

나는 밤이면 지하 주차장의 내 차로 내려가 그에게 전화를 걸었다. 우리는 긴 통화를 즐겼다. 사소하고 하찮은 것들을 일기를 쓰듯 그에게 털어놓았다. 그는 무조건 내

편도 아니었고 심판관처럼 말하지도 않았다. 그저 내 말을 들어 주고 수긍할 뿐이었다. 나 같아도 그랬을 것 같아. 그럼 나는 더 이상 칭얼대는 아이처럼 굴지 않았다. 주차장에 차를 대고 이쪽으로 걸어오는 사람이 있었다. 나는 납작 차에 엎드렸다. 세상 누구에게도 들키고 싶지 않은 나만의 공간에서 그와 밀회를 즐겼다.

그는 여행 다닌 이야기를 많이 했다. 지리산을 특히 좋아해 여러 번 등정했다고 말했다. 산장에서 밤새 옹송그리며 잤던 일이며 남들이 다니지 않는 새로운 루트를 찾아 헤매던 일, 하산하다 다친 일 들을 내게 말했다. 외국 공항에서 짐을 잃어버려 이 박 삼 일을 움직이지 않고 노숙자처럼 지낸 일도, 여행지에서 지갑을 도둑맞아 시계를 판 이야기도 했다. 그리워하듯 나직한 목소리를 듣고 있노라면 마치 같이 여행을 떠난 기분이 들었다.

우리는 밤 공항 라운지에 앉아 있었다. 유리창 밖 활주로 저 끝 지평선과 계류장의 비행기들이 우리를 기다리고 있었다. 서로 어깨에 기대 눈을 감으면 어디든지 갈 수 있었다. 폭풍의 언덕을 오르고 별을 보며 사막 트래킹을 하고 릭샤를 타고 달리고, 사파리 여행을 하다 바오밥나무를 발견한다.

그러다 차 속에서 문득 눈을 뜨면 삶의 한 구덩이로 매몰된 느낌이었다. 질식할 것 같은 고요 속에서 내가 부여잡고 있던 모든 것에 의미를 한순간 잃었다. 의미를 정의하는 모든 자리에 그가 나타나 세상으로 통하는 작은 문을 열어 주었다.

우리는 여러 번 헤어지려고 했었다. 그러나 누가 먼저랄 것도 없이 연락을 하고 아무 일 없다는 듯이 예전으로 돌아갔다. 만나지 못하는 날들이 길어질수록 서로 끌어당기는 강한 자성을 느꼈다. 나는 기다림을 참는 법을 배웠다. 기다림을 오래 참는 사람만이 정직한 이별을 할 수 있다고 생각했다.

뜬금없이 그가 여행을 떠난다고 했다. 혼자? 응. 그의 목소리에 미안함이 묻어 있었다. 나는 같이 가겠다는 말도 하지 않고 어디로 가는지도 묻지 않았다. 아프지 말고 잘 다녀와. 혹시 그가 이별이라는 말을 여행이라는 말로 대신한 것이 아닌가 생각했다. 그가 내게 보낸 모든 신호의 의미를 분석했다. 몸짓과 말투, 눈빛, 그를 둘러싼 공기의 냄새와 흐름까지 이별이라는 불온한 기운을 품고 있었다.

그의 여행이 생각보다 길어지고 있었다. 그가 돌아오겠다고 약속한 날짜가 지나갔다. 그에게 무슨 일이 생긴 건 아닌지 걱정이 되었다. 그의 휴대전화는 줄곧 꺼져 있어

나는 스토커처럼 전화를 해 댔다. 그에 대해 알고 있는 것이 너무 없다는 걸 처음으로 깨달았다. 대학에서 강의를 하고 이혼한 전처 사이에 딸 하나가 있다는 게 그의 신상에 대한 전부였다. 사랑과 증오는 같은 껍질의 표면, 벗겨 내면 똑같은 것이었다. 그와 전화 통화를 하던 차가운 시트에 누웠다. 두 손을 가랑이 사이에 끼우고 입술을 깨물며 버르적거렸다. 누군가 내게 고통을 주고 있었다. 기다림을 참는 벌을 주고 있었다.

그는 여행에서 돌아와 많이 아팠다. 병문안 갔을 때 침낭과 배낭을 빨아 널다가 쓰러졌다고 말했다. 맞아, 당신은 결벽증이 있었어. 미안해, 생각보다 여행이 길어졌어. 나는 사과를 받아들인다는 뜻으로 그의 핼쑥한 뺨을 가만히 만졌다. 그는 내가 먹여 주는 죽을 아이처럼 받아먹었다. 병상에 커튼을 두르고 그의 곁에 누워 링거에서 떨어지는 수액이 그의 혈관으로 밀려 들어가는 것을 지켜보았다. 수액의 방울이 그를 지나 내게로 오고 있었다. 몸이 천천히 따뜻해지고 졸음이 밀려왔다. 그는 내가 코를 골고 잠들었다고 말했다.

어느새 그가 저만큼 앞질러 간다. 햇볕은 짙은 숲 냄새를 증발시키고 있었다. 더운 습기가 바람을 타고 이리저리 옮겨 다니다 내 얼굴을 덮쳤다.

"천천히 가요."

그가 돌아봤다. 그가 땀이 맺힌 이마를 손등으로 쓱 문질렀다. 오늘 처음 만났을 때 긴장하던 모습과 달리 지금은 왠지 자유로워 보였다. 그는 내 말을 못 알아들은 모양이었다.

다시 천천히 가자고 소리를 질렀다. 그는 멈춰서 한쪽 다리를 구부려 손을 올리고 주변을 찬찬히 둘러보았다. 얼굴을 들어 하늘을 보고 자신이 내려온 산길을 올려봤다. 그리고 산 아래 마을과 들판으로 시선을 옮겼다.

내가 다가오자 그는 다시 발걸음을 떼었다. 이제 우리의 여정은 조금밖에 남지 않았다. 나는 그를 만나 하고 싶은 말을 하나도 하지 못했다. 나는 여기 서 있고 그는 왜 저기 서 있어야 하는지 알 수 없었다. 입가가 경련이 일듯 떨렸다. 터져 나오는 목소리가 숲 저쪽에서 돌아오지 않았다.

"가지 마. 가지 말란 말이야."

도시 전체에서 보일 것 같은 번지점프대는 아무리 찾아도 보이지 않았다. 약속 시간을 한참 지나 그가 이사한 집에 도착했다. 그가 환한 얼굴로 나를 맞아 주었다. 화장실 청소 하는 데만 일주일 걸렸다는 그의 집은 그런대로 깨끗했다. 그가 저녁 식사 준비를 했다. 냉장고에 있는 걸 꺼내 대충 차린다고 했지만 새로 장을 봐 온 모양이었다. 손님은 가만히 앉아 있는 거라고 했다. 요리 실력은 내가 당신보다 나을지 몰라. 어떻게 알아. 얼굴에 쓰여 있거든.

집 안을 둘러보았다. 방 두 개와 거실과 주방, 화장실, 모든 게 가지런히 정돈되어 있었다. 식탁에는 색색의 알약이 들어 있는 반투명 봉지가 둘둘 말려 있었고 딸아이 사진도 있었다. 방 하나는 침대가 차지하고 다른 방 하나는 옷 방 겸 창고로 쓰고 있었다.

나는 옷 방 안으로 슬그머니 들어갔다. 방은 꽉 차 있었다. 이사하고 아직 풀지 않은 박스들과 행거에 가득 걸린 옷들, 책장에 마구 꽂힌 책과 등산용품, 테니스 라켓, 고정식 자전거, 화병, 거울, 나는 점점 더 물건들 속으로 들어 갔다. 그의 모자도 써 보고 사인이 있는 농구공 하나도 찾아냈다.

"그렇게도 많이 버렸는데 살아남은 것들이지." 주방에서 그의 목소리가 들렸다. 나는 책장 문을 열어 책에 기대 있던 사진 몇 장을 꺼냈다. 아주 젊을 때 그 같았다. 산 정상에서 찍은 사진, 강의실에서 학생들과 어울려 있는 사진, 세미나를 끝내고 동료들과 찍은 사진. 그는 내가 모르는 다른 모습으로 행복하게 웃고 있었다.

음식 냄새가 집 안에 가득했다. 보글보글 끓는 소리가 들리고 밖으로 아이들이 떠들며 내달리는 소리도 들렸다. 현관문을 여닫을 때 울리는 종소리가 언뜻 소음 속에 묻혔다. 식탁의 거의 다 차려진 것 같았다. 나는 그의 방에 가득한 시간의 퇴적층을 더 살피고 싶었다. 소뿔 단추가 달린 더플코트를 들여다보고 있을 때 그가 누군가와 이야기하는 소리를 들었다.

거실에 웬 여자아이가 있었다. 여자아이는 화가 난 얼굴로 그와 날 번갈아 쏘아보았다.

"인사 드려, 아빠 친구야."

여자아이는 인사하지 않았다. 여자아이는 기가 막히다는 듯 웃었다.

"진짜 황당하다. 아빠가 지금 여자 만날 때야? 몸이 얼마나 안 좋은데. 아빤 왜 늘 가족을 외면해?"

"지금 손님이 계시잖니. 곧 돌아가실 거다."

"그리고 아줌마가 더 웃겨. 우리 아빠한테 뭘 원하는데? 우리 아빠가 죽으면 재산이라도 챙기려고 그래? 꿈깨셔."

"어른한테 무슨 말버릇이야. 너 혼나야겠다."

"저 여자 때문에 엄마랑 헤어진 거야?" 여자아이는 소

리를 지르다 끝내 울부짖기 시작했다. 그도 아이에게 소
리를 질렀다. 나는 가슴이 마구 뛰었다.

"그만 가 볼게요. 아이에게 그러지 마세요."

어떻게 밖으로 나왔는지 모르겠다. 자동차 키를 찾느라
허둥지둥 가방을 뒤졌다. 그의 집에 두고 나온 건 아닌지,
다시 얼굴을 들이민다면 아이 말대로 정말 웃긴 여자가
되는 거였다.

그가 차 앞을 가로막았다.

"이대로 가면 나보고 어쩌라고."

"오랜만에 아빠 보러 왔는데, 아이가 기다려요. 올 때는
헤맸지만 갈 때는 잘 갈 수 있어요."

"어디 가서 얘기 좀 해."

"당신 딸이 맞는 말 한 거야. 아이 야단치지 말아요."

"미안해, 아이가 어려서 그래."

그가 출발하려는 차에 올라탔다. 나는 어디로 가야 할
지 몰랐다. 무조건 자동차 행렬을 따라 달렸다. 어둠 속에
빛들이 차오르고 어디론가 흐르기 시작했다. 밤벌레 소리
요란한 강 둔치에 차를 세웠다. 나는 그를 외면하고 마구
뛰는 관자놀이를 힘주어 눌렀다. 그의 말을 듣고 싶지 않
았다.

"이건 아이와 상관없는 우리 일이야. 아이 말 신경 쓰

지 마. 맛있는 저녁 먹으려고 했는데 물거품이 됐네. 당신한테 더 맛있는 거 해 줄게. 아니면 근사한 식당을 예약하든지. 당신 배에서 꼬르륵 소리 난다."

"아이 때문에 화난 거 아니야. 난 지금껏 아무 말 안 했어. 생각조차 안 했던 말을 당신 딸이 해 버린 거야. 아이가 다 폭로해 버렸어. 당신을 잃을까 봐 얼마나 두려운지 알아. 우리에게 시간이 얼마 남지 않았다는 거 머릿속에서 지우려고 얼마나 노력했는데."

"내 얼굴을 봐. 시간은 중요한 게 아니야. 당신이 원하기만 한다면 언제든지 함께할 수 있어. 시간을 영원히 이어지게 하려면 기억을 잘라 영원의 강으로 흘려보내면 돼. 그러려면 우린 모든 걸 기억해야 해. 난 당신의 모든 걸 기억할 거야. 피부, 머리카락, 눈동자, 목소리, 냄새, 내것으로 하고 싶었던 욕망과 당신의 꿈까지도."

"그래도 날 떠날 거잖아."

그가 내 얼굴과 입술을 만졌다. 그의 눈동자에 밤하늘의 별이 떠올랐다. 그의 숨결이 가까이 다가와 입술에 닿았다. 그의 눈 속에 번진 빛이 흘러 입속에 들어왔다. 우리는 빛을 머금었다.

벌써 펜션 지붕이 내려다보였다. 주차장에 빈자리가 늘

어나고 삼각 지붕 펜션 단지는 영화 세트장처럼 썰렁했다. 우리는 쉼터에 잠시 머물렀다. 푸른 들판과 시골 마을의 야트막한 담장과 마당 안쪽의 과일나무와 골목길에 세워 놓은 경운기가 내려다보였다. 그의 시선을 따라가느라 놓친 쉼터 앞 그네를 보았다. 그 앞에서 놀던 아이들이 가 버리자 줄에 매달린 그네는 외톨이 같았다. 나는 그네가 타고 싶어졌다. 내가 일어서 그네로 가자 그도 일어서 나를 따라왔다. 나는 그네에 앉았다. 그도 옆 그네에 앉았다. 나는 발을 구르고 가슴을 내밀어 그네를 밀었다. 그네가 허공으로 달려 올라갔다. 그의 그네도 엇갈려 허공으로 올라왔다. 내가 앞으로 가면 그는 뒤로 물러나고 내가 뒤로 가면 그가 앞으로 나갔다. 얼핏 그가 사라지고 빈 그네만 왔다 갔다 하는 것 같았다. 우리가 만나는 시간은 아주 짧았다.

내 모든 걸 기억해야 해, 그가 들꽃 사이 바람개비를 보았는지 모르겠다.

바리케이드

도로는 정체되어 있었다. 고가도로를 넘는 자동차 행렬이 꼬리에 꼬리를 물고 늘어섰다. 나는 늘어선 자동차 행렬에 갇혀 있다. 액셀과 브레이크를 번갈아 밟으며 앞차의 꽁무니를 좇는다. 상행선과 하행선을 가르는 황색 실선 위에 음료수 파는 행상이 좌우를 둘러본다. 마스크에 모자를 깊이 눌러쓰고 양손에 캔 음료가 들려 있다. 행상이 내 차 옆으로 다가온다. 나는 도로 위로, 행상은 도로 아래로 스쳐 지나간다. 멀리 신호등이 보인다. 몇 번이나 신호를 받아야 교차로를 통과할 수 있을지 가늠해 본다. 세 번째나 네 번째, 운이 좋으면 두 번째 만에도 통과할 수 있겠다. 앞차가 움직인다. 또다시 멈춤과 서행이 반복된다. 라디오 버튼을 누른다. 이상하게도 라디오 주파수가 고정되어 있기라도 한 양 한 채널밖에 들을 수가 없다. 귀에 익은 그와 그녀의 목소리가 들린다. 그들의 웃음을 따라 웃던 기억이 난다. 지금 나의 입매는 굳어 있다. 그들의 말이 처음 들어 보는 외국어처럼 낯설다.

고가도로에 올라온 지 십여 분이 지났다. 그와 만나기로 한 시간은 삼십 분도 채 남지 않았다. 음료수를 파는 행상이 다시 내 차와 스친다. 조금 덥다고 느껴져 도어 스위치를 눌러 유리창을 반쯤 내린다. 바람에 헝클어진 머리카락을 위로 쓸어 올린다. 고가 밑을 지나는 기차의 굉음이 들린다. 고가는 출렁이듯 흔들리고 앞으로 밀려가던 차들이 일제히 후미의 등을 켜고 멈춘다. 이곳은 시도 때도 없이 막히는 만성 정체 구역이다. 뒤차 운전자가 기지개를 켜며 하품하는 것이 룸미러로 보인다.

그가 나를 기다리지 않고 가 버리는 것은 아닌지 초조해진다. 초조함이 약속을 어길 수도 있다는 생각을 부추긴다. 여기서 뒤로 돌아간다는 것은 앞으로 나가는 것만큼 어려운 일이다. 교차로를 빠져나가기만 한다면 다음은 걱정할 것이 없다고 불안한 예감을 떨친다. 삼십 분 후면 그와 만나게 되는 것이다. 이제 기다림은 시간의 의미에서 공간의 의미로 넘어간다. 삼십 분은 시간이 아니라 그와 만나는 공간이 되어 버린다.

나는 반년 만에 그에게 전화를 걸었다. 전화를 받는 그의 목소리가 피로하게 들렸다.

"나야, 잘 지내?"

그는 '네' 하고 짧게 대답했다. '네'라는 한 마디가 내게 얼음처럼 차갑게 느껴졌다. 우리가 언제부터 이런 사이였나 하는 서러움에 목이 메어 왔다. 사람들은 어떻게 사랑을 시작하고 끝을 내는 건지, 고통은 어떻게 견디는 걸까. 마른침을 가시처럼 삼켰다.

"어제 과음했어? 얼굴 한번 보고 싶은데, 내일 시간 어때? 안 될까?"

나는 속이 빤히 들여다보이는 세상에서 가장 엉뚱하고 바보 같은 말을 하고 있었다. 그래도 대답을 기다리는 순간은 천 길 낭떠러지 끝에 선 것같이 아득했다. 신음 소리가 들린다. 그가 건조하고 체념이 깃든 목소리로 시간과 장소를 정한다. 전화가 끊기고 더 이상 그의 목소리를 들을 수 없지만 전화기를 손에서 내려놓지 못하고 그가 남긴 여운을 곱씹는다. 그에 대한 생각이 한도 끝도 없이 얼크러진다. 그를 미련이라는 감옥에서 풀어 준 적은 한 번도 없었다. 그의 얼굴을 그려 본다. 면도 안 한 그의 턱수염과 지독히 전 담배 냄새를 상상한다. 그의 목덜미를 끌

어안고 그의 냄새에 파묻히듯 두 팔로 핸들을 감싸 안는
다. 이제 그를 기다리는 시간이 참을 만해진다.

교차로 신호가 녹색으로 바뀌었다. 상행선 차들이 거북
이걸음으로 움직이고 나는 액셀을 조절하며 앞차를 따라
붙는다. 잘만 하면 나까지 교차로를 통과할 수 있겠다. 앞
차가 우회전 깜빡이를 켜고 물러나자 신호가 주황으로 변
한다. 나는 주저없이 액셀을 깊게 누르고 교차로로 돌진
해 들어갔다.

나는 친구의 사무실에서 화초가 놓인 창틀에 기대 밖
을 보고 있었다. 밖은 비가 내리고 있었다. 빗방울이 떨어
지는 찬 유리창에 이마를 대고 골목길을 내려다본다. 골
목길 한쪽은 작고 영세한 인쇄소들이, 다른 한쪽은 철물
점과 기계 부품점 들이 비좁게 붙어 있다. 그 앞으로 자동
차들이 무질서하게 주차되어 있고 오토바이는 항상 어디
론가 쏜살같이 달려갔다. 사람들은 차에서 짐을 내리거
나 신고 돈을 세고 늘 같은 일상의 모습이 반복되었다. 언
젠가 한번은 철공소 앞에서 여러 명의 사내들이 용접하는
모습을 보았다. 웅크리고 앉아 파란 불꽃으로 뭔가 만들
어 내고 있었다. 나는 파란 불꽃을 오래도록 응시했다. 얼
마 후 그때 만들어진 물건이 차에 실리는 것을 보게 되었
다. 바리케이드 구조물이었다. 나는 철공소 간판을 읽어

보았다. 알곤 용접, 금형 용접, 비철 용접, 프라즈마 용접, 철판 로링, 성신 공업사. 지금 골목 안은 철시한 장터 같다. 쏟아지는 비밖에 없다.

문 두드리는 소리가 들렸다. 나는 창밖으로 향한 시선을 거두지 않고 들어오라고 말했다. 사무실에 들어서는 사람이 있었다. 나는 무의식적으로 고개를 돌렸다. 사무실 흐린 불빛 아래 뿌연 실루엣을 보려고 인상을 쓰며 미간을 모았다. 실루엣은 사라지고 한 남자가 서 있었다. 그는 목이 둥글게 파인 니트 스웨터 위에 트렌치코트를 입었다. 내게 고개를 까닥하더니 친구 종미를 찾았다. 종미는 나가면서 손님이 올지 모른다는 말을 했었다. 그에게 자리를 권하고 커피도 타 주었다. 나는 창을 향해 그와 등지고 앉았다. 비가 와서 그런지 습기가 차고 으슬으슬 추웠다. 언제나 난방이 모자란 사무실이었다. 아귀가 맞지 않는 창문 틈새로 비바람이 스며들어 늘 한쪽 벽에 곰팡이가 슬었다. 낡은 블라인드와 벽 모서리에 늘어진 거미줄이 떨어질 듯 흔들렸다. 그가 일어나 내 앞을 지나서 벽에 걸린 클림트 〈포옹〉 앞에 섰다. 잡지 사진을 오려서 액자에 넣은 것뿐인데 이 방에서 제일 따뜻해 보였다. 그는 화사한 색감을 난로처럼 쬐었다.

잠시 서성대던 그가 '늦으시나 보지요?' 하고 묻는다.

나는 종미가 언제 올지 몰라 그냥 웃었다.

그가 조심스럽게 말을 걸었다.

"저기, 언제 한번 뵌 적이 있는 것 같아요."

"저를요? 어디서요?"

"제가 휴가 나왔을 때 누이하고 누이 친구 분들을 만난
적이 있었는데 그때 나오시지 않았나 해서요."

결혼 전 종미와 나는 잘 어울려 다녔다. 같이 안 다닌
곳이, 같이 안 만난 사람이 없었다. 내 기억 어디에도 그
를 연상시키는 군복 입은 앳된 청년을 찾을 수 없었다. 나
는 긍정도 부정도 아닌 모호한 표정을 지었다. 그가 기다
림이 지루한지 시계를 들여다보았다. 잠시 후 종미가 수
선스럽게 사무실 문을 밀고 들어섰다. 사무실에 활기 찬
종미의 목소리가 들리자 굳어 있던 분위기가 풀어졌다.
종미는 빠른 말투로 그를 나에게 소개했다. 전에 내가 말
한 사촌 동생. 종미가 언제 내게 말했던 적이 있었나, 아
무튼 나는 이십 분 만에 그와 눈인사를 나누었다.

종미는 그를 보자마자 그만둔 전 직장이 너무 아깝다고
야단이었다. 그가 전 직장에 미련이 없다고 잘라 말하자
그럼 앞으로 어떻게 살아갈 거냐고 종미가 따지듯 물었
다. 그가 난감한 얼굴이 되었다. 나는 종미에게 눈치를 주
었다. 종미는 그가 자리를 박차고 나가 버릴까 봐 목소리

를 낮췄다.

"내일부터 나와서 누나 일 좀 도와줘, 알았지?"

"내가 누나 일을 잘할 수 있을지 모르겠어. 괜한 피해를 주는 건 아닌지."

"고양이 쥐 생각 해 주네. 걱정 말고 나와. 바보가 아니면 다 할 수 있는 일을 시킬 테니깐."

종미는 돌아가는 그의 뒤에다 못난 놈이라고 눈을 흘겼다.

"네가 언제 사촌 동생 이야길 했어?"

"진짜 사촌 동생은 아니고 부모들끼리 한 고향 사람이라 자손들이 형제처럼 친하게 지내거든."

종미는 그에 관한 이야길 늘어놓았다. 뭐 하나 내세울 것 없는 집안에 장남으로 태어나 신동 소리 들으며 자랐는데 대학에 들어가면서부터 일이 꼬였다는 것이다. 운동권에 가담해 시위 주동자로 수배되기도 하고 스님이 되겠다고 절에서 몇 년씩 보내고 한때는 연극에 미치기도 했다는 것이다. 최근엔 알아주는 탄탄한 직장을 때려치우고 나와서 가족들 마음을 애태웠다고 했다. 저 나이 먹도록 결혼도 안 하고 답답할 노릇이라고 종미는 속상해했다.

비가 잦아들기를 기다렸지만 손님이 찾아오고 외근 나갔던 직원이 돌아오자 자리에서 일어났다. 난간을 붙잡고 가파른 계단을 한 칸 한 칸 내려섰다. 낡은 이 건물은 입구가 어딘지 구분조차 안 되고 비상구는 막혀 있고 화장실 지린내가 진동했다. 이런 곳에서 사람들이 무슨 일을 하는지 의아할 때가 한두 번이 아니었다. 그래도 나는 이곳을 오기를 좋아했다. 계단을 내려가는 발소리 울림이 사라질 때까지 다음 발을 떼지 않았다. 모든 기억의 발소리가 지금 내 발소리와 겹쳐진다. 그건 과거의 시간들을 하나로 연결시켜 주는 느낌을 주었다. 굳게 난간을 잡고 버틴다.

나는 어떤 거대한 문 앞에 서 있었다. 문은 검은색과 회색으로 칠해져 있고 문틈으로 보이는 것도 검은색과 회색이었다. 문을 힘껏 밀고 들어가고 싶었지만 안으로 들어가지 못했다. 나는 그저 검은색과 회색에 잘 어울리는 창백한 여자로 남았다.

오래전 종미의 일터로 놀러 간 적이 있었다. 그녀는 인쇄소 전동 타자수였다. 무너져 버릴 것 같은 목조 건물 안에서 많은 여자들이 타자기를 두드리고 있었다. 그녀는 나른하면서도 편안한 얼굴로 나를 맞았다. 시끄러운 타자기 소리, 부유하던 먼지들, 아련한 소음들, 내가 그리워하면서도 감히 두려워 겉돌던 세계에 종미는 동화되어 버린 양 견디고 있었다. 나는 그곳에서 나를 찾고 있었는지도 몰랐다. 종미의 뒷줄이나 옆줄에서 머리카락이 앞으로 쏟아져 내리고 눈이 튀어나오게 열심히 활자를 찍고 있는 여자, 검은색 커튼과 회색 커튼이 잘 어울리는 어항 속의 금붕어가 될 여자를 찾고 있었는지도 몰랐다.

일 층 현관 입구에서 우산 작동 장치를 만지며 주춤거렸다. 그새 비가 거세졌다. 이런 비에 우산은 소용없었다. 기다릴 수밖에. 우비 입은 사내들이 가게 밖에 진열된 물건을 들이느라 분주하게 움직였다. 어디선가 담배 연기가 밀려왔다. 잔기침을 하며 담배 연기가 나는 쪽으로 몸을 돌렸다. 층계참 아래 서 있던 한 남자가 담배를 비벼 끄며 아는 체를 했다. 종미의 사촌동생이었다.

"아직 안 갔어요?"

"담배 한 대 피우고 간다는 것이 비가 사나워져서."

그는 도리 없다는 듯 어깨를 으쓱해 보였다. 우리는 서로 갈 방향에 대해 물었다. 우리는 서로 다른 목적지를 갖고 있었다.

"여길 자주 오시나 봐요. 우리 누이 참 좋은 사람이죠?"

"그래요. 내가 친구 하난 잘 뒀어요."

"이곳 공기가 좋질 않아요. 사람 숨통을 조이거든요. 이제 그만 비가 그쳤으면 좋겠는데."

그는 목덜미를 손으로 주무르며 말했다. 좀 전과 달리

그의 눈은 충혈되었고 시선은 불안하게 흔들렸다. 그의 몸에서 거친 기운이 느껴졌다. 그는 비를 피하기 위해서가 아니라 잠시 숨어 쉬고 싶어서 이곳에 남아 있는 것 같았다. 나는 왠지 미안했다.

"하루 종일 기다려도 비가 그칠 것 같지 않네요."

나는 우산을 펼쳤다. 그는 우산이 없었다. 그가 스스럼없이 내 우산 안으로 들어왔다. 그가 불편한지 '제가 들죠' 하고 우산대를 잡았다. 그는 버스 정류장 가판대에서 비닐우산을 하나 샀다. 그리고 헤어졌다.

도심을 빠져나와 산업도로를 달린다. 자동차들이 6차선을 카레이싱 벌이듯 달린다. 커다란 볼링 핀을 머리에 인 스포츠 센터 앞 커브 길을 매끄럽게 타고 달린다. 시속 110km. 원심력과 속도가 팽팽히 맞선다. 시속 200km로 달리면 어떻게 될까.

언젠가 장례 행렬을 추월하지 못하고 느린 속도로 산업도로가 끝나는 곳까지 따라간 적이 있었다. 갑자기 그게 왜 생각나는 건지. 스포츠 센터의 버스가 내 앞으로 진입한다. 나는 그 뒤를 따라가다 나란히 달린다. 셔틀버스 차창에 여자들의 모습이 보인다. 젖은 머리카락의 여자가 머리를 빗는다. 빗에 엉킨 머리카락을 한 올 한 올 떼어 창밖에 버린다.

아직도 라디오에서 그와 그녀의 목소리가 들린다. 편지를 읽고 있는 중이다. 남편이 결혼 후 몸이 많이 불어서 택시를 타다가 바지가 찢어졌다는 내용이다. 그들이 과장되게 웃는다. 바지가 찢어져 회사에 지각했다는 게 뭐가 그리 우스운지 그들의 웃음이 내게 고통으로 다가온다. 국도와 톨게이트가 갈라지는 분기점에서 라디오를 꺼 버린다. 톨게이트 주변은 온통 은행잎 천지다. 도로에 쌓인 은행잎들이 차들이 지나갈 때마다 폴폴 날아올랐다. 날아오른 은행잎이 자동차 지붕과 트렁크에 떨어졌다. 앞 유리창에도 은행잎 하나가 끼어든다. 와이퍼를 움직여도 날아가질 않는다. 성급한 차들이 뒤엉킨다. 그와 만나기로 한 시간이 15분도 남지 않았다.

두 달이 지나 종미의 사무실에서 그를 다시 보게 되었다. 나는 오래된 잡지를 뒤적이고 식은 커피를 들고 창을 내다보는 것을 잊지 않았다. 언제부턴가 창밖을 향한 내 시선이 그에게로 옮겨 갔다. 그가 여 직원과 미소 지으며 얘기를 하고, 바삐 계단을 뛰어 내려가고, 전화를 받을 때 왼쪽 어깨를 치켜올리고, 차에 올라탈 때 점프하듯 몸을 던지고, 때론 냉정하리만큼 진지한 표정으로 일에 몰두하고, 그 어느 것 하나도 내 시선을 붙잡지 않는 것이 없었다. 그는 잘생긴 얼굴이었다. 옆모습은 정갈했고 모든 비율이 적절했다. 연극적 상상에 빠져들기에 충분했다. 그의 손짓 하나, 말 한 마디, 눈빛 하나도 그가 서 있을 무대가 연상되었다. 조명 하나 없는 컴컴한 무대에 그가 광대처럼 분장하고 등장했다. 나는 알 수 없는 힘에 이끌려 무대로 끌려 나왔다. 어느새 내 얼굴도 광대로 변해 있었다. 무대에서 두 사람은 짐짓 외면했지만 서로를 슬프게 바라보았다. 어느 날 나는 지독한 감기에 걸렸다. 아무도 없는 빈 사무실에서 그가 벗어 두고 간 외투를 입었다. 그리고 벽에 걸린 클림트 그림 앞으로 갔다.

종미 사무실 식구들은 회식 자리에 나를 종종 불러냈다. 평소 자주 찾는 고깃집에 늦게 도착했고 그의 옆에 앉게 되었다. 나는 한동안 사무실에 가지 않았었다. 사람들은 오랜만이라며 어디 아팠느냐고 물었다. 그는 내게 눈길을 주지 않고 조용히 술을 마셨다. 농담이 오가고 고기가 익기가 무섭게 사라졌다. 우리는 모두 취해서 마지막 술을 목구멍에 털어 넣고 몸을 일으켰다. 식당 앞에서 사람들은 두 대의 택시에 나눠 타고 가 버리고 그와 나 둘만이 남게 되었다. 겨울 밤바람이 차가웠다. 술 때문인지 볼이 발그레하니 열이 올라 있었다. 우리는 택시를 잡기 쉬운 큰길까지 나가기로 했다. 우리는 사람들 사이에서 만나고 헤어지고 다시 만나고 헤어지길 반복했다.

"술이 깨게 어디 가서 차 한잔해요." 그가 말했다.

우리는 편안한 나무 의자가 보이는 커피 전문점으로 들어갔다. 우리는 창가에 앉아 원두커피를 주문했다. 나는 의자에 깊이 앉았다. 전신을 쓸고 가는 피로감을 잔잔히 음미하고 있었다. 그가 담배를 피우고 싶은 것 같았다. 나는 다른 곳으로 갈까요라고 물었다. 그가 만지던 담뱃갑을 도로 주머니에 넣었다. 낮은 조도 탓인지 그의 얼굴에 광대뼈가 도드라지고 찻잔에 걸린 손가락이 뭉툭하니 굵은 힘줄이 지나갔다. 그의 사소한 것들이 언제부턴가 내게 파장을 일으켰다. 그 몸 안에서 움직이는 힘이 고스란히 내게 전해졌다.

"이런 이야길 하면 우습게 들리겠지만 초등학교 때 종미 누나 집으로 놀러 간 적이 있었어요. 그때 우리가 만났을 확률이 있어요. 지붕이 뾰족한 흰 양옥집에서 안 사셨어요?"

"맞아요. 그걸 어떻게 알아요? 종미가 말해 줬어요? 근데 난 왜 아무것도 생각나는 게 없죠? 정말 우리 만난 적이 최소한 몇 번은 있었나 봐요."

"혹시 이런 생각 안 해 봤어요? 지금 내가 다른 곳에서 다른 삶을 살고 있을지도 모른다는 생각 말이에요. 몇 년 전 외국 여행을 했는데 비행기 시간을 맞추느라 이른 새벽 한인 식당에 갔었어요. 더럽고 후미진 뒷골목을 돌아 식당에 도착했는데, 그 길이 너무 익숙한 거예요. 돌아가는 길 끝에 뭐가 있는지 다음 블록에 뭐가 있는지 다 알 것 같았어요. 확인해 보진 않았지만. 우습죠, 이렇게 생각하면 사는 게 좀 편안해져요."

"왜죠?"

"세상에 흩어진 여러 명의 나 중에 하나둘쯤은 아무렇게 살아도 괜찮을 것 같아서요."

그가 내 눈을 들여다본다. 그의 눈에 어룽대는 빛이 내게 반사된다. 술기운 때문이었을까. 그의 눈길이 나를 스쳐 창밖 어디론가 위태롭게 지나가고 있었다. 그 시선이 오랫동안 내게 돌아오지 않았다. 나는 그의 침묵 사이 식은 커피를 마셨다. 그가 담뱃갑을 만지작거리다 담배 한 개비를 꺼내 손바닥에 톡톡 두드렸다. 그에겐 지금 불이 필요한 것인지. 그가 뭔가 참고 있다고 생각했다. 나는 턱을 괴고 시선을 테이블로 향한 채 그를 보지 않으려고 했다. 그가 두 손을 코트 주머니에 넣고 뭔가 찾고 있었다. 아무리 찾아도 찾아지지 않는 것에 체념하듯 조용히 숨을 골랐다. 그의 관자놀이에 솟은 파란 혈맥이 뛰고 있었다. 나는 우리가 참고 기다리는 것이 무엇인지 알기에 두려웠다. "그만 일어서죠." 그가 먼저 입을 열었다.

우리는 24시간 편의점 앞에서 간신히 택시를 잡았다. 나는 차 문을 열고 돌아서 잘 가라는 말을 하려고 했다. 택시 안으로 몸을 굽히는 순간 그가 느닷없이 내 팔을 잡았다. 잠깐만요. 할 말이 있어요. 뭔데요? 나는 그의 팔에 이끌려 달렸다. 건물과 건물 사이 샛길로 뛰어들었다. 그리고 아주 어두운 곳을 찾았다. 그는 축대 아래 나를 밀치듯 끌어안았다. 가지 말아요. 그가 속삭였다. 그의 가슴을 밀쳐 내던 손이 그의 등을 감쌌다. 가쁘게 숨을 몰아쉬고 서로를 마주 보았다. 그가 두 손으로 내 볼을 감싸고 입을 맞추었다. 얼음이나 드라이아이스에 입을 맞춘 것처럼 차갑고 흡입력이 있었다. 나는 눈을 감았다. 나를 좋아하지 말라는 그의 목소리가 어렴풋이 들렸다. 나는 그에게 흰 목을 보여 주기 위해 고개를 젖히고 그의 머리를 가슴에 끌어안았다. 우리는 고양이가 하품을 하고 입맛을 다시듯이 느리고 오래 키스를 했다.

내 차는 라디오 주파수가 고정되어 있기라도 한 양 한 채널밖에 들을 수가 없다. 전에 들었던 음악 채널이 흔적도 없이 사라졌다. 지구촌 소식을 알리는 뉴스의 시그널 음악이 흐른다. 기상 이변으로 전 세계에 한파가 몰아닥쳤다고 말한다. 미국 대통령은 테러 집단에 선전 포고를 하고 다우 지수는 하락하고 유가는 급등한다고 한다. 복제양은 육 개월 만에 폐 질환으로 죽고 인간 복제의 꿈은 불완전하다고 말한다. 반전 시위가 계속되고 이슬람 무장 단체의 소행으로 보이는 폭탄 테러가 발생했다고 한다. 파리 특파원 나와 주세요. 지구촌 세상은 내가 누구를 만나든지 말든지 사랑하든지 말든지 상관없이 돌아간다.

앙상한 가지만 남은 가로수 그림자가 도로 위로 기울어진다. 그와 만나기로 한 시간이 십 분도 남지 않았다. 그에게 가는 것이 불가능한 시간의 여정처럼 아스라이 멀어졌다 돌아온다.

차들이 미등을 켜고 달리기 시작했다. 지게차 뒤로 차들이 밀려 서행하고 있다. 구불구불한 시골길을 지게차가 끌고 다니는 것처럼 보인다. 지게차 기사의 신호에 따라 차 두 대가 재빠르게 추월한다. 우리는 갖가지 색깔의 전구가 반짝이는 포도밭 원두막에서 포도 한 상자를 사고 서로의 입에 포도 알을 넣어 주었지. 내가 추월할 차례다. 지게차 기사가 추월 신호를 주지 않는다. 뒤차가 빨리 추월하라고 비상등을 번쩍인다. 그날은 몹시 눈이 내렸어. 그를 만나러 가다 차가 눈길에 미끄러져 논바닥에 처박혔지. 차에서 기어 나온 나는 몸을 짐처럼 끌고 눈밭을 헤쳐 다친 줄도 추운 줄도 모르고 버스 정류장에서 그가 오길 하염없이 기다렸어. 중앙선을 들락거리며 비상등을 번쩍

이던 뒤차가 기어이 추월을 시도한다. 무턱대고 내 앞으로 돌진해 들어온다. 미친 새끼. 새벽 모텔에서 그와 함께 나올 때 서른은 훨씬 넘긴 여자가 굽 높은 샌들에 목욕 가운 같은 코트를 걸치고 화장이 지저분하게 번진 채 남자를 따라 나오는 걸 봤어. 여자의 눈을 봤더라면 차마 창녀라고 말 못 했을 거야. 그를 만나고 오는 길에 늘 세차장에 들르지. 차가 너무 더러워져 있었어. 고압의 물이 세차게 떨어지고 거품이 차체를 씻어 내는 동안 차 안에서 그의 흔적을 지웠어.

가을걷이가 끝난 삭막한 빈 들판에 야트막한 능선을 뒤로하고 포도를 팔던 원두막과 그 앞에 내걸렸던 누런 현수막, 텅 빈 버스 정류장, 세차장이 차례로 지나갔다. 지게차 기사가 추월 신호를 보내온다. 나는 중앙선을 넘어 액셀을 힘껏 밟는다.

어떻게 알았는지 종미가 우리 사이를 눈치채고 말았다. 영화나 소설에서나 사랑이 아름다운 법이지 현실에 드러나면 얼마나 더러운지 알아. 자신이 멜로드라마 주인공 같을 때가 가장 비참한 거야. 이쯤에서 끝내. 내 앞에선 어떤 변명도 하지 마. 듣기 싫으니까. 사람은 누구나다 외로운 법이야. 별다르지 않아. 단지 티를 내느냐 안 내느냐 차이지. 나는 그녀와 싸우기 싫었다. 내 인생에 내가 예의를 차릴 필요가 있느냐고 대들었다. 내가 뭘 그렇게 잘못했어. 넌 내 편이 돼 주면 안 되니. 그녀에게 눈물을 보이지 않으려고 애를 썼다.

그는 고향에 돌아가 모든 걸 다시 시작하겠다고 말했다. 우리에겐 선택의 여지가 없었다. 우리가 서로 모르던 때로 돌아가기 전엔, 언젠가 만난 적이 있었던 것처럼 희미한 기억 속으로 사라지기 전엔 다시는 만나지 않기로 약속했다. 그의 뒷모습이 싸늘하고 냉정해 보여 쉽게 마음을 다잡았지만 언제 허물어질지 모르는 모래성이었다. 가끔 받으면 끊어지는 전화가 왔었다. 내 목소리를 듣고 말없이 끊는 상대에게 그의 이름을 불러 주지 않았다. 그런 전화마저도 없었다. 한밤중에 전화가 왔다. 여자의 목소리였다. 잠시 후 그의 목소리가 들렸다. 그는 몹시 취해 있었고 집 근처에 와 있다고 말했다. 공원 벤치에 누워 있는 그를 만났다. 그의 눈빛은 날이 서 있었다. 그는 며칠 사이 내 주변을 서성거린 모양이었다. 멀리서 나를 지켜보고 있었다. 어떻게 그런 얼굴을 하고 살 수 있지? 어떻게 나를 까맣게 잊어버린 얼굴로 살 수 있느냔 말이야. 내게 덤벼들 것 같은 주먹이 허공을 새처럼 날았다. 왜 이래, 제발 이러지 마. 한 번도 당신을 잊은 적이 없어. 우리 이렇게 될 줄 알았잖아. 다 알고 있었으면서.

우리는 기차역 대합실에서 하룻밤을 지샜다. 나는 그의 고향에 가 보고 싶다고 말했다. 그는 내 어깨에 기대 편안히 잠들었다. 다음 날 그가 나를 흔들어 깨우고 기차표 두 장을 보여 주었다. 그의 고향에 가 보고 싶다는 내 말을 기억하고 있었다. 우리는 철길 앞에 나란히 섰다. 우리는 어제 일을 모두 잊은 듯 새벽 찬 공기에 하얀 입김을 내뿜고 파리하게 웃었다. 그는 자기 고향이 히말라야쯤 되더라도 기차를 타고 갈 것처럼 보였다. 역사를 관통해 길게 뻗은 선로 위에 새들이 내려앉아 자갈 사이를 부리로 쪼고 있었다. 스피커에서 우리가 타고 갈 기차가 진입하고 있다고 알려 주었다. 선로 위의 새들이 날아가고 희붐한 새벽안개를 뚫고 굉음과 바람을 일으키며 기차가 도착했다.

"고향에 누구 만날 사람이 있어요?"

"고향은 내가 어릴 적 잠깐 살았던 곳이고 지금 가는 덴 제가 군대 생활 한 곳이죠. 늘 다시 가 보고 싶다는 생각을 했었어요. 기억나는 사람들이 아직도 그곳에서 살지 몰라요."

"그때로 돌아가고 싶어요?"

"아뇨, 그곳에서 보낸 시간들이 과거와 현재를 가르는 중간 문 같아요. 그 문 앞에 서면 새로운 출발이 가능해 보여 늘 그리워했어요."

그는 소풍 가는 아이처럼 들떠 있었다. 기차의 일정한
진동과 속도가 긴장을 풀리게 만들었다. 나는 눈이 점점
무거워지고 감겨 왔다. 꿈을 꾸었다. 바람이 불고 석양이
하늘을 물들이고 있었다. 뭔가 움직이는 것을 발견했다.
푸른 얼룩무늬 군복의 청년이었다. 청년이 내게 차를 태
워 달라고 손을 흔들었다. 나는 차를 세워 청년을 태웠다.
그가 내 옆자리에 올라타기 전 그의 얼굴을 힐긋 보았다.
검게 그을리고 여드름과 잡티로 지저분했지만 앳된 얼굴
이었다. 청년의 입에서 노랫소리가 흘러나왔다. 고단한
땀내가 맡아졌다. 그가 차에서 내려 달라고 한다. 차에서
내린 그가 뒤도 돌아보지 않고 달려간다. 그가 모자를 놓
고 내렸다. 그를 소리쳐 부르지만 점점 멀어진다. 소리쳐
부르는 내 목소리가 들리지 않았다.

어디선가 외침 소리가 들렸다. 우리 자리 옆에서 젊
은 여자가 휴대전화에 대고 악을 쓰고 있었다. 방금 지나
온 역에서 탄 모양이었는데 '나 안 보고 싶어, 나 안 보고
싶어?' 외치고 있었다. 남자 친구 면회 가면서 애정을 확
인하고 싶은데 상대가 영 성에 차게 나오지 않는 모양이
었다. 여자는 화가 나서 돌아간다고 협박하고 비어져 나
온 옆구리 살을 출렁이며 '나 안 보고 싶어, 나 안 보고 싶

어?' 외치고 있었다.

우리는 그가 친구들과 자주 어울렸다는 포구에 가 보았다. 포구는 예전처럼 군인들로 북적이지 않았다. 이곳에 주둔했던 부대가 없어져서일 거라고 그가 말했다. 그는 추억에 잠긴 듯했지만 실망하는 눈치였다. 정박한 배 아래로 시커먼 물이 오색의 기름때를 두르고 아낙들은 플라스틱 바구니에 물고기 몇 마리를 내놓고 팔았다. 노인은 헝클어진 그물을 꿰매고 포구의 모든 것들이 찌들어 소멸되어 가고 있었다.

횟집 이 층 방에서 락스 냄새가 나는 흰 물수건을 펼쳐 손을 닦았다. 상 위에는 날것밖에 없었다. 광어, 소라, 멍게, 해삼, 굴, 상추, 마늘, 소주 잔 두 개. 그가 따라 준 기포 하나 없는 맑은 술을 천천히 목으로 넘겼다. 나도 그에게 술을 따라 준다. 그가 자꾸 왜 웃는지 모르겠다.

"더 이상 못 마셔. 눕고 싶어. 피곤해."

우리는 서로를 바라보고 누웠다. 바닥은 따뜻했다. 파도와 바닷새 소리가 들렸다. 그가 방문에 고리를 걸고 나를 가만히 껴안았다.

"몸에 열이 있는 것 같아. 어제는 미안해."

"걱정 마. 아프지 않아. 자기 처음 봤을 때가 생각나. 얼굴이 배우 같았어. 최소한 여자는 궁하지 않고 살았겠다

싶었지."

"나를 바람둥이로 생각했겠네?"

"약간은. 그땐 지금처럼 뺨에 살이 쏙 들어가지 않고 머리카락도 이렇게 길게 기르지 않았는데."

"내가 당신을 처음 봤을 땐 어떤 여자의 뒷모습이 보이더라고. 창가에 기대서 몸을 뒤로 뺀 채 한쪽 발끝에 걸린 구두를 흔들고 있었어. 지금도 스커트 아래 흔들리던 당신의 다리를 생각하면 몸이 뜨거워져."

"거짓말."

"정말이야. 진짜라니깐."

"당신 눈이 내게 말해, 거짓말해서 미안하다고."

그가 내 가슴 위로 올라오려 한다.

"난 이렇게 당신과 마주 보는 게 더 좋아."

그가 내게서 물러나 손을 잡는다. 어제의 분노도 파리한 미소도 잊은 채 평온해 보였다. 그때서야 지난한 여름을 보냈을 바다를 떠올리고 이별 여행을 생각했다. 나는 그의 동여맨 머리카락 고무줄을 잡아당긴다. 흩어진 머리카락들이 그의 뺨에 흐른다.

"가끔 생각했어. 당신이 여자고 내가 남자였더라면 어땠을까. 그래도 나는 당신을 사랑하고 당신은 날 사랑했을까. 여자에게서 남자를 빼면 뭐가 남을까. 남자에게서 여자를 빼면 뭐가 남는 걸까. 대답해 봐. 대체 산다는 건 뭐지."

우리는 대답 대신 서로를 안았다. 열린 창문으로 바람이 들어왔다. 바다의 짠 비린내도 함께 들어왔다. 그의 머리카락에서도 바다 냄새가 났다.

전조등이 어둠을 헤치고 길을 열어 주었다. 어둠이 시야를 좁혀 앞만 보고 달리게 한다. 아무리 달려도 도달할 것 같지 않은 허무가 명치끝을 아프게 누른다. 그와 만나기로 한 시간은 이미 지나 있었다. 잠시 홀가분한 기분을 맛본다. 전조등이 자전거를 타고 가는 노인의 모습을 비춘다. 이 산만 넘으면 다 온 것이나 다름없었다. 굽이굽이 산길이 시작된다. 축축한 나무 냄새가 난다. 급커브 모퉁이마다 서 있는 거울이 내 차를 불룩 삼켰다 뱉는다. 산정상 팔각정이 보이고 그 앞 칡차를 사 마셨던 공간이 어둠 속에 잠겨 있다. 핸들을 당겨 잡고 전조등으로 가드레일을 훑으며 조심스럽게 내려간다. 벌써부터 불빛에 마음이 조급해진다. 그가 아직도 날 기다리고 있을 것이다. 나의 모든 패를 그것에 걸었다.

우리는 여행을 다녀오고 한 번 더 만났다. 내가 사는 곳은 작은 도시라 우연이 빈번하게 일어난다. 그는 처음 만났을 때 모습으로 돌아가 있었다. 머리도 짧게 자르고 어울리지 않는 정장을 입었다. 우리는 일행이 있어 어떤 말도 나누지 않았다. 내가 그리움에 울컥하는 표정을 지었거나 그의 어쩔 줄 모르는 눈을 보게 된다면 우리의 이별은 실패한 것이다. 우리는 황급히 헤어졌다.

산을 내려오면서 주변이 많이 변했다는 걸 직감했다. 도로는 확장되고 아파트 단지가 들어섰다. 새로운 교차로가 만들어지고 신호 체계가 잡히지 않아 모든 신호등이 깜박거렸다. 이곳에 온 지가 일 년 넘었다는 걸 잊고 있었다. 길은 시원스럽게 사방으로 뚫려 있어도 어디로 가야 할지 몰랐다. 더군다나 밤이었다. 기억을 더듬어 교차로에서 직진해 우측으로 돌아간다. 휘황찬란한 모텔의 불빛들이 시야를 압도했다. 그와 약속한 시간이 한 시간이나 지나 있었다. 조급하게 차를 몬다. 우리가 약속한 모텔은 유럽풍에 풍차가 달려 있다. 모텔의 문을 밀고 들어가 그를 만나는 장면이 비디오테이프처럼 느리게 혹은 빠르게 감겼다 풀린다. 거꾸로 돌려 본다. 뒤로 걸어 나와 차를 타고 내가 왔던 길을 뒤로 달린다. 다시 정시시켜 앞으로 감는다.

모텔로 가던 차선이 줄기 시작했다. 4차선이 3차선으로 다시 2차선으로 줄었다. 차선을 줄이는 바리케이드와 러버콘이 줄지어 나타났다. 나는 저속으로 진입로를 찾으려고 했다. 우리가 약속한 모텔을 얼핏 올려다보니 삼 층인지 사 층인지, 방 하나에 불이 켜져 있었다. 차를 돌려 다시 거슬러 올라갔다. 모텔을 둘러싸고 온통 공사 중이었다. 그러다 또 지나치고 말았다. 입구를 찾을 수가 없었다. 그러다 바리케이드와 바리케이드 사이의 벌어진 공간을 발견했다. 나는 차 머리를 그 사이로 들이밀었다. 잘만 하면 빠져나갈 수도 있었다. 안전모를 쓴 사내가 나타나 차를 빼라는 시늉을 한다. 바리케이드 너머는 길이 없었다. 차를 후진시킬 수밖에 없었다. 차 뒤쪽에서 바리케이드와 부딪혀 깊게 긁혀 나가는 소리가 들렸다. 전진할 때도 똑같은 소리가 들렸다. 전진하고 후진하기를 여러 번 간신히 차선으로 돌아왔다. 몇 번 더 모텔에 진입을 시도했지만 실패했다. 삼 층인지 사 층인지 불 켜진 창도 사라졌다. 애초에 불빛 같은 건 없었는지도 몰랐다.

번쩍이는 전조등, 클랙슨 소리, 다른 차들은 나를 피해 곡예하듯 달아났다. 나는 앞으로 떠밀려 내달릴 수밖에 없었다.

얼마쯤 달린 것일까. 길을 잃어버린 것도 같다. 의식이 느슨해진다. 내가 차 속에 통제되어 있는 느낌이다. 눈이 침침해진다. 바람이 목덜미를 파고들고 비린 바다 냄새가 난다. 간척지 펄에서 나는 냄새다. 그의 머리카락이 떠올라 눈가를 훔친다. 나는 해안도로를 타고 달린다. 광야 같은 검은 펄이 펼쳐진다. 곧 매립지가 될 운명이지만 교각이 드문드문 박혀 있고 다리 상판은 비스듬히 낫 하나가 꽂힌 듯 휘어져 올라와 허공에서 뚝 끊겼다.

뜨거운 것이 귓바퀴를 타고 흘렀다. 나는 오래 망설이지 않았다. 가속 페달을 연거푸 누르고 이정표 아랫길을 따라 교각의 상판 위로 달려 올라갔다. 연달아 장애물을 들이받아 핸들이 가슴을 짓이겼다. 멀리 검은 허공이 다가온다. 눈을 감았다.

"이봐요. 당신, 내 곁에 있어요? 이젠 당신을 놓아주지 않을 거예요. 내가 이렇게 달리고 있는 이상 내 의지대로 움직여야 돼요. 슬퍼요? 당신을 부르는 방법을 알 것 같아요. 내가 길을 잃고 막다른 골목에서 돌아 나올 때 언젠가 만난 적이 있는 것처럼 가로등 밑에서 입술을 포갠 적이 있는 것처럼 두어 발짝 가다 돌아봐 주는 거예요. 그것으로 언제나 내게 돌아올 수 있어요. 아. 저것 봐요. 펄 어둠 속에서 흰 꽃이 흔들리네요. 갈대인가 봐요."

독살

바닷가 돌담에 쪼그리고 앉은 슬기는 노 할배의 시선을 좇고 있었다. 노 할배는 수평선 너머 해가 지고 노을이 바다를 물들일 때까지 꼼짝도 않고 물웅덩이를 지키고 있었다. 슬기는 하품을 하고 졸린 눈으로 물웅덩이를 바라보았다. 물만 찰랑거릴 뿐 그곳에는 아무것도 없었다. 노 할배의 희고 거친 수염이 바람에 흔들렸다. 빈 물가를 노려보듯 바라보던 노 할배는 가끔 무심한 얼굴로 해안선 너머 어둑한 하늘을 올려다보았다. 슬기도 졸린 눈을 비비고 바다 쪽을 돌아보았다. 바다의 붉은 기운을 뒤로하고 고깃배들이 돌아오고 있었다. 뱃전에는 바닷새들이 빙빙 돌며 따라붙었다.

"노 할배, 물고기 안 잡힌다. 이제 그만 집에 가자."

슬기는 저녁 TV 만화 프로그램이 생각나서 조바심이 났다. 노 할배는 무릎을 짚고 일어나 허리를 다 펴지 못한 채 대나무 발을 쳐 놓은 쪽으로 움직였다. 슬기를 향해 손을 아래위로 흔드는 것을 보니 조금 더 기다리라는 것 같았다. 돌담은 끝으로 갈수록 허물어져 물속에 잠겨 있다. 밀물 때 바닷물을 따라왔다 썰물 때 빠져나가지 못한 물고기를 잡는 것을 사람들은 독살이라고 불렀다. 바닷가 모래톱에 새 날개 모양으로 쌓은 검은 돌담은 오래전 노 할배가 만들었다.

돌담에서 내려온 슬기는 모래밭에 만화 영화 주인공과 돛단배를 그렸다. 물이 빠져나간 모래밭에 새 한 마리가 앉아 긴 날개를 구부리고 뒤뚱대며 먹이를 찾고 있었다. 슬기는 그림을 그리던 작은 돌을 바다를 향해 힘껏 던졌다. 돌은 부글거리며 밀려 나가는 파도 속에 사라졌다. 노 할배는 아직도 돌담에서 내려오지 않고 있었다. 어디선가 주운 돌을 구부정히 들고 돌담을 손보고 있었다. 해변의 등대가 이제야 불을 밝혀 멀리 수평선까지 내비쳤다. 슬기는 배가 고파 노 할배를 놔두고 집에 가고 싶었다. 한 번 더 노 할배를 부르려고 몸을 돌렸다. 노 할배는 이제 막 바다에서 올라온 것처럼 어느새 돌담을 내려와 파도를 밟으며 모래밭에 올라섰다.

　슬기가 외갓집에 온 지도 이 년이 지났다. 그전에는 외
삼촌 식구들과 도시에서 살았다. 외삼촌 사업이 어려워지
면서 외조부모와 살게 된 것이다. 슬기는 태어나면서부터
엄마가 없었다. 한때는 외숙모가 엄마였고 외할머니가 엄
마가 되기도 했다. 외가댁에는 할머니, 할아버지, 이모, 노
할배, 슬기, 다섯 식구가 살았다. 슬기는 할아버지의 아버
지, 증조할아버지를 노 할배라고 불렀다. 할아버지는 휴
일이면 고깃배에 낚시꾼이나 관광객 들을 태우고 인근 섬
이나 바다로 나가는 일을 했다. 일이 그리 많지는 않았다.
할머니도 가끔 할아버지와 같이 배를 탔다. 할머니는 지
금보다 젊었을 때 해녀였다고 누군가 말해 주었다. 상어
에게 잡아먹힐 뻔한 적도 있었다는데 부엌 옆 광에 걸린
잠수복을 보고 누구 거야, 물어도 할머니는 빙긋 웃기만
했다. 할아버지는 일이 없는 날이면 술에 절어 코를 골고
자거나 식구들에게 잔소리해 대는 게 낙이었다.
　슬기는 작년까지 읍내에 있는 미술 학원에 다녔다. 미
술 학원의 노란 봉고차를 타고 다니던 또래 친구들은 올
해 초등학교에 입학했다. 슬기는 생일이 늦어서 한 해 더
기다려야 했다. 라면 공장에 다니는 이모가 다시 학원에

보내 주겠다고 했지만 학원에 가지 않아도 재미있게 놀
것이 많아 늘 하루가 빨리 지나가고 지쳐 잠들었다.

아침을 먹고 나면 슬기는 노 할배와 둘이 집에 남았다.
노 할배는 요사이 몸이 아파서 좀체 방을 나서지 않았다.
할머니가 차려 놓고 나간 점심도 슬기 혼자 먹을 때가 많
았다. 그러다 어느 날 노 할배가 방문을 열고 마당으로 쑥
내려와 혼자 놀고 있는 슬기를 불렀다. 그리고 동네 어귀
슈퍼에 들러 과자를 사 주고 이놈, 하고 머리를 쓰다듬으
며 고기 잡으러 가자고 했을 때 뭣도 모르고 따라나섰다.
간혹 포구 쪽으로 갈 때도 있었다. 포구 공판장에서 아직
도 살아서 펄펄 뛰는 물고기가 사람들의 이상한 손짓과
목소리로 팔려 나가는 걸 구경했다. 노 할배는 포구에서
아는 사람을 만나 안부를 주고받는 것을 좋아했다.

라면 공장 기숙사에서 일주일에 한 번 오는 이모가 좋
은 소식을 가지고 왔다. 공장 사보 표지에 이모 사진이 커
다랗게 실렸다. 이모가 단정한 유니폼 차림으로 여러 사
람과 함께 활짝 웃고 있었다. 그중에서 이모가 제일 예뻤
다. 공장에서뿐 아니라 인근에서 이모보다 더 예쁜 사람
은 없었다. 까만 피부에 이목구비가 또렷해 어디서나 제
일 먼저 눈에 띄었다. 이모는 작년에 향토 미인 선발 대회
에 나갔었다. 일등을 하진 못했지만 특산물 미인으로 뽑

혀 상을 받았다. 이모의 방 거울에는 그때 받은 금색 띠가 걸려 있다. 이모는 금색 띠를 두르고 수상자들과 함께 무대 행진을 했었다. 이모는 혼자 있을 때 가끔 금색 띠를 둘러 보는지 언젠가 슬기가 이모 방문을 열었을 때 거울 앞에서 금색 띠를 두르고 서 있는 이모를 볼 수 있었다.

그래도 할머니는 못마땅한지 이모 등에다 대고 자주 욕을 했다. 이모는 듣고도 모른 척하는 것 같았다. 주말에 이모가 돌아오면 슬기는 이모와 같이 잤다. 이모에게서 좋은 냄새가 났다. 미술 학원 여자 선생님이 슬기를 번쩍 안아 차에서 내려 줄 때보다 더 좋은 냄새가 났다.

휴가철이 지난 바다는 쓸쓸했다. 해안가 도로를 달리는 차들도 뜸했다. 이곳 바다는 해안가 도로에서 잘 보이지 않는다. 마치 바다가 산속에 들어앉은 것 같았다. 바다 냄새와 골짜기 사이 언뜻 비치는 해수면이 바다와 가깝다는 걸 알게 해 주었다. 그만큼 복잡하고 오밀조밀했다. 뭍 깊숙이 들어온 바다는 항상 뿌연 안개를 머금었다. 올해 초 바다가 내려다보이는 산 정상에 배 모양 카페가 생겼다. 뿌연 안개가 산허리에 차오르면 배 카페는 바다에 떠 있는 해적선처럼 보였다.

슬기는 해안도로를 타박타박 걸었다. 할머니가 할아버지를 찾아오라고 심부름을 보냈다. 어젯밤 할아버지와 할머니가 다투었다. 할머니는 할아버지와 싸웠을 때하고 안방을 민박 내주었을 때만 마당 평상에서 잠을 잤다. 할아버지가 세간을 내던지고 욕을 해도 할머니는 꿈적도 하지 않는다. 상어에게 잡아먹힐 뻔하고도 살아남았는데 술고래에게 질 리가 없었다. 할아버지는 할머니에게 질 것 같은 날이면 할머니 뒤에 숨은 슬기를 향해 '씨가 누군지도 모르는 새끼'라고 침을 뱉듯 얘기했다. 할머니는 금방 슬픈 얼굴이 되어 눈망울이 심하게 울렁거렸다. 우라질 놈의 인간, 애 앞에서 못 하는 소리가 없어, 하며 뭘 찾는다. 이것저것 손에 잡히는 대로 집다가 송곳같이 뾰족한 호미를 찾아 할아버지에게 대든다. 할머니 기세에 눌린 할아버지는 골목길을 안짱걸음으로 내달린다. 할머니는 평상에 힘없이 앉아 할아버지가 달려 나간 골목길을 멀뚱히 쳐다보았다.

슬기는 동네 어귀 슈퍼 문을 살짝 열어 보았다. 새우젓 하나를 놓고 술판이 벌어졌다. 슈퍼 아줌마는 아침 댓바람부터 무슨 일인지 모르겠다는 짜증스러운 얼굴이었다. 할아버지는 자주 어울리던 뱃사람들과 해장술을 마시고 있었다. 뱃사람들은 술잔을 기울여 단숨에 마시고 목젖이 흔들릴 정도로 큭, 소리를 내고는 짠 새우젓을 손으로 집어 먹었다. 오 씨네 손자 왔어, 아줌마가 말하자 술잔을 기울이던 사람들이 일제히 문 쪽으로 고개를 돌렸다. 술기운에 달아올라 울룩불룩한 얼굴들이 절간에 서 있는 장승처럼 눈이 튀어나오고 험상궂기 짝이 없었다. 슬기의 가슴이 두근거렸다. 슬기는 "할머니가 밥 먹으러 오래" 냅다 소리를 지르고 문을 꽝 닫고는 해안도로를 콧등에 땀이 맺히도록 달렸다.

산과 밭 사이 둔덕에 마른 들꽃이 피었다. 올해 초등학교에 입학한 친구들이 등대 주변으로 소풍을 갔다. 슬기는 동네 조무래기들을 끌고 따라갔다. 등대 주변 해안 둔덕에 아이들이 흩어져 도시락을 먹고 동그랗게 모여 앉아 노래를 불렀다. 보물찾기 시간이 되었다. 아이들이 들꽃 사이를 이리저리 몰려다니며 보물을 찾았다. 슬기와 동네 조무래기들도 보물찾기에 끼어들었다. 슬기와 동네 조무래기들이 찾아낸 보물 쪽지를 초등학교 친구들에게 빼앗겨 버렸다. 풀이 죽어 등대에 기대 있던 슬기와 아이들은 둔덕에 핀 들꽃을 꺾었다. 들국화, 족도리꽃, 돼지풀, 코스모스, 아이들의 손에 힘없이 꺾인 꽃 모가지가 등대 주변에 흩어졌다. 슬기는 이모에게 주려고 한 움큼의 들꽃을 꺾었다.

이모는 사보 표지 모델이 되면서 바빠져 주말에도 집에

오지 않았다. 집에 올 때도 대문 앞까지 택시를 타고 왔다. 가끔 검은 승용차를 타고 오기도 했다. 소곤거리는 말소리가 들리고 검은 승용차가 골목을 벗어나 해안도로를 타고 사라질 때까지 이모는 계속 손을 흔들었다. 그런 날이면 슬기는 갖가지 색깔의 아이스크림과 초콜릿을 맛볼 수 있었다.

어느 날 이모는 술잔 모양의 커다란 유리병 두 개와 색종이가 가득한 쇼핑백을 들고 집으로 돌아왔다. 틈나는 대로 색종이로 학이나 별을 접어 유리병을 채우자고 말했다. 이모는 슬기에게 별과 학 접는 법을 가르쳐 주었다.

아침 밥상머리에서 이모는 방송 리포터가 되겠다며 라면 공장을 그만두겠다고 말했다. 대도시로 나가 리포터가 되는 공부를 해야 한다고도 했다. 할머니는 아무 대꾸도 하지 않았다. 이모가 빨리 대답하라고 몰아붙이듯 얘기하자 할머니는 수저를 내려놓고 벽을 보고 돌아섰다. 할머니의 한숨 소리가 들리고 어깨가 두어 번 들썩거렸다. 그러다 돌아앉아 "라면 공장이나 열심히 다녀" 한 마디를 했다. "엄마는 왜 엄마 생각만 하는 건데. 나도 엄마처럼 살면 좋겠어? 나도 꿈이 있다고. 난 뭐 맨날 좋아서 헤헤거리는 줄 알아?" 이모는 속사포처럼 쏘아 댔다. 슬기는 이럴 땐 누구의 편을 들어야 할지 몰라 슬그머니 방을 나왔다. 방에서 할머니의 고함 소리가 들렸다.

"내가 너 때문에 가슴에 못이 박혔다. 이제 좀 잠잠해졌나 싶었는데, 밤에 너 태워다 주는 놈, 어떤 놈이냐? 슬기를 생각해 봐라. 내년에 학교도 가야 되는데, 꿈은 무슨 꿈. 새끼 생각을 해야지, 이년아."

"여기서 슬기 얘기는 왜 해! 왜 하냐고. 나 죽는 거 보고 싶어서 그래? 나보고 어떡하라고."

할머니의 고함 소리는 울먹임으로 변했다가 점점 알아듣지도 못할 타령조의 흐느낌으로 이어졌다. 할머니의 타령조 흐느낌에는 이야기가 숨어 있었다. 슬기가 아기였을 때, 잠을 자지 않고 보챌 때면 등에 들쳐 업고 나가 바닷바람을 맞으며 자장가처럼 들려주던 노래이기도 했다.

오늘 할머니의 흐느낌에는 눈이 펄펄 내리는 겨울밤 어미와 어린 딸이 바다로 나가는 이야기가 숨어 있다. 어미는 삐거덕삐거덕 노를 젓고 가슴이 찢겨 나갔다. 눈물이 왈칵 쏟아지는데 바람은 얼마나 매서운지, 우리 같이 죽자. 어미는 신을 벗고 치마로 어린 딸을 뒤집어씌웠다. 내가 잘못했어. 딸은 발버둥 쳤고 두 사람은 한데 엉켜 싸우다 바다에 빠졌다. 여기서 할머니의 입술이 위로 말려 올라가고 이를 갈듯 숨을 몰아쉬었다. 아기를 가져 배가 불룩한 어린 딸이 얼음장 같은 바닷물 속으로 하염없이 가라앉고 어미는 딸을 살리려고 했지만 몸이 금세 얼어 버렸다. 어미는 이 죄 많은 년 한 번만 봐 달라고 천지신명께 빌고 또 빌었다. 얼음장 같던 바닷물이 따뜻해지고 어린 딸이 둥실 떠올랐다. 그리고 두 사람을 뭍으로 밀어냈다. 아기는 바다에서 태어난 거나 마찬가지라고 할머니는 빨간 눈가를 훔치며 말했다.

이모의 자지러지는 목소리와 할머니의 이야기 섞인 흐느낌이 한데 어우러졌다. 슬기는 이모와 할머니가 싸울 때가 제일 싫었다. 슬기의 눈에서 눈물이 계속 흘러내렸다. 할아버지의 벼락같은 소리가 들렸다.

"지랄병들 또 도졌다. 동네 부끄러워서 원, 그만해."

슬기는 집에 들어가지 못하고 남의 집 담벼락을 쓸고 다녔다. 그러다 노 할배와 같이 갔던 바닷가 돌담이 생각났다. 바닷가에는 아무도 없었다. 슬기는 바닷물이 찰랑거리는 검은 돌담에 쪼그리고 앉았다. 바닷물이 하염없이 모래톱을 토닥이고 있는데 불현듯 바다를 건너가고 싶다는 생각이 들었다. 노 할배는 달이 바닷물을 잡아당겼다 놓았다 한다고 말했다. 그게 정말인지 바다를 건너면 알 수 있을 것 같았다.

이모의 방에서 며칠째 음악 소리가 크게 들렸다. 공장에도 나가지 않고 방에 틀어박혀 잠만 잤다. 노 할배가 방

212 룰렛게임

에서 나오지 않고 잠만 잤을 때 곧 돌아가시겠구나 할머니가 말한 적 있어서 슬기는 이모가 걱정되었다. 슬기는 뒤뜰로 돌아가 장독대를 딛고 이모 방 안을 엿보았다. 이모는 이불을 머리끝까지 뒤집어쓰고 꼼짝도 않고 있었다.

포구의 새벽 안개가 걷히자 할머니는 서둘러 집을 나섰다. 섬으로 들어간 낚시꾼들에게 아침밥을 갖다 주기 위해서다. 요사이 섬에 낚시꾼들이 몰려들었다. 섬이 TV 방송에 소개된 이후 찾는 사람이 많아졌다. 포구와 등대 주변에서도 관광객들을 볼 수 있었다. 할머니의 일하는 손이 한결 빠르고 가벼워 보이는 것은 수입이 쏠쏠했기 때문이다. 할머니는 낚시꾼들에게 섬이 가라앉을지 모르니 땅을 살살 딛으라는 농담을 했다고 한다.

볼이 홀쭉해진 이모가 밖으로 나왔다. 현기증이 나는지 조금 휘청거렸다. 밥을 챙겨 먹고 마루 끝에 걸터앉았다. 이모의 시선이 해안도로 너머 안개 바다 위를 머물다 멀리 송전탑 위 하늘을 막막하게 바라보았다. 이모가 마당에서 혼자 놀고 있는 슬기를 불렀다.

"슬기야 이모하고 방에 들어가자."

슬기와 이모는 배를 깔고 나란히 누웠다.

"할머니 언제 나가셨어?"

"아침에."

"친구들 다 학교 가서 심심하지? 슬기도 내년에 학교도 가야 하고 학원도 다녀야 하고, 이모가 돈 많이 벌어야겠다. 그래야 슬기가 하고 싶은 것 다 해 주지. 슬기는 이담에 커서 뭐가 될까? 이모 꿈이 뭔지 알아? 처음엔 리포터를 하다 연기도 하고 나중엔 배우가 되는 거야."

"배우가 뭔데?"

"남의 인생을 가짜로 살아 보는 게 배우지."

"너무 걱정하지 마, 이모. 할머니 마음이 변할 수도 있잖아. 난 이모가 방송국에 취직하면 좋은데."

"거봐, 너도 그렇지? 우리 슬기 누굴 닮아서 이렇게 똑똑한 거야."

이모는 슬기를 꼭 안아 주었다.

슬기는 꿈을 꾸었다. 버스가 정차하고 이모가 내렸다. 축축한 머리카락에 이모는 목욕 가방을 흔들고 해안도로를 따라 걷고 있었다. 불그스레한 석양을 뒤로하고 아이들과 놀고 있는 슬기를 발견해 두 팔을 벌렸다. 석양 한가운데 서 있던 이모가 검어졌다 환하게 떠오르는 순간 슬기는 이모 품에 달려가 안겼다. 이모 가슴에서 비누 냄새가 났다. 몽글거리는 흰 거품이 이모 몸 어딘가에 매달려있을 것 같았다. 아이들은 모두 슬기를 부러워하고 있었다. 슬기는 이모 팔을 베고 곤히 잠들었다.

이제 돌아가실 때가 됐나 보다. 할머니는 노 할배 방에서 나온 휴지를 태우며 넋두리처럼 말했다. 식구들이 이모에게 신경이 곤두서 있는 사이 노 할배는 거동이 많이 불편해졌다. 식사도 죽으로 겨우 몇 수저 뜨면 그만이었다. 노 할배의 동굴 같은 방에 휴지가 넘쳤다. 기침을 심하게 하고 나면 휴지를 입에 가져가 뭔가 뱉어 휴지통에 버렸다. 슬기는 휴지통이 넘치면 뒷마당에 내다 버리는 일을 맡았다. 할머니는 저녁마다 휴지를 태우며 이제 돌아가실 때가 됐나 보다 혼잣말을 했다.

밤새도록 노 할배 방에서 폭풍이 몰아치듯 기침 소리가 들렸다. 할머니가 노 할배 방에서 꼬박 밤을 샜다. 다음 날 아침 일찍 병원에 가려고 서둘렀지만 노 할배는 병원에 가지 않겠다고 고집을 부렸다. 노 할배는 늦도록 잠을 잤다. 해거름이 장독대의 그림자를 앞마당으로 밀어내고 있을 즈음 노 할배는 말간 얼굴로 마당에 내려섰다. 할머니가 깜짝 놀라 방에 들어가 누워 계시라고 해도 손을 내저었다. 답답해, 가래에 잠긴 쉰 목소리가 나왔다. 노 할배는 손짓으로 슬기를 불러 앞서라는 시늉을 했다. 슬기는 저만큼 앞서 뛰어가다 돌아서서 지팡이를 짚고 느릿느릿 걸어오는 노 할배를 기다렸다.

바닷가 돌담에 웅크리고 앉은 노 할배는 대나무 발부

터 살폈다. 잡힌 물고기는 하나도 없었다. 어디서 그런 힘이 나는지 노 할배는 대나무 발을 들어 올려 성긴 데가 없는지 꼼꼼히 살폈다. 예전엔 대나무 발에 조기가 잡혔다고 노 할배가 말했다. 어떤 바보 물고기가 바다에 층층이 친 그물을 피해 이곳 돌담에 갇혀 잡히는지 슬기는 머리를 갸우뚱했다. 바닷바람이 노 할배의 기운을 북돋아 주고 있었다. 슬기는 모래밭을 뛰어다니며 놀 사이도 없이 노 할배가 지팡이로 툭툭 치는 돌들을 가리키는 대로 연신 옮겨 놓았다. 무거운 돌을 간신히 들어서 게걸음으로 움직여 물속에 첨벙 떨어뜨렸다. 노 할배 말대로 돌을 쌓아 물고기를 잡을 수 있다면, 바닷가에 연못을 만들어 조기를 잡을 수 있다면 바다를 건너가고 싶은 마음이 사라질 것 같았다.

슬기는 알아차렸다. 가파른 벼랑 쪽은 돌담을 낮게 쌓고 나무숲 쪽은 돌담을 높게 쌓았다. 대나무 발을 여는 문은 낮게 하고 그 뒤로 물고기가 빠져나가지 못하게 얹은 대발은 다른 어느 것보다 높게 세웠다. 그래야 뛰어 나가는 물고기를 막을 수가 있었다. 지팡이로 잰 물 높이도 적당했다. 노 할배의 얼굴이 붉게 물들고 굵은 주름 사이로 미소가 번졌다. 노 할배는 슬기의 머리를 쓰다듬었다. 노 할배와 슬기는 나란히 돌담에 앉아 멀리 수평선 섬까지 내다보았다. 해변 등대가 불을 밝혔다.

이모 화장대에 가져다 놓은 들꽃이 누렇게 말라 꽃잎이
떨어졌다. 술잔 모양의 유리병엔 종이학과 종이별이 반이
나 차 있었다. 이모가 주말에 돌아오면 그동안 접은 학과
별을 유리병에 쏟아부었다. 이모는 유리병 속에 손을 넣
어 종이학과 별 들을 주르륵 흘려 보기를 좋아했다. 이모
는 유리병 두 개가 가득 차면 소원이 이루어질 거라고 이
모가 없어도 종이학과 별을 예쁘게 접어 유리병에 넣으라
고 말했다. 슬기는 아무리 많이 접어도 유리병이 다 차지
않을 것 같았다. 슬기의 손도 작고 종이학과 별도 작아서
손에서 미끄러지기 일쑤였다. 별 하나 만드는 데도 시간
이 많이 걸렸다. 학의 날개는 다 펴지지 않고 별은 달처럼
동그랗게 뭉쳐졌다.

동네 사람들은 이모가 검은 승용차를 타고 배 카페 '카
리브'에 드나든다고 할머니에게 알려 주었다. 이모가 골
똘히 생각에 빠지는 시간이 많다는 것 말고는 변한 것이
없었다. 주말이면 집에 돌아와 밀린 빨래를 하고 목욕을
가고 낮잠을 잤다.

집 앞에 자동차 멎는 소리가 들렸다. 슬기는 이모, 하고
달려 나가려다 대문 뒤에 숨었다. 남자 말소리가 들렸기

때문이다.

"정말 헤어지기 싫다."

남자는 키가 크고 세련된 옷차림이었다.

"맨날 받기만 해서 미안해요. 오늘 돈 많이 썼죠? 나도 헤어지기 싫어요."

"그런 소리 안 하기로 했잖아. 내일 약속 잊지 말고."

남자는 차에 타기 직전 이모의 귀에 뭐라고 속삭였다. 무슨 말인지 이모는 웃으면서 주먹으로 남자의 가슴을 여러 번 때렸다. 이모는 마치 남자의 품 안에서 빙빙 도는 인형 같았다. 검은 승용차가 골목 어귀를 벗어나 해안도로를 타고 사라질 때까지 이모는 손을 흔들었다.

이모의 가슴 한가운데 못 보던 목걸이가 반짝거렸다. 이모는 다 채워지지 않은 유리병에 손을 넣어 손가락 사이로 별을 주르륵 흘려 보았다. 이모에게서 술 냄새가 났다. 더운지 옷도 갈아입지 않고 창문을 열었다. 슬기 자니? 슬기는 자는 척했다. 이모 오늘 술 좀 먹었다. 행복하면서 슬픈 밤이다. 이모는 슬기 볼에 입을 맞추었다. 슬기는 어떻게 이모한테 오게 됐을까, 아기들의 별나라에서 이모가 이리 오너라 해서 오게 됐지. 예쁜 우리 아기. 이모는 축축한 볼을 갖다 댔다. 슬기는 밤새 이모가 뒤척이는 소리를 들었다.

다음 날 슬기가 눈을 떴을 때 이모는 곁에 없었다. 옷도 없어지고 화장대 가득한 물건도 사라졌다. 채우다 만 유리병 두 개가 덩그러니 남아 있었다. 할머니가 섬을 오가며 모아 두었던 돈도 훔쳐가고 머리맡에 용서해 달라는 쪽지 한 장뿐이었다. 할머니는 죽일 년이라고, 자식 하나 없는 셈치겠다고, 들어오기만 해 봐라, 다리몽둥이를 동강 부러뜨리겠다고 길길이 뛰었다.

아침 기온이 부쩍 떨어지기 시작했다. 슬기는 긴 겉옷을 찾아 입었다. 이모에게선 아무 소식이 없었다. 언제부턴가 노 할배 방에서 고약한 냄새가 났다. 침울한 날들이 계속되었다. 노 할배 방에서 이렇게 고생하지 말고 편히 가시라고, 자식 고생시키지 말고 어서 가시라고 할머니가 우는 소리가 들렸다. 해변 등대 아래 관광버스가 멈췄다. 사람들이 내려 해변 등대와 바다를 배경으로 사진을 찍고 포구로 내려가 식당에서 밥을 먹고 건어물 꾸러미를 사서 들었다. 포구의 시장은 전에 없이 사람들로 붐비고 볼거리 먹을거리가 풍성해졌다. 포구의 낯익은 사람들은 슬기에게 두 가지를 물었다. 노 할배가 어떠시냐는 것과 집 나간 이모가 돌아왔느냐는 거였다. 슬기는 둘 다 고개를 가로저었다.

이른 아침 노 할배의 방에 들어간 할머니는 정신 나간

표정으로 허겁지겁 뛰쳐나왔다. 노 할배가 돌아가셨다. 할머니는 맥없이 주저앉았다. 할아버지도 얼빠진 얼굴로 노 할배 방에 뛰어들었다. 노 할배는 아무것도 안 걸치고 발가벗고 돌아가셨다. 어젯밤 기온이 내려갈 것 같아 보일러 온도를 올려놓았었는데, 할머니는 말끝을 흐렸다. 슬기는 노 할배가 바다로 가기 위해 옷을 벗은 게 아닌가 생각했다.

노 할배의 장례로 도시로 나가 살던 식구들이 모처럼 다 모였다. 이모는 연락할 길이 없었다. 조용하기만 했던 마을이 잔치를 벌인 것처럼 시끌벅적해졌다. 사람들은 살 만큼 사셨으니 호상이라고 했다. 술판이 벌어지고 오랜만에 만난 사람들은 그동안 못다 한 회포를 풀었다. 슬기는 노 할배 방을 기웃거렸다. 아직 치우지 못한 노 할배의 물건들이 그대로 있었다. 앉은뱅이책상과 그 위의 작은 TV, 돋보기 안경과 약봉지, 휴지가 쌓인 쓰레기통, 벽에 걸린 옷가지, 주인이 잠시 비운 방 같았다. 언젠가 포구에서 어두컴컴한 배 밑창을 본 적이 있었는데 배 밑창에 갇힌 물고기들은 서서히 숨이 끊어지거나 비린내를 풍기며 썩어 갔다. 노 할배도 이 방에서 외롭지 않았는지, 옷을 벗고 바다로 떠날 때 무섭지 않았는지, 슬기는 노 할배가 보고 싶었다.

노 할배의 꽃상여가 산에 올랐다. 지난여름 풍어제 때 상을 탄 뱃사람들이 상여를 멨다.

어야디어차 어시렁댓구

허허어이 헤에이

아짝아짝 막걸리 장사, 한잔 먹어도 톱톱이 걸겨

에헤헤에헤 헤에요

앞사람이 선창하면 뒷사람이 따라 불렀다. 사람들은 작년 풍어제 때 꽹과리 소리에 신명 나게 어깨춤을 추던 노할배를 떠올렸다. 노 할배는 바다가 훤히 내려다보이는 산허리에 묻혔다.

철새가 돌아오듯 석 달 만에 이모가 돌아왔다. 집을 나갔을 때처럼 아무도 모르게 깊은 밤에 돌아왔다. 이모는 노 할배가 돌아가셨는지 몰랐다고 했다. 슬기는 이모와 할머니가 싸울까 봐 걱정이 되었다. 이모는 더욱 마르고 핼쑥해졌다. 이모는 할머니에게 돌아오고 싶지 않았는데 어쩔 수 없었어, 라고 말했다. 할머니는 무섭게 눈을 흘겼지만 화를 내진 않았다. 이모는 슬기에게 미안한지 눈도 맞추지 못하고 손만 만지작거렸다.

이모는 창문의 커튼을 내리고 긴 잠에 빠졌다. 슬기는 무슨 소리가 들리나 이모의 방문에 가만히 귀를 대어 보았다. 새근대는 이모의 숨소리가 들렸다. 슬기는 화장대에 덩그러니 놓인 유리병에 이모가 없는 사이 종이학과 별을 채우지 못해 마음이 쓰였다. 집에 돌아온 이모는 말수도 적어지고 거울 앞에서 금색 띠를 두르거나 유리병을 채우기 위해 색종이를 접는 일도 유리병에 손을 넣어 손가락 사이로 학과 별을 주르륵 흘려 보는 일도 없었다.

할아버지와 할머니가 고깃배를 타고 바다로 일하러 나가면 슬기는 이모와 단둘이 남았다. 동네 아이들과 들로 산으로 몰려다니던 슬기는 가을볕에 검게 그을렸다. 슬기는 하루에 한 번씩 노 할배와 다녔던 바닷가 검은 돌담에 올라가 물고기가 잡혔는지 안 잡혔는지 살폈다. 언제나 빈 물가만 슬기의 얼굴을 비췄다.

이모는 마루 끝에 앉아 가끔씩 하늘을 스치는 철새를 돌아보았다. 한나절 놀다 허기져 돌아온 슬기는 이모와 같이 점심을 먹었다. 모래알 씹는 것 같아, 이모는 들었던 수저를 내려놓았다. 슬기 혼자 밥을 먹은 사이 이모가 밖에 나갈 준비를 했다. 밥 다 먹고 바다 보러 가자. 이모가 뜬금없이 얘기했다. 마루에는 종이 가방 하나와 유리병 두 개가 놓여 있었다. 종이 가방 안에는 이모의 물건들, 리본을 맨 작은 상자들, 열쇠고리, 머리핀, 인형, 초콜릿이 들어 있었다. 이모는 슬기에게 유리병 하나를 들게 했다.

이모도 가슴에 유리병 하나를 품어 안았다.

해안도로에 이모의 신발 끄는 소리가 울렸다. 하늘엔 석양이 노르스름하게 번지기 시작했다. 유리병을 하나씩 가슴에 나눠 안은 슬기와 이모는 해변 등대를 지나 배를 묶어 놓은 포구 쪽으로 걸었다. 포구 반대편에는 가까운 섬에 낚시꾼들을 태워다 주는 나룻배들이 묶여 있었다. 이모는 쉽게 할머니의 나룻배를 찾았다. 슬기와 이모는 나룻배에 올라탔다. 이모는 익숙한 솜씨로 노를 저었다. 이모는 웃으며 할머니 딸인데 노도 못 저을까 봐, 했다. 나룻배는 천천히 포구를 떠나 바다로 나갔다. 바다라고 해도 주변은 해안선과 섬으로 에워싸여 있었다. 슬기는 조금 불안했다. 바다는 파도 없이 너무 잔잔해 나룻배는 미끄러지듯이 움직였다. 노 젓는 소리 말고는 아무 소리도 들리지 않았다. 이모는 이쯤이면 됐겠다 싶은지 노 젓기를 그만두었다.

이모는 슬그머니 종이 가방에서 물건을 꺼내 바닷물에 밀어 넣었다. 아깝게 왜 버리느냐고 묻고 싶었지만 슬기는 이모가 하는 대로 내버려 두었다. 이모는 가슴에 안은 유리병에서 종이학을 한 주먹씩 집어 모래알처럼 스르륵 바다에 흘려보냈다. 슬기도 이모를 따라 유리병에서 종이별을 한 주먹 꺼내 바다에 떠나보냈다. 이모와 슬기는 말없이 유리병 속에 있던 것들을 꺼내 바다에 넣었다. 반짝이는 수면 위로 둥둥 떠 있던 종이학과 별은 점점 흩어져 멀어져 갔다.

텅 빈 유리병을 가슴에 안고 있을 때쯤 어디선가 시끄러운 새소리가 들렸다. 철새들이 까맣게 몰려와 하늘을 뒤덮기 시작했다. 이모와 슬기는 목을 뒤로 젖히고 하늘을 올려다보았다. 하늘은 검은 점이 번지듯 활발하게 움직이는 새 날갯짓으로 가득했다. 철새의 무리가 소나기처럼 하늘에서 떨어질 것 같았다. 슬기는 만져 보고 싶은지 하늘로 두 손을 뻗었다. 하늘과 바다가 하나로 휘감겨 하늘이 바다인지 바다가 하늘인지 알 수가 없었다. 바다에 떠 있는 작은 나룻배마저 하늘로 날아오를 듯싶었다.

슬기는 바닷가 돌담에 쪼그리고 앉아 빈 물웅덩이를 지켰다. 따라온 조무래기들이 돌담에 같이 앉아 있다 지루한지 모래밭으로 내려가 실개천 사이를 경중경중 뛰어다녔다. 돌담에 걸어 둔 대나무 발에는 어떤 것도 걸려들지 않았다. 해는 서서히 기울어져 붉은 손으로 모래 결을 쓰다듬고 파도는 찰싹이며 검은 돌담을 건드렸다. 따라와 성가시기만 했던 조무래기들이 바닷물에 옷을 적시고 말았다. 엄마한테 혼이 날 것 같은 아이들이 울상이 되어 그만 가자고 성화를 부렸다. 오늘도 빈손으로 돌아갈 것 같았다. 슬기는 돌아가기 전 한 번 더 물웅덩이를 살폈다. 슬기는 깜짝 놀랐다. 웅덩이 안이 온통 은빛 멸치 떼로 가득했다. 슬기는 아이들을 불러 모았다. 뜰채로 조심스럽게 은빛 멸치 떼를 건져 올렸다. 아이들은 신기한지 저마다 한마디씩 했다. 멸치 떼는 파닥파닥 사방으로 빛을 뿌려 댔다. 그 빛은 이모와 함께 바다에 흘려보내 둥둥 떠 있던 종이학 종이별과 비슷했다. 노 할배가 어구를 메 기울어진 몸으로 파도를 밟으며 모래밭으로 올라서는 모습이 언뜻 비쳐 슬기는 두 눈을 비볐다.

양배추 꽃

사거리 모퉁이 화단 둔덕에 쓰레기가 쌓였다. 찢어지도록 동여맨 종량제 봉투와 아무렇게나 내던져진 신문지나 상자 나부랭이, 페트병과 소주병, 음식물 쓰레기까지 버려졌다. 화단 둔덕은 아기 무덤처럼 봉긋하고 아까시나무가 본데없이 자랐다. 사람들은 아까시나무 밑으로 쓰레기를 슬쩍 밀어 넣기도 했다. 어두워지면 음식물 쓰레기 냄새가 진동했다. 둔덕에 버려진 음식물 쓰레기 봉투는 고양이들에게 뜯겨 내장처럼 풀어졌다. 언제나 둔덕 주변은 시큼한 냄새가 나고 움푹 파인 곳엔 물이 고였다. 지금 화단 둔덕은 사금파리를 뿌린 것처럼 눈이 부시다. 인근 자동차 유리 가게에서 작업하고 남은 파편들을 내다 버렸기 때문이다.

신호등 아래 화단은 어느새 패랭이꽃에서 양배추 꽃으로 바뀌었다. 화단 둔덕을 마주하고 오른쪽엔 축대에 올라선 삼 층 건물이, 그 아래로 컨테이너 박스가 덩그러니 놓여 있었다. 삼 층 건물엔 자동차 유리집과 이삿짐 센터가 있고 컨테이너 박스는 레커차 사무실과 숙소로 쓰였다. 그 뒤 좁은 골목길 사이로 허름한 집들이 몰려 있었다. 서로 맞댄 지붕 위로 어지럽게 지나간 전선들이 가로등마다 머리카락처럼 엉켜 있었다. 하루 벌어 하루 먹고사는 사람들과 의지할 데 없는 젊은 아이들이 쪽방에서 살았다. 그곳에 사찰 표시의 깃발 하나가 담벼락 위로 삐죽 솟아 있었는데 대문 앞에 용문암이라는 입간판이 세워져 있었다. 여기서부터 등산로가 시작되는 것이다. 이 골목길을 쭉 따라가다 보면 고속도로 밑을 지나는 시멘트 굴이 나타나고 이곳을 통과해 산에 오르게 되어 있었다.

신자는 레커차 사무실 앞에 쪼그리고 앉아 있었다. 보라색 양배추 꽃 뒤로 흐릿한 시선을 던졌다. 누군가 기다리는 눈치였다. 그늘진 사거리 모퉁이에 지는 해가 다가왔다. 잠깐 동안 신자 얼굴의 얼룩덜룩한 잡티와 정수리에 몰린 새치가 드러났다. 레커차 사무실 문이 열렸다. 레커차 기사였다. 신자의 얼굴은 변하지 않았다. 그냥 물끄러미 남자를 쳐다봤다. 자신이 기다리는 사람이 아닌 것 같았다. 기사는 여자를 보고 잇새로 길게 침을 뱉고는 공터에 주차된 레커차에 올라탔다. 레커차는 뒤에 매달린 삼각대를 출렁대며 불법 유턴을 했다.

신자와 같이 살던 남자도 레커차 기사였다. 신자는 남자와 레커차 사무실 뒷집에서 같이 살았다. 밤마다 뜨거운 정을 나눈 생각만 하면 절로 미소가 지어졌다. 밤이면 공터에는 갖가지 색깔의 레커차들이 모여들었다. 쇠사슬 고리에 매달린 삼각대와 옆구리에 달린 여러 개의 기어가 발이 많이 달린 벌레처럼 보였다. 사무실에서 저녁을 시켜 먹거나 늘어지게 TV를 보고 있다가 연락이 오면 레커차가 출동했다.

신자는 머리를 긁적였다. 얼굴은 며칠을 씻지 않아 거칠고 마른버짐이 피었다. 배가 고파 속이 쓰린지 허리가 점점 굽어졌다. 신자는 간신히 몸을 일으켜 신호등 아래 화단의 보라색 양배추 꽃을 들여다보았다. 주위를 살피고 배추 잎 두어 장을 뜯어냈다. 신자는 골목길 안으로 들어가며 양배추 꽃잎을 씹었다. 지독한 풋내와 함께 입속에서 모래 폭풍이 일었다. 입안은 온통 모래투성이였다. 신자는 삼키려고 했지만 그것은 침과 섞이지 못하고 어석거렸다. 목구멍으로 넘기려고 할수록 밀어내는 힘도 강했다. 신자는 자갈길에 엎드려 토악질을 했다. 등산복을 입은 여자들이 이상한 눈으로 신자를 보고 있었다. 아까부터 대문 앞에서 네발 오토바이에 올라탄 용문암 점쟁이가 생쥐 같은 눈으로 신자를 노려보고 있었다.

"뭐 하는 겨?"

신자는 입가에 늘어진 침을 끊고 점쟁이를 올려보았다.

"신경 꺼!"

신자는 버럭 소리를 질렀다.

점쟁이는 부릅뜬 눈으로 시동을 걸고 울퉁불퉁한 자갈길을 달리다 뒤를 돌아서 신자에게 욕을 했다. 신자는 네발 오토바이를 따라가다 주먹을 까는 시늉을 했다. 그러다 진이 빠졌는지 무너지듯 주저앉았다. 용문암의 열린 대문으로 마당이 들여다보였다. 방마다 문이 닫혀 있고 사람은 보이지 않았다. 신자는 점쟁이가 굿을 할 때면 오토바이 가득 과일이며 떡이며 고기 같은 것을 실어 온다는 걸 알고 있었다. 신자는 살며시 마당 안으로 들어가 문을 열고 부엌을 찾았다. 귀신이 산다는 신당에는 아무것도 없었다. 부엌에서 전기밥솥을 열었다. 냉장고에 먹다 둔 반찬이 있었다. 신자는 밥솥을 열어 놓고 허겁지겁 밥을 먹었다. 이건 내가 먹는 게 아니여, 걸신이 먹는 거지. 신자는 혼잣말을 했다.

마당을 지나오다 닫힌 방문 앞에 남자 워커가 보였다. 낡고 끈이 풀린 워커였다. 평소 남자가 신던 워커와 비슷했다. 신자는 워커 앞으로 다가가 신발을 유심히 들여다보고 방문에 귀를 대 보았다. 안엔 아무도 없었고 워커는 남자의 것과 비슷했지만 완전히 다른 신발이었다. 괜히 눈물이 나려고 했다. 얼른 밖으로 나왔다. 신자는 힘없이 텃밭 사이를 지나 회색 시멘트 굴로 들어갔다.

남자를 만난 건 작년 겨울이었다. 신자는 역전 시계탑 광장에 서 있었다. 시간은 새벽 2시가 지나고 여느 때처럼 찬바람을 맞고 서 있었다. 가끔 착각할 때가 있었다. 지금 막 이곳에 도착한 것 같은, 아니면 이곳을 떠나려는 것 같은 착각이었다. 신자에게 시간은 소용돌이치고 풀리지 않는 매듭 같았다. 시계의 원판이 하얀 달처럼 느껴졌다. 심야 손님을 태우려는 택시 기사의 큰 소리도 더 이상 들리지 않았다. 노점상도 철시하고 숨어 있던 짙은 화장을 한 여자들도 하나둘 사라졌다. 낯익은 여자 하나도 남자를 꿰차고 떠나 버렸다. 신자는 인적이 끊긴 역 광장을 돌아다녔다. 벌써 며칠째 공치고 있었다. 방세도 내야 하고 일수도 찍어야 했다. 사내들은 어둠 속에서 신자를 택하지만 방으로 들어가면 꽁무니를 뺐다. 신자는 몸을 팔기엔 나이도 들어 보이고, 길쯤한 얼굴에 콧대가 내려앉

은 데다가 눈은 사시였다. 약간의 언어장애도 있었다. 한
눈에 보아도 정상으로 보이지 않았다. 시간이 멈춘 것 같
았다. 기다리는 사람은 왜 이리도 안 오는지, 생소하고 낯
선 곳에 팽개쳐진 기분이 들었다. 신자는 어둠 속 광장에
날아든 살찐 비둘기처럼 왔다 갔다 했다.

　대합실은 오늘따라 유난히 밝아 보였다. 의자에 기대
잠든 사람들도 있었다. 신자는 그만 돌아가려고 지하상가
계단으로 내려갔다. 그때 시계탑 아래 덜컹 하고 차 멎는
소리가 들렸다. 레커차였다. 레커차 남자가 차창으로 얼
굴을 내밀고 신자를 불렀다. 옆자리에 타라고 차 문을 열
어 주었다. 신자는 잠시 머뭇대다 차에 올라탔다. 여관방
에 들어왔을 때 남자를 자세히 볼 수 있었다. 사십 대 후
반의 덩치 큰 남자였다. 얼굴엔 굵은 주름이 잡히고 험악
하게 생겼지만 거칠게 행동하진 않았다. 남자가 신자 위
로 올라왔다. 남자의 몸에서 기름 냄새가 났고 술 냄새와
신 김치 냄새도 났다. 남자의 왼쪽 어금니는 금니였고 목
과 가슴엔 작은 혹 같은 것들이 붙어 있었다. 남자가 신자
의 배 위에다 사정을 했다. 신자의 배꼽에 남자의 분비물
이 고였다. 남자는 신자의 아랫배 튼살을 만지며 물었다.

　"아이 낳아 봤어?"

　신자는 금방 답하지 않았다. 그런 것 같기도 하고 아닌

것 같기도 했기 때문이다. 그러다 고개를 끄덕였다.

"말할 줄 몰라? 일주일 뒤 시계탑 아래서 같은 시간에 만나. 나올 수 있지?"

신자는 남자가 건넨 지폐를 만지작거리며 다시 고개를 주억거렸다. 남자는 굵은 손가락으로 신자의 젖꼭지를 만지다 아기처럼 빨았다. 그리고 가슴에 얼굴을 묻고 잠이 들었다. 남자는 자면서 욕설이 섞인 잠꼬대를 했다. 여자들을 욕하는 것 같았다. 신자는 이상하게 잠이 오지 않았다. 자는 남자의 머리를 쓰다듬었다. 머리카락을 살며시 헤쳐 가마를 찾았다. 가마는 여러 갈래로 흩어져 있었다. 언젠가 엄마가 그랬다. 가마가 하나인 남자를 찾으라고. 신자는 가마가 하나가 아니라도 괜찮았다. 이 남자에게 괜히 정이 갔다.

엄마를 만난 지가 오래되었다. 엄마의 얼굴도 잘 떠오르지 않았다. 시간을 거슬러 올라가 엄마를 생각하면 가슴이 아렸다. 매듭으로 묶인 시간들이 과거와 현재로 분리될 때 살점이 뜯겨 나가는 고통을 느꼈다. 그리고 눈부신 흰 터널을 통과했다. 가끔 보육원에 엄마라는 사람이 왔었다. 엄마는 선물을 사 가지고 와 미안하다는 말을 반복하고 돌아가곤 했다. 그러다 새로운 가정을 꾸려 예쁜 여동생을 데려온 적도 있었다. 보육원을 나와서는 엄마가 사는 가까운 곳에 방을 얻어 일을 배우러 다녔다. 행복한 여자아이가 되었다.

여자아이가 이 끝과 저 끝이 보이지 않는 터널 속을 걸어 들어간다. 폭포 소리가 들린다. 여자는 흰빛 속에 증발된 듯 사라진다. 우리 동네에 이사 온 병신이 애야? 사내아이들이 여자아이를 쓰러뜨려 달라붙어 누르고 가랑이 사이에 무언가 집어넣으려고 애썼다. 사시인 눈동자는 뒤로 넘어가고 늘 침에 젖어 있던 입술은 잇몸이 다 보이도록 말려 올라갔다.

레커차 남자는 가끔 시계탑 앞에서 신자를 태웠다. 기사 식당에 들어가 밥을 먹고 여인숙에서 잠을 잤다. 때론 고속도로를 질주해 갓길에 차를 세우고 관계를 했다. 레커차는 어둠 속에 매몰된 듯 웅크리고 있었지만 차 안에는 트로트 메들리가 크게 울렸다. 남자는 기분이 좋으면 노래를 따라 하거나 손가락으로 툭툭 핸들을 치며 박자를 맞췄다. 레커차의 앞 유리창에는 반라의 여자 사진이 꽂혀 있었고 바닥에도 번호가 적힌 여자 사진들이 떨어져 있었다. 관계를 끝낸 남자는 담배를 빨며 검은 공간을 건너다보고 말했다. "너를 처음 만난 날 삼 년 살던 여자와 헤어졌어. 왜 나한텐 도망치는 년들만 걸리는지 몰라."

남자는 신자의 어깨에 기대 잠들었다. 신자는 남자가

사 준 과자를 먹었다. 남자 대신 밤을 지켰다. 차들은 불빛과 불빛으로 연결돼 빠르게 끌려가고 있었다.

남자는 신자에게 살림을 차리자고 했다. 호기심을 가지고 신자에게 말을 건넨 사람은 남자가 처음이었다. 이름이 뭐야, 뭘 먹고 싶어, 약속해, 기다려. 신자는 말을 잊고 살았다. 누군가에게 말을 건넨 일도 건네받는 일도 없었다. 외로웠지만 그 감정은 늘 모호해서 몸 어느 한구석이 아픈 거라고만 생각했다. 엄마가 그랬다. 다른 건 다 도둑질할 수 있어도 팔자 도둑은 못 한다고. 남자는 신자 대신 빚을 갚아 주고 자신이 사는 곳으로 데려왔다.

신자가 들어온 날 남자는 주인 노인과 말다툼을 했다. 식구 하나가 늘어나니 세를 올려 받아야겠다는 것이다. 방 하나 똑같이 쓰는데 왜 세를 올려 받아야 되느냐고 따졌다. 화장실 물값하고 전기세가 많이 나오는데 더 받는 게 당연하다고 되받았다. 남자는 말문이 막혔다. 그럼 따로 계량기를 달라고 소리쳤다. 그럼 계량기를 자네 돈으로 달아. 남자는 할 말이 없었다. 그냥 주먹이 운다는 표정이었다.

노인은 세를 받는 방이 여섯 개나 되는데도 새벽이면 자전거를 타고 밭에 나가 일을 하고 짬이 나는 대로 폐품이나 고철 따위를 수집하러 다녔다. 알부자라고 소문이 났지만 돈 쓰는 것을 본 적이 없다고 사람들이 지독한 노인네라고 흉을 봤다.

레커차는 늘 대기 상태에 있었다. 전화를 받으면 재빨리 차를 몰고 나갔다. 밤새 일한 사람들은 사무실에서 한나절씩 낮잠을 잤다. 남자는 일을 할 때 신자를 데리고 가기도 했다. 사고가 날 만한 곳에 차를 세우고 기다렸다. 그래야 사고가 났을 때 누구보다도 먼저 도착할 수 있었다. 뒤늦게 몰려든 레커차들은 경광등만 요란하게 번쩍일 뿐 아무 소득도 없었다. 남자는 담배를 입에 물고 구겨진 차를 삼각대에 묶은 다음 기어를 움직여 들어 올린다. 남자는 신자를 향해 찡긋 웃어 보인다. 남자와 신자는 보닛이 쭈그러든 차를 끌고 고속도로를 달렸다.

사거리 모퉁이에 어둠이 몰려들었다. 가로등이 켜지고 멀리 아파트 단지의 창들이 환한 빛들로 메워졌다. 사거리 주유소 파란 네온 간판에도 불이 들어왔다. 건물 옥상에 시티 안마라는 붉은 글자도 검은 하늘을 배경으로 선명하게 빛났다. 좁은 골목길에도 전신주의 붉은 전구 알필라멘트가 파르르 떨렸다. 화단 둔덕에 사람들이 쓰레기를 버리기 시작한 것도 이즈음이었다. 일찌감치 버려진 음식물 쓰레기 봉지를 고양이 한 마리가 소리 없이 다가와 할퀴고 도망갔다. 삼 층 건물 담벼락에 포개져 있던 거미줄처럼 금이 간 자동차 앞 유리창이 아까시나무 아래 슬그머니 버려졌다. 잠시 후 밤이 깊어지자 이삿짐 센터의 직원이 서랍이 빠진 철제 책상과 등받이 의자 하나를 버렸다. 공터엔 레커차가 여러 대 주차되어 있었고 밤새 떠날 줄 몰랐다.

신자는 사무실로 남자를 부르러 갔다. 남자는 바로 나오지 않았다. 남자는 일이 없을 때는 하루 종일 사무실에서 빈둥거렸다. 남자는 저녁을 먹으러 오지 않았다. 신자는 음식을 만드는 재미에 들려 있었다. 남자가 준 돈으로 슈퍼에 가서 반찬거리를 샀다. 남자는 뭐든 맛있게 먹어 주었다. 특히 두부를 넣어 맵게 끓인 고추장 찌개를 좋아했다. 신자는 동네 여자들을 따라 비닐하우스에서 일을 하러 다녔다. 남자에게 뭔가 해 주고 싶은 생각에 열심히 일을 했다. 밤마다 자신의 가슴에 얼굴을 묻고 자는 남자를 생각하면 세상에 못 할 일이 없을 것 같았다. 쪼그리고 앉아 턱을 괴고 남자가 나오길 기다렸다. 자꾸 하품이 나왔다. 신호등 아래 화단의 보라색 양배추 꽃이 검붉은 자주색으로 변했다. 잎이 시들고 벌어졌다.

용문암 점쟁이의 네발 오토바이가 신호등 아래 대기하고 있었다. 신자는 그를 보기 싫어 고개를 돌렸다. 그는 생쥐 같은 눈으로 사람을 빤히 쳐다보는 버릇이 있었다. 몇 번 눈길이 마주치고 나서부터 그가 나타나면 얼굴을 돌렸다. 그의 오토바이에 사람이 하나 더 타고 있었다. 차 보자기를 든 여자였다. 여자는 차 보자기를 가슴에 품고 점쟁이의 허리를 두 팔로 감았다. 여자는 하얀 얼굴에 구불구불한 긴머리를 등 뒤로 넘겼다. 허리가 부러질 듯 가늘었다. 점쟁이가 뭐라고 하자 여자가 점쟁이의 볼을 꼬집는다. 신호가 바뀌자 오토바이가 횡단보도를 건너온다. 여자는 점쟁이의 허리를 세게 안는다. 네발 오토바이가 레커차 사무실 앞을 지나 골목길로 들어간다. 여자는 신자를 보고 고개를 까딱한다. 날 언제 봤다고, 미친년. 신자는 나오지 않는 남자를 기다리다 지쳐 몸을 일으킨다. 사무실 문을 열고 남자를 찾았다. 화투장을 들고 있던 남자는 화가 나 있었다. 그가 버럭 소리를 질렀다.

"뭐야, 씨발! 집에 돌아가 있어."

"집에 와서 저녁 먹고 가요."

말이 끝나기도 전에 뭔가가 신자에게 날아왔다. 남자가 곁에 있던 물 주전자를 집어 던진 것이다. 남자가 이렇게 화를 내는 것을 본 적이 없었다. 신자의 가슴이 꿍꽝거렸다. 자신이 크게 잘못한 것이 있다고, 집에 오면 사과를 해야 한다고 생각했다. 그날 남자는 집에 오지 않았다. 다음 날, 그다음 날도.

차 보자기를 든 여자가 신호등 아래 자주 목격되었다. 이삿짐 센터로 자동차 유리집으로 레커차 사무실로 점쟁이 집으로 시멘트 굴 안쪽 화훼 단지까지, 차 배달을 다니지 않는 곳이 없었다. 다방 여자를 두고 사심을 품지 않는 남자는 없었다. 걸음걸이하며 나풀거리는 짧은 치마하며, 흰 목덜미, 여자와 비교하면 신자는 너무 초라했다. 다방 여자는 신자를 보면 상냥하게 고개를 까딱했다. 그럴 때마다 신자는 주춤 뒤로 물러났다. 때론 몰래 그녀 뒤를 밟기도 했다. 왠지 그녀가 싫었다.

신자는 일을 찾으려고 텃밭이나 비닐하우스를 기웃거렸다. 남자는 더 이상 돈을 주지 않았다. 체비지를 가로질러 시멘트 굴을 통과해 화훼 단지까지 갔다. 잡풀이 발목을 감고, 거름 썩는 냄새가 지독했다. 추수가 끝난 황량한 벌판엔 비닐로 휘감아 만든 허수아비가 홀로 서 있었다. 숲이 우거지자 개 짖는 소리가 들렸다. 일감을 구하진 못했다. 겨울로 접어들면서 일거리가 없어졌다. 알록달록한 옷을 입은 등산객들과 엇갈려 남자와 살던 집으로 돌아온다. 굴을 지날 때 고속도로를 달리는 차 소리가 폭포 소리처럼 들렸다.

옥수수 밭에 주인 노인의 자전거가 보였다. 체비지와

자기 땅의 경계선을 분명히 하기 위해 노인은 옥수수를 심었다. 신자는 메마른 옥수숫대를 헤치고 안으로 들어갔다. 노인은 등을 구부리고 수확이 끝나 누렇게 변한 땅을 호미로 내리찍고 있었다. 노인은 신자를 발견했지만 헛기침만 하고 하던 일을 멈추지 않았다. 신자는 용기를 내서 말했다.

"할아버지, 나 일 좀 할 수 있어?"

노인은 못 들은 척하고 앉은뱅이걸음으로 호미질을 계속했다.

비닐하우스에서 일할 때 동네 아주머니한테 들은 이야기가 있었다. 원래 이곳 전체가 공동묘지였다는 것이다. 아무 곳이나 파도 유골이 나온다고 했다. 특히 노인이 최근에 헐값에 사들인 밭은 더하다고 했다. 누군가 말했다. 밤마다 흰 소복을 입고 머리를 푼 여자들이 옥수숫대 사이에서 춤추는 것을 본 적이 있다고. 몇 년 전 톨게이트 주변에 밀집한 러브호텔에서 불이 났는데 열 명이 넘게 죽었다는 것이다. 그때 죽은 사람들일지도 모른다고 말했다. 신자는 조심스럽게 땅을 밟았다. 그들이 땅속에서 얼굴을 밟히고 있다고 생각하면 안 되니까. 러브호텔의 은빛 돔 지붕이 보였다. 상호가 꿈의 궁전이었다.

남자는 집에 잘 들어오지도 않고 신자를 고속도로에 데

려가지도 않았다. 사무실에서 보내는 시간이 많았다. 언제 같이 밥을 먹고 잠자리를 했는지 기억조차 나지 않았다. 신자는 컨테이너 박스 앞에서 쭈그리고 앉아 있었다. 그의 레커차가 도착하는 걸 보고 달려가려는데 다방 여자가 어느새 나타나 남자의 팔짱을 꼈다. 남자는 다정하게 여자의 허리를 끌어안고 사무실 안으로 사라졌다. 다방 여자의 웃음 소리가 신자에게 환청처럼 들렸다. 가슴에 불이 이는 것 같았다. 땅이 꺼지고 하늘이 내려앉는 기분이었다. 신자는 남자가 나올 때까지 기다렸다. 얼마나 기다렸을까. 술기운에 얼굴이 붉어진 남자가 나와 화단 둔덕에 소변을 보았다.

신자가 나타나자 남자는 깜짝 놀라는 표정을 지었다.

"뭐야?"

"집에 가요, 나랑 같이 밥 먹어요."

"돌아가서 기다려."

남자의 미간에 굵은 주름이 잡혔다. 신자는 돌아서려는 남자의 팔을 잡았다. 남자는 팔을 확 뿌리치고 주먹을 신자의 머리 위로 들어 올렸다.

"이게 죽으려고 환장했나, 어디다 손을 대? 불쌍해서 봐줬더니 머리 꼭대기에 올라가려고 그래. 거지 같은 게 까불고 있어."

사무실 문이 열리며 다방 여자가 얼굴을 빠끔 내밀었다.

"무슨 일이에요? 당신 부인이야?"

"부인은 무슨 부인? 걱정 말고 안에 들어가 있어."

남자는 다방 여자에게 은근한 말투로 말했다.

"다시 내 눈에 띄기만 해 봐라, 죽여 버릴 테니까."

신자는 밤바람을 맞고 서 있었다. 사납게 쏟아지는 폭포 소리를 들었다. 하늘엔 별이 보이지 않았다. 사거리 신호 체계가 바뀌었는지 좌회전 차와 우회전 차가 충돌했다. 백미러가 떨어져 나가고 자동차 유리가 깨져 차도에 흩어졌다. 레커차가 모여들고 차들이 정체돼 길게 늘어선다. 얼마 후 사고 현장은 언제 그랬느냐는 듯 말끔히 정리되었다. 그래도 차도에 부서져 떨어진 유리 파편들은 당분간 어둠 속에서 반짝거릴 거였다. 신자는 아까시나무 밑에 버려진 등받이 의자에 앉았다. 고양이 울음소리인지 신자의 울음소리인지 알 수 없는 카랑한 소리가 한동안 이어졌다.

동네 사람들은 남자를 피해 정신없이 도망 다니는 신자를 자주 볼 수 있었다. 오밤중에 맨발로 뛰쳐나와 남의 집에 숨기도 하고 산으로 올라가기도 하고 체비지 벌판을 달려 시멘트 굴에 숨기도 했다. 신자는 남자 주변을 맴돌고 떠나질 않았다. 발가벗겨져 길바닥에 패대기쳐져도 다시 돌아왔다. 남자가 잠이 들면 어느새 돌아와 남자 곁에 누웠다. 그러다 걸리면 정신을 놓도록 매를 맞았다. 단칸 방에 더 이상 남자가 오지 않았다. 신자의 가슴은 젖몸살 하는 것처럼 붓기 시작했다. 젖이 딱딱하게 붓고 멍울이 졌다. 손으로 주물러도 멍울은 풀리지 않았다. 방이 냉골 처럼 추웠지만 젖가슴은 퉁퉁 붓고 뜨겁기만 했다.

어른이 되어 엄마를 만난 적이 있었다. 엄마는 늙고 초췌했다. 여관에서 같이 하룻밤을 보냈다. 엄마는 다 큰 신자에게 아기라고 했고 얼굴을 더듬고 하염없이 울었다. 엄마가 그랬다. 다른 것은 다 도둑질할 수 있어도 팔자 도둑은 못 한다고. 엄마의 깊은 한숨 소리가 줄곧 신자를 따라다녔다.

레커차 사무실 불이 꺼져 있었다. 다들 일하러 나갔거나 집에 돌아갔는지 주위는 한산했다. 하지만 공터에 남자의 레커차가 남아 있었다. 신자는 사무실 문에 귀를 대고 누가 있는지 살폈다. 두런대는 말소리가 들리는 것 같았다. 여자의 웃음소리가 들리는 것 같기도 하고 남녀가 진탕 섞이는 소리가 들리는 것도 같았다. 옆으로 돌아가 창문 안을 들여다보려고 했지만 커튼이 쳐져 있었다. 신자는 뒤로 물러났다. 누군가 자신을 깊은 물속으로 밀어넣는 듯 호흡이 빨라졌다. 귀가 먹먹하고 숨이 막혔다. 신자는 어둠 속에 웅크리고 있는 레커차를 향해 돌을 던졌다. 챙 하는 금속성 소리가 나고 유리 깨지는 소리가 나기도 했다. 신자는 레커차를 향해 손에 잡히는 대로 돌을 던졌다. 레커차는 꿈적도 하지 않았다. 신자는 레커차를 부술 수 있는 것을 찾았다. 벽돌이 눈에 들어왔다. 벽돌을 들어 올려 여러 번 레커차를 내리찍었다.

남자가 문을 밀고 나왔다. 머리카락이 들쑤셔지고 막 잠에서 깬 얼굴이었다. 신자와 남자의 눈이 마주쳤다. 남자는 무섭게 신자를 쏘아보더니 허리의 혁대를 풀었다. 신자는 들고 있던 벽돌을 떨어뜨리고 도망쳤다. 레커차를 가운데 두고 두 사람은 공터를 빙빙 돌았다. 동네 사람들은 창문이나 커튼 뒤에 숨어서 구경했다.

"이 스토커 같은 년을 봤나. 오늘 끝장을 보자."

얼마 못 가서 신자는 남자에게 목덜미가 잡혔다. 남자는 신자를 무차별 구타했다. 누구 하나 나서서 도와주는 사람이 없었다. 신자는 레커차 앞으로 질질 끌려갔다. 남자는 아직도 분이 풀리지 않는지 가슴이 크게 오르내렸다. 레커차의 쇠사슬을 풀어 신자의 몸을 삼각대에 둘둘 말더니 기어를 작동시켜 끌어 올렸다. 신자의 발이 둥둥 허공에 떠올랐다.

신자는 애절한 눈빛으로 남자를 보았다.

"잘못했어, 다신 안 그럴게."

"전생에 내가 무슨 죄가 많길래 이런 더러운 년들만 걸리는 거야."

남자는 말하다 말고 목이 메어 캑캑거렸다. 사무실 문이 열리며 벗은 어깨의 다방 여자가 얼굴을 내밀었다.

"자기야, 그만 기분 풀어. 내가 있잖아."

검은 하늘이 얼룩덜룩했다. 별은 꺼질 듯 가물거렸다. 사거리에 차들이 끊임없이 지나가고 건널목 신호등은 수시로 색이 변했다. 빨강에서 노랑, 노랑에서 초록으로. 레커차에 묶인 채 신자는 남자에게 차인 옆구리가 욱신거렸다. 딱딱하게 뭉친 젖가슴도 아팠다. 어디선가 폭죽 터지는 소리가 들렸다. 빗방울도 떨어지는데 하늘에서 불꽃이 터졌다. 비바람이 거세져 교통 표지판이 마구 흔들렸다. 신자의 얼굴에 후드득 비가 떨어졌다. 몸에 두른 쇠사슬이 시간이 갈수록 느슨해져 신자의 발을 땅에 내려놓았다. 하지만 신자는 이대로 묶여 있고 싶었다. 쇠사슬을 팽팽히 감아쥐고 레커차에서 떨어지지 않으려고 안간힘을 썼다. 아파트 벽에 걸린 대형 현수막이 끈이 풀려 펄럭대고 천둥 치는 소리가 났다. 신자는 보다 덜 검은 하늘을 향해 고개를 꺾었다.

신자는 잠깐 꿈을 꾸었다. 하얀 시트가 덮인 침대에 누위 있었다. 아기를 낳은 것 같았다. 아기가 신자 옆에 뉘어 있었다. 아기에게 젖을 물렸다. 아기는 눈을 감고도 절로 젖을 찾아 물었다. 어찌나 세게 빠는지 신자는 아픈 걸 참았다. 누군가 품에서 아기를 안아 올렸다. 아기는 젖을 놓치고 울음을 터뜨렸다. 아기가 사라졌다. 신자는 그새 아기가 보고 싶어 두리번거리며 찾는다. 남자가 신자의 젖을 물었다. 남자의 머리를 아기처럼 받쳐 들고 가슴에 묻는다.

사거리 모퉁이에 신자의 모습이 보이지 않았다. 사람들은 역 근처에서 신자가 몸을 팔고 있다고 말하기도 하고 산을 들개처럼 떠돈다고 말하기도 했다. 어떤 사람은 체비지 벌판에서 춤추는 것을 본 적이 있다고도 했다. 누구 말이 진짜인지 알 수 없었다. 이제 사람들은 더 이상 신자의 이야기는 입에 올리지 않았다.

선캡을 쓰고 가벼운 옷차림을 한 사람들이 사거리 신호등 앞에 섰다. 신자와 남자가 살던 단칸방의 각진 앞마당에 따사로운 햇빛이 내리쬐였다. 그리고 담장에 어슬렁대던 고양이가 햇빛 속으로 폴짝 뛰어내렸다. 아까시나무 밑동에는 늘 쓰레기가 버려졌다. 체비지 뒤로 시원스레 뻗은 고속도로에 점점이 가로등이 켜졌다. 그 밑을 지나는 시멘트 굴은 여자 다리의 음부처럼 갈라져 있었다. 사람들이 체비지 가운데서 마구잡이로 쓰레기를 태우는 바람에 부탄가스 통이 터져 총소리처럼 크게 울렸다. 체비지에는 두 개의 표지판이 박혀 있었다. 고압 송유관이 매설되어 누수 및 절취 발견 시 엄벌한다는 표지판과 광케이블 매설 지역이라 함부로 땅을 파서는 안 된다는 표지판이었다. 안개 낀 새벽, 주차되어 있는 차마다 번호가 적힌 반라의 여자 사진이 꽂혔다. 사진이 낙엽처럼 길가에 흩어져 사람들의 발에 밟힌다. 밤이 되면 술에 취해 객기를 부리는 남자들의 욕설과 고성이 들리고 머리를 노랗게 염색한 아이들이 담벼락에 기대 담배를 피웠다.

밤이면 모텔의 은빛 돔 지붕이 화려하게 빛났다. 그곳에서 검은 새들이 체비지 위로 날아왔다. 꿈의 궁전에 살던 영주의 딸들은 마법사의 주문에 걸려 밤이면 검은 새로 변했다. 검은 새들은 사람의 영혼을 꿈의 궁전으로 가져와야만 살 수 있다. 새들은 신자의 어깨와 머리 위에 몰려들어 날개를 푸덕였다. 신자는 손을 휘저으며 새들을 쫓았다. 새들은 큰 날개를 접어 숨기고 땅에 내려앉았다. 신자는 새들이 무서워 몸을 도사렸다. 저희끼리 몰려 있던 새들이 한 마리씩 하늘로 날아올랐다. 신자는 새들처럼 날고 싶었다. 검은 새 한 마리가 신자 곁에서 빙빙 돌왔다. 마치 자기를 따라오라는 것 같았다 신자는 비척대며 새를 따라갔다.

다방 여자가 보였다. 여자는 차 보자기를 들고 빠르게 걷고 있었다. 새가 다방 여자의 머리 위로 낮게 날았다. 다방 여자는 누가 미행하는지 자꾸 뒤를 돌아보았다. 발걸음이 불안했다. 체비지를 지나 산 아래 차 배달을 하고 돌아오는 길이었다. 인가는 멀리 떨어져 있고 개 짖는 소리가 아련하게 들렸다. 다방 여자는 내리막길을 달려 내려가다 갑자기 균형을 잃고 앞으로 넘어졌다. 차 쟁반이 뒤집어져 보자기 안에 있던 보온병과 커피 잔과 받침, 설탕이 쏟아졌다. 여자는 정신없이 주워 담고 두려운 눈으로 사방을 경계했다. 새 한 마리가 다방 여자의 얼굴로 날아들었다. 앞이 보이지 않았다. 날개가 얼마나 큰지 아무리 허우적거려도 새를 쫓을 수가 없었다. 새 날개 속에 날카로운 손톱을 박고 쥐어뜯었지만 소용없었다. 너무 완강한 힘이었다. 숨이 막히고 목이 졸렸다. 더 이상 여자는 움직이지 않았다. 얼굴에 검은 비닐 봉투를 뒤집어쓰고 질펀한 땅에 나자빠졌다.

경찰에 다방 여자의 실종 사건이 접수되었다. 레커차 남자는 백방으로 다방 여자를 수소문하고 다녔지만 소득이 없었다. 사람들은 돈만 빼먹고 도망갔을 거라고 추측

했다. 그런 여자들한테 무슨 순정이 있었겠느냐고 남자를 위로했다. 남자는 일도 접고 여자를 찾으러 다녔다. 다방 여자는 증발된 것처럼 보였다. 실종 신고가 접수되었지만 경찰은 대수롭지 않게 받아들였다. 하루에도 얼마나 많은 사람들이 실종되고 스스로 자취를 감추는지 잘 알고 있었기 때문이다.

경찰차가 사거리 모퉁이 화단 둔덕에 섰다. 경찰은 실종 사건에서 수상한 낌새를 눈치챘는지 탐문 수사를 벌였다. 몇몇 사람들이 용의선상에 올랐다. 주로 남자들이었다. 그중엔 용문암 점쟁이도 있었고 잠시 살았던 남자도 있었다. 남자관계가 복잡해 조사해 볼 남자들이 많았지만 가까운 곳부터 시작하기로 결론을 내렸다. 용문암 점쟁이는 죽도록 사랑한다고 떠벌리고 다닌 것과 여자에게 차이고 죽여 버리겠다고, 복수하겠다고 설치고 다닌 용의점이 있었다. 남자는 돈 문제가 걸려 있었다. 남자는 그동안 번 돈을 모두 여자에게 빌려줘 채무관계가 있었다. 두 사람은 모두 알리바이가 성립돼 귀가 조치 되었다. 레커차 남자는 망연자실했다. 남자는 번듯한 방을 얻어 여자와 살림을 차릴 꿈을 꾸었다. 경찰은 어떤 단서도 얻지 못했다. 시간이 지날수록 사건은 미궁에 빠졌다.

남자는 낮과 밤이 뒤바뀌는 생활을 했다. 낮에 잠을 자고 밤에 일을 하러 나갔다. 그는 고속도로 갓길에 차를 세우고 연락이 오길 기다렸다. 마치 먹잇감을 노리고 숨어 있는 하이에나 같았다. 모텔촌의 은빛 궁전 돔에서 검은 새들이 체비지를 향해 날았다. 벌판 가운데 신자가 서 있었다. 새들은 체비지에 내려앉았다. 검은 새들은 비석처럼 움직임이 없이 모두 신자를 향해 있었다. 새의 깃털이 바람에 파르르 떨렸다. 신자가 그 사이를 춤을 추듯 뛰어다녔다. 그러다 새들이 큰 날개를 펼치고 날아올랐다. 고속도로를 따라 날기 시작했다.

남자는 미등만 켜 두고 모든 불을 껐다. 남자는 트로트 메들리 음악을 크게 틀었다. 그는 잠을 쫓으려고 두 손으로 얼굴을 비빈다. 그는 요사이 모든 게 심드렁했다. 다방 여자가 사라지고 나서 살맛이 나지 않았다. 그는 담배 연기를 밖으로 내뿜었다. 선 하나 밖에선 차들이 무시무시한 속도로 달리고 차가 휘청한다. 검은 새들이 하나둘 레커차 위로 내려앉았다. 차 안은 잡동사니로 지저분했고 반라의 여자 사진이 창틀에 끼어 있었다. 검은 새들은 삼각대와 마스터, 바퀴와 기어에도 내려앉는다. 피우던 담배를 창밖으로 버린 남자는 바닥에 떨어진 번호가 적힌 여자 사진 중 하나를 집어 든다. 휴대전화로 번호를 누르려다 이 차에 탔던 여자들이 생각났는지 망연한 눈빛을 창밖으로 던진다. 남자는 잠시 눈을 감는다. 잠깐 눈을 붙이려는 것 같았다. 눈을 감기 직전 사이드미러에 신자가 새를 안고 삼각대에 앉아 있는 게 얼핏 보였다. 남자가 뒤를 돌아보려는 순간 검은 새들이 일제히 날개를 펼쳐 레커차의 그림자를 지웠다. 잠시 후 꽝 하고 요동치는 소리가 들렸다. 트레일러가 갓길에 주차된 레커차를 보지 못하고 들이받았다. 남자는 빛과 빛이 빠르게 연결되어 흐르는 도로 위로 튕겨 나갔다.

이른 새벽 노인이 자전거를 타고 밭에 가려고 길을 나섰다. 옥수수 밭에서 신자가 오줌을 누고 있었다. 노인은 고개를 돌렸다. 신자는 알은체를 했다. 신자는 머리를 산발하고 옷을 겹겹이 껴입었다. 꼴이 말이 아니었다. 신발도 어디서 주워 신었는지 까만 발등이 내려다보였다. 신자는 노인을 기다렸다고 말했다. 노인은 의뭉한 눈길로 신자를 샅샅이 훑어보았다. 이용할 가치가 있는지 따져보는 눈치였다. 신자는 옷가지가 가득 실린 리어카를 끌고 와 노인에게 사 줄 거냐고 물었다. 노인은 옷 더미를 들춰보았다. 팔 만한 것은 거의 없고 모두 허섭스레기뿐이었다. 노인은 생각하는 듯하더니 입을 열었다.

"돈 될 만한 게 하나도 없어. 사정이 딱해 보이니 오늘

만 내가 사 주지. 하지만 다음번에는 돈이 되는 걸 가져와
야 돼. 어떤 게 돈이 되는지 내가 가르쳐 주지. 오늘부터
날 따라다녀도 좋아."

　신자는 노인을 따라 리어카를 끌고 사거리 모퉁이에 나
타났다. 동네 사람들은 노인 뒤를 졸졸 따라다니는 신자
를 볼 수 있게 되었다.
　사거리는 도색 작업이 한창 진행 중이었다. 주황색 조
끼를 입은 남자들이 차선을 막았다. 횡단보도와 건널목
이 다시 그려졌다. 수레에 실린 LPG가 도료용 유리알을
녹여 흰 분말을 쏟아 냈다. 수레가 왔다 갔다 하며 헌 차
선 위에 흰색 분말을 착색시켰다. 색이 말끔하게 입혀졌
다. 주황색 조끼를 입은 남자들 옷에 하얀 가루가 묻었다.
일이 숙달되어 그런지 느리게 움직여도 할 건 다 했다. 건
널목의 그 많은 선들을 다 그렸다. 점선과 화살표, 평행선,
숫자와 글자도 문제없었다.
　황사가 닥쳐 모래바람이 거리를 휩쓸었다. 하늘이 뿌옇
고 미세먼지가 때와 장소를 가리지 않고 파고들었다. 사
람들은 겉옷의 깃을 올리고 마스크로 얼굴을 가렸다. 사
람들은 비 오는 날 습기 찬 창에 낙서하는 것처럼 두껍게
내려앉은 먼지 위에도 낙서를 했다. 손이 닿는 곳이면 어

디에나 글자를 쓸 수 있었다. 바보, 과부 구함, 죽어, 사랑해, 씨발, 마음대로 휘갈길 수가 있었다. 화단 둔덕에 버려진 쓰레기들은 바람에 차도로 날아갔다. 페트병이나 종이나부랭이들이 둥둥 떠밀려 다녔다.

어느 날 오후 시청 공무원들이 나와 화단 둔덕의 아까시나무를 베어 버렸다. 밑동까지 낫으로 잘랐다. 엉켜 있었던 다른 나무들도 제거되고 잡풀도 뽑혔다. 속을 환히 드러낸 화단 둔덕은 온갖 쓰레기로 가득했다. 심지어 들소 뿔 같은 자동차 범퍼가 널브러져 있기도 했다.

신자는 노인과 같이 일을 하게 되었다. 아침 일찍 밭에 나가 일을 하고 오후가 되면 노인을 따라 리어카를 끌고 박스나 헌책, 공병, 고철 따위를 수집했다. 새로 입주를 시작한 아파트 단지엔 가져올 것이 많았다. 짐을 가득 실은 리어카를 신자가 앞에서 끌고 노인은 뒤에서 밀었다. 하루에 서너 차례 아파트 단지를 오갔다. 노인은 신자에게 세를 놓던 쪽방을 내주었다. 노인은 돈을 주는 대신 방세를 받지 않기로 했다. 신자와 같이 일하는 동안 화장실만 한 방 하나를 더 늘릴 수가 있었다. 방이 만들어질 때마다 골목길 땅을 조금씩 침범해 들어갔다.

아까시나무가 베어져도 화단 둔덕엔 계속 쓰레기가 버려졌다. 과일 상자에 구겨 넣은 책들하며 신문지 꾸러미,

술병, 누런 솜이불까지 버렸다. 일을 마치고 돌아오던 노인은 이곳을 그냥 지나칠 수가 없었다. 노인은 지팡이로 일일이 뒤져 보았다. 오늘은 마음에 드는 것이 나오지 않았다. 신자는 둔덕에 발랑 드러누워 있는 거울 하나를 발견했다. 신자의 방에는 거울이 없었다. 노인은 거울을 성큼 리어카에 실어 주었다. 오랜만에 노인은 목욕을 다녀오라고 신자에게 돈을 주었다.

신자가 목욕을 다녀온 날 좁은 마당에서 노인이 한참을 서성거렸다. 노인은 신자의 방문 앞에서 기침을 했다. 신자가 기다렸다는 듯이 방문을 열었다. 노인이 주름 가득한 입술을 씰룩이며 방 안에 들어섰다. 노인이 신자를 안았다. 노인의 몸은 단단한 나무 같았다. 쉽게 불이 붙지 않았다. 신자는 노인을 도와주려고 했다. 무게가 느껴지지 않는 노인의 몸을 팔로 감았다. 그리고 신음 소리를 냈다. 누렇게 마른 옥수숫대가 바람에 부딪치는 소리가 들렸다. 처음 몸을 팔았을 때처럼 외로웠다. 외로움이란 몸 어디 한 군데가 아픈 거라고 생각했다. 노인이 용을 쓴다. 그의 거미 같은 손을 그러쥔다. 타다 만 재가 흩날리듯 노인이 신자에게서 물러난다.

신자에게 목욕을 다녀오라고 돈을 주고도 노인은 신자

의 방을 찾지 않았다. 노인은 신자가 도망칠까 봐 걱정되었다. 신자는 노인에게 중요한 돈벌이 수단이 되었다. 몰래 신자가 자는 방을 들여다보고 코 고는 소리를 듣고는 자신의 방으로 돌아갔다.

신자는 좁은 방에 거울을 세워 놓았다. 거울은 한쪽 벽면을 다 차지했다. 신자는 거울을 들여다보았다. 머리카락은 채 마르지도 않았고 긴 얼굴에 눈은 사시인 데다 콧등은 납작하고 입은 다물어지지 않아 늘 침을 흘렸다. 신자는 자신의 얼굴을 이리저리 자세히 비춰 보았다. 귀밑에는 흰머리가 많았다. 하지만 자신이 몇 살인지 궁금하지 않았다. 목욕을 다녀와서 발그레한 두 볼은 기미가 잔뜩 끼었어도 마음에 들었다. 얼굴을 이리저리 흔들어 사시인 두 눈이 한곳을 쳐다보게 하려고 했지만 말을 듣지 않았다. 서로 밖으로만 향했다. 뒤룩뒤룩한 눈동자가 거울 한곳을 응시하는 듯하다가도 딴 곳으로 도망갔다. 두 눈은 결코 한곳을 응시하지 못하려는 모양이었다.

방바닥에 신문지를 깔았다. 손톱을 차례차례 깎았다. 손톱 밑에 까맣게 때가 끼었다. 신자는 짧게 깎았다. 등을 구부리고 발톱도 깎았다. 발톱은 아무렇게나 두껍게 자라 있었다. 발엔 굳은살도 많이 박여 있었다. 박인 굳은살도 떼어 냈다. 어디선가 소음이 들려왔다. 신자가 얼굴을

들고 하던 동작을 멈췄다. 가만히 귀를 기울였다. 뚜- 뚜-
거리는 기계음이었다. 다시 신자가 발톱을 깎았다. 손등
이 가려웠다. 손톱자국 같은 흉터가 가끔 가려울 때가 있
었다. 신문지 위에 잘라 낸 손톱과 발톱이 나뒹그라졌다.
동그랗게 모은 손바닥에 올려 만져 본다. 날카롭게 잘린
결의 느낌이 언제나 좋았다.

　신자는 거울 앞에 다리를 활짝 벌리고 앉았다. 언제부
턴가 불두덩에 흰 거웃이 자랐다. 신자는 고개를 숙여 흰
거웃을 뽑으려고 했다. 바람에 시든 양배추 꽃 같은 자줏
빛 속살이 드러났다. 얼굴이 점점 숙여지고 밖에선 뚜-
뚜- 포클레인 땅 파는 소리가 들렸다. 신자는 언뜻 고개
를 들었다. 체비지에서 새로운 공사가 시작되었다. 다시
양배추 꽃 같은 자줏빛 속살을 헤쳤다. 몸이 자꾸 앞으로
굽어 들어갔다. 빛이 폭포처럼 머리 위로 쏟아지고, 허적
거리며 시멘트 굴로 들어가듯 신자는 활짝 벌린 다리 사
이로 고개를 깊이 꺾었다. 포클레인 땅 파는 소리가 계속
들렸다.

　아까부터 신자의 입에서 웅얼거림이 새어 나왔다.

　꼭꼭 숨어라 머리카락 보일라……

장 르노와
노란 잠수함

터널이 내 눈앞으로 빨려 들어와 어둠을 매끄럽게 지나
쳤다. 전철 안은 만원이었고 에어컨 바람이 싱싱 불었다.
이상하게도 내겐 바람 한 점 오지 않았다. 빛과 어둠의 경
계를 넘어 정차할 위치로 속도를 죽였다. 플랫폼에 서 있
는 사람들이 보였다. 멀리 긴 코트를 입은 한 남자가 마치
나를 마중이라도 나온 것처럼 선로 가까이 다가섰다. 남
자는 나를 보고 있었다. 남자와 눈이 마주쳤다. 그는 잠깐
실례해도 되느냐는 듯 희미한 미소를 지었다. 아주 짧은
순간이었다. 나는 최대한 속도를 줄이려고 애썼지만 그는
내 앞에 새처럼 풀쩍 떨어졌다. 나는 그를 한참 지나쳐 전
동차를 세웠다.

나는 의사에게 꿈에 그가 나타난다고 이야기했다. 꿈에서 남자는 나를 멀끔히 쳐다보다가 돌아서 지하철 선로를 하염없이 걸었다. 의사는 불면증과 불안장애에 관한 약을 처방해 주었다. 뇌가 제대로 돌아가게 하려면 적절한 호르몬 분비와 화학 물질이 필요하다고 했다. 장기 휴가를 내서 집에서 빈둥거리고 한동안 운동도 열심히 했다. 그러던 중 구조 조정 명단에 이름이 올랐다. 주위에서 구명 운동을 하라고 종용했지만 그럴 만한 힘도 요량도 없었다.

내 전동차에 뛰어들어 자살한 남자가 원망스러웠다. 그런 일이 없었다면 회사에서 잘릴 일도 없었을 거였다. 일을 그만두고 내가 일하던 지하철역을 어슬렁거렸다. 밖에 나갔다 집으로 돌아오려면 내가 일하던 구역의 지하철을 탈 수밖에 없기 때문이기도 했다. 한번은 남자가 몸을 던진 자리에 서 보았다. 그처럼 똑같이 서서 쏜살같이 달려오는 전동차의 바람을 맞았다. 다행히도 선로에 몸을 던지지는 않았다.

그때 난 이상한 계시를 받은 것 같았다. 그의 절망과 거친 호흡이 내게 전이되고 있었다. 속이 울렁거렸다. 의사가 처방해 준 약을 제때 먹지 않아서인지 뇌가 멋대로 낯선 감정의 회로와 접속하고 있었다. 바삐 오가는 사람들을 유심히 바라보았다. 내가 할 일, 내가 하고 싶은 일이 무엇인지 어렴풋이 떠올랐다.

　나는 하루에 서너 번 지하철 순환선을 타고 돌았다. 뚜렷이 할 일이 떠오르는 건 아니었다. 순환선을 처음 타기 전 다리를 꼬고 앉아 테이크아웃 커피를 마시며 전철 여러 대를 그냥 지나쳐 보냈다. 내가 미친 것 같았고 이제 막 미친 짓을 시작하려는 것 같았다. 평일 정오 지하철은 한산했다. 전동차는 친절히 내 앞에서 문을 열어 주었고 나는 바닥에 붙은 발자국 모양에 발을 넣고 있다가 그대로 전동차에 올라탔다. 승강장과 전동차 사이가 넓으니 조심하라는 안내 멘트를 들었다.
　전동차 안은 거의 텅 비어 있었다. 천장에 매달린 손잡이가 진동에 맞춰 출렁거렸다. 객차 안에는 나를 포함해 세 사람밖에 없었다. 짧은 반바지에 시스루 블라우스를 입은 여자와 큰 쇼핑 가방을 든 중년 여자, 이렇게 셋이 타고 있었다. 나는 옆으로 돌아앉아 검은 차창에 얼굴을 비췄다. 표정이 봉인된 얼굴 하나가 나타났다. 나는 내 얼굴을 읽지 못했다. 곧 빠르게 전동차 하나가 스치고 지나갔다. 검은 터널은 내가 한 번도 가 보지 못한, 상상할 수 없는 미지의 땅이었다. 그럼 오늘은 어디로 갈까.

몇 바퀴나 돌았을까. 퇴근 시간이 되자 전동차 칸마다 사람이 가득했다. 나는 비좁은 자리에서 일어났다. 내려야 할 곳에 도착했기 때문이다. 내리는 사람보다 타는 사람이 많아 다시 안으로 휩쓸려 들어가 버렸다. 사람들 속에서 이리 치이고 저리 치이고 다시 한 바퀴를 더 돌았다. 숨이 막혔다. 남자와 여자가 엉키고 그들의 겨드랑이에서 냄새가 났다. 남자의 성기가 여자의 엉덩이를 누르고 여자의 가슴은 남자의 등에 눌려 납작해졌다. 도가니처럼 들끓는 전동차는 어둠의 터널을 뚫고 정차와 주행을 반복하며 달렸다. 나도 그들과 함께 신음했다. 단 1cm라도 떨어지려고 발버둥을 쳤다. 내가 얼마 전까지 이런 도가니 전동차를 끌고 다녔다는 게 믿기지 않았다. 내겐 사회의 일원으로서 한몫한다는 자부심이 있었는데.

다음 날도 그다음 날도 망설이며 전동차에 올라탔다. 그리고 언제부턴가 전동차를 타지 않으면 가슴이 답답하고 불안했다. 지하철역에 나가지 않으려고 노력했지만 그런 날에는 어김없이 꿈을 꾸었다. 남자가 전동차에 뛰어들기 직전 확장된 동공이 눈덩이처럼 커져 나를 덮치는 꿈이었다. 어쩔 수 없었다. 마음이 가는 곳에 몸이 따라가기 마련이었다. 불면증이 사라지고 남자가 꿈에 나타나질 않았다. 어쩌다 꿈에 남자가 나타나도 하염없이 선로를 걷기만 했다. 의사가 이런 종류의 꿈은 죄책감에서 비롯된다고 말했다.

전철 안은 그리 붐비지 않았다. 사람들은 모두 휴대전화에 시선을 두고 줄이 달린 마리오네트 인형처럼 앉아 있었다. 서로 어색한 시선을 나누거나 멍하니 차창에 얼굴을 돌리기보다 휴대전화에 고개를 숙이는 게 편했다. 물론 책과 신문을 보거나 자는 사람도 있었다. 나는 흔들거리는 손잡이를 잡고 서 있었다. 빈자리가 있지만 앉지 않았다. 쩍벌남과 아이를 안은 여자 사이에도, 이어폰을 끼고 음악 듣는 여학생과 휴대전화를 연신 두드리는 남자 사이에도 빈자리가 났지만 앉지 않았다. 백화점과 버스터미널이 연결된 지하철역에 도착하자 사람들이 전동차 앞으로 우르르 몰려들었다. 갑자기 전동차 안에 사람들이 많아졌다. 사람들이 내 어깨를 치고 지나거나 발을 밟은 적도 있지만 개의치 않았다. 전동차 손잡이를 잡고 두 발의 균형을 맞추면 어떤 일도 두려워할 것이 없었다.

나는 회의와 내적 갈등을 물리치고 찬찬히 주변을 돌아보기 시작했다. 전동차를 타면 사람과 사람 사이 간격에 관심이 갔다. 나와 나 사이 거리에서 나와 그들 사이의 거리로 다시 그들과 그들 사이의 거리로 간격이 확장되어 갔다. 지하철을 타면 사람 사이의 거리를 재는 게 재미있었다. 그리고 곧 거리가 터무니없이 가까우면 나쁜 일이 일어난다는 걸 알았다. 거리와 경계를 무시하는 자들이 의외로 많았다.

두 남자가 한 여자를 앞뒤로 막고 여자의 팔에 든 가방을 노리고 있었다. 뒤에 선 남자가 여자를 밀기 시작했다. 여자는 뒤에 있는 남자가 신경 쓰이는지 자꾸 뒤를 돌아보았다. 앞의 남자는 작업을 개시할 시점을 노리고 있었다. 그의 손가락 사이에 낀 면도칼이 얼핏 보였다. 나는 조금씩 사람들을 헤치고 여자 옆으로 갔다. 언제부턴가 전동차의 좁은 틈에서 벌어지는 나쁜 일들이 절로 목격되었다. 전에는 전혀 눈에 띄지 않던 것들이었다. 벌써 가방은 길게 찢어져 있었다. 손만 들어가 지갑을 훔치면 끝이었다. 나는 여자에게 말했다. 가방이 열렸어요. 여자는 황급히 자신의 가방을 끌어안고 어쩔 줄 몰라했다. 뒤에 서 있던 남자가 무섭게 나를 노려봤다. 주춤하던 여자가 소리 질렀다. 여기 소매치기가 있어요. 소매치기. 사람들이 웅성대는 사이 소매치기들이 사라졌다.

전동차가 지상으로 올라 교각 위를 달렸다. 짙푸른 강물이 교각 철 구조물 사이로 흘렀다. 이곳을 지날 때 들리는 레일의 마찰음은 기차를 탄 것과 별반 다르지 않았다. 강바람이 불어와 머리카락만 날려 준다면 유원지로 가는 기분을 낼 수도 있었다. 하지만 지금 하늘엔 먹구름이 낮게 깔려 있었다. 벌써 어두워지긴 이른 시간인데 탈색된 침침한 빛들이 전동차 안으로 몰려들었다. 전동차 천장에 달린 모니터에서 오늘과 내일 강풍을 동반한 소나기가 쏟아진다고 예보를 했다. 벌써 강물에 비가 뚝뚝 떨어지고 있었다. 불현듯 예전 전동차를 몰고 이곳을 지나던 생각이 났다. 손잡이를 잡고 흔들흔들 서 있는 내가 운전을 하는 것 같은 착각이 들었다. 전에도 이렇게 운전했으면 얼마나 좋았을까. 전동차는 다리를 쏜살같이 지나 지하 세계로 빨려 들어갔다.

다음 역은 지하철 노선 세 개가 합쳐진 곳이다. 늘 타고 내리는 사람이 많아 북새통을 이루었다. 전동차가 떠나고 남겨진 쓸쓸한 포말들이 화살표 방향을 따라 걷고 있었다. 나는 전동차 안에서 가까워지는 하모니카 소리를 들었다. 걸인 하나가 지팡이를 짚고 사람들 사이를 헤쳐 오고 있었다. 누구도 그가 든 작은 바구니에 돈을 넣지 않았다. 한번은 판초에 챙이 넓은 모자를 쓴 여자가 팬플루트를 불며 제3세계 아동을 위한 모금을 한 적도 있었다.

집으로 돌아갈 시간이 되었다. 전동차에서 내려 역사를 빠져나와 긴 지하도를 걸었다. 지하도 양옆으로 좌판이 즐비했다. 떨이로 나온 물건들, 중국산 건강식품들, 가방, 넥타이, 양말, 신발, 액세서리가 오가는 사람의 눈길을 받았다. 유난히 사람들이 몰려 있는 좌판 앞으로 갔다. 좌판에는 처음 보는 신기한 동물이 오글거리고 있었다. 거북이나 소라게와도 비슷했고 곤충 같기도 했다. 등껍질 안에 날개를 숨기고 있었지만 정작 날지는 못하는 것 같았고 네 다리는 짧고 뭉툭했으며 날카로운 발톱을 가지고 있었다. 눈은 크고 유순하게 생겼다. 등껍질에 각국의 국기, 강아지와 꽃 그림, 예쁜 집, 유명인의 캐리커처가 그려져 있었다. 작은 유리 집에 먹이까지, 한 세트에 만 원이면 살 수 있었다. 사는 사람들도 여럿 있었다. 나는 살까 말까 망설였다. 하지만 주머니 사정이 좋질 않았다.

몇 달째 월세를 못 내 보증금을 까고 있는 형편이었다. 지방에 사는 부모님은 내가 밥벌이를 제대로 한다고 한시름 놓았다고 말씀하셨다. 일을 그만두었다는 소식을 차마 전할 수 없었다. 지상은 예보한 대로 비가 쏟아지고 있었다. 우산이 없었다. 거리는 어수선했고 교통 상황이 엉망이었다. 시청 광장의 촛불 집회가 오늘도 계속될 모양이었다. 계단에 서서 쏟아지는 비를 한참 바라보았다. 그칠 기미가 보이지 않아 다시 지하철 역사 안으로 들어갔다.

촛불 집회에 참석하려는 사람들이 역사 주변에 몰려들

었다. 날씨 때문에 많은 인원이 모이진 않았다. 그들은 우비를 입고 구호가 적힌 띠를 둘렀다. 경찰도 과격 시위를 대비해 진을 치고 있었다. 마을버스를 타고 내 방으로 돌아가는 길이 요원해 보였다. 나는 노숙자들이 어디서 잠을 자는지 잘 알고 있었다. 하지만 그들은 지하철이 문을 닫기 직전 모습을 드러냈다. 성형외과 대형 광고판 아래의 의자에 앉았다. 졸음이 몰려오고 비를 맞아서인지 으슬으슬 추웠다. 우비 입은 사람들이 점점 늘어났다. 눈꺼풀이 무거워져 깜박 잠이 들었던 것 같았다. 진입을 알리는 전동차의 굉음이 들려 설핏 잠을 깼는데 왼쪽 기둥 뒤에서 불쑥 튀어나온 우비 입은 여자가 눈에 띄었다. 여자는 전동차를 향해 걷고 있었다. 두어 걸음만 앞으로 내딛으면 바로 선로였다. 나는 벌떡 일어났다. 전동차는 불을 밝히고 요란한 굉음을 내며 달려오고 여자는 낭떠러지 앞에 선 듯 주저하고 있었다. 나는 여자의 손끝이 떨리는 걸 보았다. 내가 달려가 여자를 구하기엔 너무 먼 거리였다. 내 안에서 뭔가 터져 나오려고 했다. 그러는 순간 나는 깊이 한숨을 내쉬고 그 자리에 주저앉고 말았다. 우비 입은 남자가 그녀를 돌려세웠기 때문이었다. 그들은 너무 다정해 보였고 내가 여자를 오해했을지 몰랐다. 나는 두 사람을 내 시선이 닿는 곳까지 좇았다.

이런 경우가 여러 번 있기는 했다. 지하철을 잘못 타 방황하던 노인을 자살하려는 줄 알고 뒤에서 포박한 일, 술에 취해 신발을 벗고 기도하듯 서 있는 여대생을 덮치듯 쓰러뜨린 일, 양복 입은 중년 남자가 바지 지퍼를 내리고 선로를 향해 오줌 줄기를 내두르다 옆으로 밀쳐진 일, 나는 미친놈 취급을 받았다. 하긴 공공장소에서 목숨을 버리는 일이 간단할까 싶었다.

광장의 촛불 시위는 자정이 넘어서 끝이 났다. 비는 거의 그쳐 있었다. 지하철 운행 시간이 끝나 돌아갈 방법이 없는 사람들이 나처럼 계단을 서성거렸다. 나는 노숙자들이 몰려 잠이 드는 곳으로 갔다. 지하철의 명당자리는 그들이 차지하고 있었다. 그들은 스티로폼 위에 상자를 깔고 누웠다. 나는 여분의 스티로폼과 상자를 찾아 신문지를 덮고 누웠다. 세상의 바닥에 떨어진 느낌, 그 심해는 고요하고 안온했다. 거친 숨소리와 코 고는 소리가 들렸다. 그들의 체온이 모닥불처럼 피어올랐다.

어느 날 나는 지하철 기동 순찰대에 연행되었다. 그들은 나를 주시하고 있었다. 곧 신원 조회를 하고 전과가 없는 게 드러났다. 같이 일하던 동료를 불러내 나를 입증해야 하는 일이 벌어졌다. 동료는 내가 지하철공사에서 같이 일하던 전동차 운전자였다는 사실을 알려 주었다. 해고당한 스트레스 때문에 고통받고 있다고 시키지도 않은 말을 덧붙였다. 경찰은 수긍하는 눈치였다. 더 이상 말썽을 부리면 업무 방해 혐의로 형사 입건될 수 있다고 으름장을 놓고 당신이 우려하는 모든 문제는 우리가 해결할 테니 신경 쓰지 말고 집으로 돌아가라고 했다. 동료도 말했다. 얼마 지나지 않아 해고된 사람들의 복직 문제가 거론될 수 있으니 잠자코 있으라고 했다. 다 맞는 말이었다. 하지만 다시는 지하철 역사에 나타나지 않겠다는 약속은 지킬 수 없었다.

동료와 오랜만에 차 한잔을 했다. 그는 내가 변했다고 말했다. 그리고 의사와 비슷한 말을 했다. 더 이상 트라우마에 시달릴 필요 없어. 네가 잘못한 것도 없잖아. 그건 불가항력이었어. 너 같은 사람이 더 이상 생기지 않을 거야. 곧 지하철 전역에 안전 조치가 이루어질 테니까. 그때까지 버티기만 해, 그의 말이 맞았다. 어느 때부턴가 지하철에 시(詩)벽이 생겼다.

늦은 오후 지하도를 지나는데 웬 남자가 내 목덜미를 움켜쥐었다. 나는 영문도 모른 채 우악스러운 남자의 손에 이끌려 후미진 곳으로 끌려갔다. 청소 도구를 넣어 두는 작은 공간이었다. 그곳에 다른 남자가 담배를 피우며 기다리고 있었다.

"이 새끼 맞아?"

"어디 봐."

담배를 피우던 남자는 나를 보자마자 주먹으로 복부를 강타했다.

"아, 이런 또라이 새끼 땜에 얼마나 열 받았는지 알아? 일을 망친 게 한두 번이 아니야."

고꾸라진 등에 놈의 팔꿈치가 내리꽂혔다. 나는 바닥에 나동그라졌다.

"네가 정의의 사도 황금박쥐야, 배트맨이야? 어디서 까불고 있어? 왜 영업을 방해하냐고. 한 번만 더 내 눈에 띄었다가는 골로 가는 줄 알아."

두 놈은 쓰러진 나를 발로 마구 찼다.

한동안 걸레 자루처럼 널브러져 있다가 간신히 정신을 차려 화장실 세면대에 기댔다. 사람들은 나를 보고 슬슬 피했다. 거울을 보니 꼴이 말이 아니었다. 입가는 찢어져 피가 나고 한쪽 눈은 퉁퉁 부어 있었다. 몸은 아프지 않은 데가 없었다. 얼굴을 씻었다. 피가 난 자리가 쓰라리고 아렸다. 이런 몰골로 지하철을 타면 사람들이 좀비라고 경찰에 신고할 것 같았다. 그만 집에 돌아가 뜨거운 물로 샤워를 하고 다친 부위에 약을 바르고 눕고 싶었다. 수년 전에 끊었던 담배 생각이 났다.

　지상에서는 며칠째 촛불 시위가 계속되고 있었다. 시민
과 종교 단체가 가세해 대규모 시위가 벌어질 거라고 방
송에서 연일 떠들었다. 광장 가장자리에 울긋불긋한 텐트
가 세워졌다. 텐트 사람들은 휴양지 캠핑촌에 놀러 온 것
처럼 낮이면 삼삼오오 짝을 이루어 산책을 하거나 가게
를 들락거리며 쇼핑을 하다 밤이 되면 촛불을 들고 노래
를 부르거나 인사를 초청해 강연을 듣고 토론회를 열었
다. 텐트 주변에 그들을 구경하는 사람까지 등장했다. 주
로 할 일 없는 사람들이었다.
　광장에서 신호등 하나만 건너면 고층 빌딩 거리였다.
그 골목 사이로 들어가면 직장인이 즐겨 찾는 맛집이 많
았다. 나도 그 식당 중에 단골집이 있었다. 돈이 다 떨어
지기 전에 내가 좋아하는 것을 먹고 싶었다. 길을 건너려
고 신호등 아래 서 있었다. 광장은 썰렁했고 빛이 반사돼
아지랑이가 일렁거렸다. 나는 텐트에서 나오는 남녀를 보
았다. 똑같은 옷차림의 청바지에 흰 티셔츠를 입은 그들
이 눈에 익었다. 처음엔 긴가민가했었다. 달려오는 전동
차 앞에 멈춰 선 여자와 여자를 돌려세운 남자가 분명했
다. 배가 고픈 것도 잊고 나도 모르게 그들 뒤를 밟았다.

그들은 빌딩 사이 골목길로 들어갔다. 뒤에서 보니 데이트하는 사람들처럼 돌담 길을 끼고 앞서거니 뒤서거니 걸었다. 두 사람은 생맥줏집에 들어갔다. 나도 그들을 따라 들어갔다. 홀에는 손님이 많았다. 나는 그들 가까이 자리를 잡았다. 음악 소리와 사람들 떠드는 소리로 두 사람의 대화를 엿듣기 힘들었다. 두 사람은 말없이 맥주잔을 기울였다. 여자는 몇 모금 마시고 잔을 내려놓았다. 여자의 긴 머리가 얼굴을 가렸다. 두 사람의 시선은 서로를 외면하고 있었다. 드디어 기다리던 여자의 목소리가 들렸다.

"시위가 끝나면 우리 어떻게 될까? 다시 수사가 시작되고 당신과 내 관계가 밝혀지겠지."

"시간은 우리 편이야. 걱정 마. 내가 충분히 해결할 수 있어."

"당신이? 사람들은 진실을 알아, 말을 안 할 뿐이지. 우린 회사 돈을 훔쳤어. 지금 생각하면 내가 왜 그랬는지 모르겠어."

여자의 목소리가 떨리고 있었다. 여자는 눈가를 훔치고 남자를 지그시 바라봤다.

"날 사랑하긴 한 거야? 내 눈 피하지 말고 말해."

"그럼, 알잖아."

"몰라, 뭐가 뭔지 모르겠어."

"당신한테 피해가 가지 않게 할게. 그러기 위해선 우리 힘을 합쳐야 돼. 진술이 같아야 한다고."

"이제 내가 당신한테 필요하긴 한 거야?"

"대체 무슨 말을 듣고 싶은 건데?"

"없어, 아무것도."

여자는 남자가 잡은 손을 놓고 얼굴을 가린 머리카락을 귀 뒤로 넘겼다. 그리고 턱을 괴고 뭔가에 골몰하는 표정을 지었다.

"이 노래 알아? 내가 좋아하는 곡인데, 들어 봐."

남자는 혼자 술을 따라 마셨다. 여자는 음악에 취한 듯했다. 두 사람은 각자 다른 세상에 속한 듯 마주 앉아 있었다. 나는 여자가 좋아한다는 노래를 들으려고 했다. 너무 시끄러워서 선율을 찾았다 놓치고 다시 찾았다 놓치는 숨바꼭질을 했다.

그들은 밖으로 나와 인근 호텔로 들어갔다.

나는 지하철을 타기 위해 에스컬레이터에 올라탔다. 에스컬레이터 양옆으로 동굴 벽을 흉내 낸 바위들이 장식되어 있었다. 준공한 지 얼마 안 돼 시멘트 냄새가 빠지지도 않았다. 움직이는 계단에 올라탄 사람들은 컨베이어 벨트를 타고 수화물 장소로 이동하는 마리오네트 같았다. 지하상가 앞에서 경찰에게 불심검문을 당한 젊은 남자가 신분증을 꺼내 보여 주고 있었다. 나는 에스컬레이터에서 내려 빠른 걸음으로 지하철 승강장 쪽으로 움직였다. 그러다 잠시 길을 잃었다. 잿빛 타일 화살표가 사방으로 뻗어 있었다. 길을 잃지 않게 하려고 물샐틈없이 벽에도 천장에도 바닥에도 붙어 있었다.

여자 생각이 머릿속에서 떠나질 않았다. 목소리도 여운처럼 귓가에 남아 있었다. 연민도 아니고 첫눈에 반한 것도 아니었다. 사람과 사람 틈 사이에서 아무도 모르게 떨고 있던 여자의 손, 그것이 문제였다. 죽음의 문고리를 잡으려고 했던 손이 아니던가. 여자를 다시 보고 싶었다.

나는 전동차가 멈출 때마다 목을 길게 빼고 오가는 많은 사람들 중에 여자가 있는지 살폈다. 그리고 비슷한 여자를 발견하면 뒤쫓아 따라가 보기도 했다. 촛불 시위가 끝나지 않았기 때문에 여자를 다시 만날 희망이 있었다.

검은 차창에 사람들의 모습이 고스란히 비쳤다. 어둠 저편은 공기가 없는 진공관처럼 고요했다. 진공관을 감싼 저 너머의 어둠도 의식했다. 지상의 빛이 닿지 않는 미지의 영역으로 눈에 보이지 않는 어둠이었다. 나는 터널의 어둠을 벗겨 내려는 듯 습기 찬 창문에 선로를 그리고 누군가의 얼굴도 그렸다. 내가 그린 선로는 빛을 향해 나가는 게 아니라 더 깊은 어둠으로 끊겨 있었다. 내가 그린 누군가의 얼굴이 그 선로를 내려다본다. 과장된 빛의 외연은 어둠의 표피에 불과했다. 내가 그린 짧은 선로가 습기 차면서 사다리로 변했다.

정차를 알리는 안내 방송이 흘러나왔다. 젊은 남자가 여학생을 뒤따라 내리며 짧은 교복 치마 밑으로 휴대전화를 들이댔다. 전동차 문이 열렸다. 둑이 터지듯 좁은 문으로 쏟아져 나온 사람들과 먼저 타려는 사람들이 포개져 소용돌이가 일어났다. 몰카를 찍은 남자는 여학생 치마 속을 포기하지 못했다. 밀려 나오다 서류 가방이 남자의 손목을 치고 갔다. 휴대전화가 승강장과 전동차 틈새로 떨어졌다. 그는 사납게 주위를 휘둘러봤다. 승강장과 전동차 틈 사이가 넓어 발이 빠지거나 물건을 떨어뜨릴 우려가 있다는 안내 방송을 들었어야 했는데.

올라탔던 자리로 되돌아왔다. 편의점 가판대 고무줄에 꽁꽁 묶여 있는 스포츠 신문에서 타율과 이적료, 승부 조작, 성폭행 같은 가장 큰 활자만 읽었다. 조금 출출했다. 샌드위치를 즉석에서 만들어 파는 가게가 있었다. 꼬챙이에 찔러 구운 고기를 쓱쓱 잘라 바게트 빵 사이에 밀어 넣고는 샐러드를 얹어 소스를 발라 주었다. 주머니를 뒤져 가진 돈을 다 꺼냈다. 가게 앞에 서서 샌드위치를 우적거리며 씹었다. 가게 앞에는 나 말고도 서서 먹는 사람들이 많았다. 전동차의 도착을 알리는 기계음이 들리자 사람들은 먹고 있던 것을 그대로 들고 내달렸다. 나는 손가락에 묻은 소스까지 깨끗이 빨아먹었다.

바닥에 붙은 발자국 모양에 두 발을 올렸다. 사람들이 내 뒤로 줄을 섰다. 바람을 가르며 전동차가 승강장에 도착했다. 나는 손잡이 잡고 서서 검은 창밖과 사람들 사이를 응시했다. 사람들 사이의 가지런한 거리가 어느 때보다 완벽해 보였다. 그리고 이것을 어지럽힐 사람은 아무도 없어 보였다. 갑자기 전동차를 운전하며 어둠을 타고 터널을 지날 때 느꼈던 외로움을 기억해 냈다. 왜 그런 생각이 들었는지 모르지만 전동차를 버리고 선로로 뛰어내리고 싶은 충동이 일어났던 기억도 떠올랐다. 사람과 사람 사이의 거리는 이렇게 편안하고 완벽한데 나와 나 사이의 거리는 지금 배 속처럼 부글부글 끓고 있었다. 제어할 수 없는 팽창이 일어나고 있었다. 배가 부풀어 오르듯 가스가 차고 방귀가 나왔다. 정거장 사이 거리가 짧아 80km로 달린다면 오 분 내로는 도착할 수 있었다. 괄약근을 꽉 조였다. 나는 전동차 문이 열리자마자 가까운 화장실로 달려갔다.

해가 질 무렵 지상으로 올라가 광장의 울긋불긋한 텐트를 기웃거렸다. 텐트는 먹고 자는 숙소 역할을 했다. 텐트 안에 버너와 밥솥이 보이고 한쪽으로 치워진 침낭도 보였다. 하지만 내가 찾는 여자는 어디에서도 볼 수 없었다.

시청 광장에서 성당까지 가는 길목마다 전경들이 탄 버스가 배치되었다. 순수한 촛불 집회가 과격한 시위로 변질될 우려가 있다고 정부가 판단한 것 같았다. 행사 주최 측은 내일 평화 시위를 막을 어떠한 근거도 없다는 성명을 발표했다. 정부의 맞불 작전인지 몰라도 내일 같은 광장에서 구국을 위한 기도회가 열린다고 했다. 내일이 디데이였다.

새벽부터 비가 주룩주룩 내렸다. 나는 계속 집에 들어가지 못하고 노숙자들과 같이 지냈다. 지하철 역내에 경찰과 사복 경찰이 흩어져 사람들의 동태를 살피고 지명수배자가 있는지 불심 검문을 했다. 광장의 쩌렁쩌렁한 마이크 소리가 아침부터 들렸다. 노란 우비를 입고 머리에 띠를 두른 사람들이 속속 집결했다. 지하철을 타고 한 무리씩 내려 지상으로 올라갔다. 나는 지하철 화장실에서 세수를 하고 매점에서 컵라면을 먹었다. 지하상가는 오늘 하루 문을 닫는 가게가 많았다. 지하철역 주변은 노란 우비 입은 사람들 천지였다. 시위에 무관심한 사람들은 짜증을 냈다. 벌써 일주일째 이곳 교통이 막혀 있었다. 천둥 번개를 동반한 폭우가 쏟아졌다. 번쩍 하고 번개가 지나가면 땅을 두드리는 천둥 소리가 들렸다.

빗속에서 행사는 강행되었다. 시청에서 성당으로 이어지는 인간 띠로 모든 시민을 동참시키려던 주최 측의 시도는 경찰의 방해로 무산되었다. 대낮인데도 하늘이 컴컴했다. 나는 지상으로 올라가 시위 현장을 구경했다. 무대에 유명 MC가 올라와 사회를 보았다. 가수들이 노래를 불러 주위를 환기시켰다. 현 정부의 실정을 비난하는 인사의 발언에 뒤이어 몇 년째 도피 생활을 하던 노조 지부장이 올라와 단결된 힘을 하나로 보여 주자고 불끈 쥔 주먹을 연거푸 하늘로 뻗었다.

나는 지하 역사로 내려와 전동차를 기다렸다. 역사 안은 사람들로 가득 붐볐다. 조용한 곳에 가 쉬고 싶다는 생각이 들었다. 선로 반대편으로 노란 우비를 입은 사람들이 우르르 몰려가고 있었다. 뒤늦게 시위에 참여하려는 것 같았다. 무리 중에 한 여자가 눈길을 잡아 끌었다. 바로 내가 찾던 그 여자였다. 여자는 해맑게 웃고 있었다. 나는 지하철 타는 것을 포기하고 반대편 선로로 가기 위해 계단을 뛰어올랐다. 여자는 지상으로 올라가 남자와 조우했다. 나는 멀리서 여자를 지켜보았다. 노란 우비의 시위대는 서로 사랑해야 살아남는다는 노래를 부르고 촛

불이 꺼지지 않게 두 손으로 소중히 감쌌다. 한쪽에서는 구국 시위대와 싸움이 붙어 고성이 오갔다.

시위대는 만장 같은 깃발을 앞세우고 대오를 이뤄 광장을 빠져나가 거리로 진출했다. 여자와 남자는 손을 잡고 시위대 속에서 천천히 걸었다. 경찰은 더 이상 시위대의 거리 진출을 허용하지 않았다. 누군가가 평화 시위, 질서 유지 하고 외쳤다. 노란 우비 시위대는 경찰의 저지선을 뚫으려고 앞으로 밀치고 나갔다. 경찰의 바리케이드 앞에서 밀고 밀리는 싸움이 계속되었다. 맨 앞줄에 선 여자들이 실신해 들것에 실려 나가고 경찰들은 잠시 주춤하며 길을 터 주는 것 같았다. 경찰은 시위대를 감싸고 뒤로 밀려났다. 비는 여전히 주룩주룩 쏟아졌다. 시위대는 경찰이 허용한 마지노선에 이르렀다.

경찰은 더 이상 길을 터 주지 않았다. 결국 산발적인 과격 시위가 일어나고 전경 버스가 뒤집혀 불타면서 상황은 급반전되었다. 경찰은 폭력 시위대와 강경하게 맞섰다. 산책하듯 행진하던 노란 우비 시위대는 골목과 건물 안으로 지하도로 흩어졌다. 대오가 무너졌다. 나도 여자와 남자를 따라 달렸다. 그들은 숨을 헐떡이며 지하 역사로 뛰어들었다. 그리고 무조건 멈춰 선 전동차에 올라탔다. 쫓겨 들어온 노란 우비들의 몸에서 김이 올라왔다. 여자 코

끝과 우비 안쪽에 물방울이 송송 맺혀 있었다. 남자의 안경에도 뿌옇게 김이 서렸다. 여자는 남자의 안경에 손가락을 넣어 닦아 주었다. 두 사람은 마음의 안정을 찾은 듯 평온해 보였다. 그들은 서로 사랑스럽게 쳐다봤다. 노란 우비 일행들은 몇 정거장을 지나쳐 내려 중구난방 떠들었다. 결론은 각자 집으로 돌아가자는 거였다. 여자도 이곳에서 일행과 헤어져야 하는 모양이었다. 남자가 같이 가자고 해도 손을 내저었다. 여자는 남자와 일행이 멀어져 가는 뒷모습을 한참이나 지켜봤다. 남자가 뒤돌아서서 여자를 보며 손을 흔들었다. 여자도 창백한 미소를 지으며 손을 흔들었다. 나는 그녀가 안녕, 하고 말하는 소리를 들은 것 같았다.

여자는 노란 우비 주머니에 두 손을 찔러 넣고 환승을 하려는지 화살표 방향을 따라 긴 지하도를 걸었다. 그리고 승강장에 도착해 여러 대의 전동차를 그냥 지나쳐 보냈다. 그녀는 캔 커피를 사 마시고 간간이 시계를 들여다보았다. 누구를 기다리는 듯도 했다. 나는 마음이 놓이질 않아 가능한 한 그녀 옆에 바싹 붙어 있으려고 했다. 그녀가 의자에 앉았다. 나도 그녀 옆 빈자리에 앉으려고 했다. 그때 누군가 팔을 잡아챘다.

"오랜만이야."

나를 죽도록 때린 소매치기 일당이었다.

"왜 그래?" 나는 놈의 손을 밀쳐 냈다.

"아쭈, 많이 컸네." 놈이 내 머리를 때렸다.

전동차가 특유의 기계음을 울리며 불을 밝히고 달려오고 있었다. 그와 동시에 여자가 자리에서 일어났다. 여자는 전동차가 달려오는 방향으로 천천히 걸었다. 여자는 걸어가며 한쪽 얼굴을 가린 긴 머리카락을 여러 번 귀 뒤로 넘겼다. 생각에 잠긴 골똘한 표정은 호프집에서 봤을 때와 똑같았다.

"할 얘긴 이따 하자고. 잠깐만 기다려."

나는 여자에게 달려가려고 했다. 느낌이 좋질 않았다.

"뭐가 그렇게 바빠." 놈은 내 팔을 움켜쥐었다.

여자가 걸음을 멈췄다. 다가오는 전동차의 불빛 때문에 여자의 모습이 하얗게 증발되고 있었다.

"이거 놔. 저 여자 죽으려고 작심했어. 놓으란 말이야!"

전동차 불빛 속으로 노란 것이 툭 떨어졌다. 극미한 정적이 흘렀다. 사람들이 내지르는 비명 소리가 검은 칠판을 손톱을 세워 긁듯 소름 끼쳤다.

몸이 몹시 추웠다. 나는 노숙자들 사이에 끼어들어 잠이 들었다. 차디찬 타일 바닥에서 한기가 올라왔다. 푸르스름한 어둠이 지하철 역사를 감쌌다. 어디가 어딘지 알수 없었다. 그 많던 화살표가 보이지 않았다. 시간이 얼마나 흘렀는지도 알 수 없었다. 시간이 뭉텅 잘려 나간 느낌이었다. 여자가 몸을 던진 그때부터의 기억이 휘고 구부러지고 팽창되었다. 여자가 정말 죽었을까. 내가 꿈을 꾼것은 아닐까. 충분히 여자를 구할 수도 있었는데.

푸르스름한 어둠을 더듬거리며 여자가 몸을 던진 승강장으로 움직였다. 뿌옇게 빛나는 은빛 선로가 검은 강에걸친 다리처럼 보였다. 그건 내가 습기 찬 차창에 그린 그림과 비슷했다. 오랫동안 의사가 처방해 준 약을 먹지 않아서인지 낯선 감정에 접속한 회로들이 타는 냄새가 났다. 감정이 사라지자 폐타이어처럼 어디론가 굴러가고 싶어졌다.

선로 저쪽 끝에서 아름아름 불빛이 다가오고 있었다. 나를 부르며 손짓하는 것 같았다. 나는 불빛을 따라 은빛선로에 내려섰다. 불빛은 일정한 거리를 유지하며 나를이끌고 있었다. 내가 멀어지면 기다려 주고 내가 다가서면 앞으로 나갔다. 나는 크게 소리쳐 불렀다.

"누구시죠? 어디로 데려가는 거죠?"

"혹시 여기서 죽은 여자 못 봤어요?"

대답이 없었다. 한참을 지나온 것 같은데 끝이 보이지

않았다. 빛과 선로가 사라진 지점에 지하로 통하는 쇠뚜껑이 열려 있었다. 그곳에 끝이 보이지 않는 사다리가 걸려 있었다. 나는 사다리를 타고 내려갔다. 쇠뚜껑이 닫히는 소리가 들렸다. 질식할 것 같은 시큼하고 썩은 냄새가 진동했다. 하수도 같았다. 거미줄처럼 늘어진 끈끈한 점액질이 얼굴에 떨어졌다. 나는 사다리를 딛고 한 발 한 발 밑으로 내려갔다. 냄새도 사라지고 어둠은 곧 부드럽게 풀어졌다. 사다리에 걸친 노란 우비가 보였다. 어쩜 여자를 만날 수 있을지 몰랐다. 서둘러 내려가던 사다리가 허방을 짚은 듯 사라졌다. 나는 무한 공간 속으로 떨어져 내렸다. 의식을 잃었을까. 어떤 강력한 힘이 나를 뚫고 지나가고 있었다. 고통이나 격렬한 부딪침 같은 건 없었다. 낙엽처럼 정처 없이 유랑하고 깃털처럼 가벼워졌을 뿐이다. 부드러움이 물과 같았다. 물은 나의 모든 통로로 자유롭게 드나들었다. 물과 나는 하나로 합쳐진 듯했다. 물은 젤리처럼 말랑말랑해져 입안에서 뭉쳤다 스르륵 녹아 코나귀로 빠져나오고 땀구멍마다 보글보글 기포를 뿜었다. 나는 새로운 물질로 변하고 있다는 걸 알았다. 완벽히 반응하기 위해서 최대한 몸을 벌려 놓았다. 그리고 마지막으로 구멍마다 오물처럼 걸린 시간과 공간의 편린들을 말끔히 제거하는 일을 해냈다. 나는 배변 보듯 그것들을 힘주어 짜낸다. 나는 완전한 물질이 될 것이다.

나는 등이 간지러웠다. 누군가 내 등에 부드러운 붓으로 그림을 그리고 있었다. 아무리 몸을 뒤척여도 무슨 그림인지 볼 수가 없었다. 하지만 여자의 등에 그려진 노란 잠수함은 볼 수 있었다.

작가의 말

올 여름 오랜 친구들과 여행을 다녀왔다. 로망을 품었던 시베리아 횡단 열차에 몸을 실었다. TV 여행 프로그램에서 보았던 열차 칸에서 외국인들과 맥주를 마시고 대화를 나누던 장면은 현실과 너무 달랐다. 우린 비좁은 침대칸에 몸과 짐을 어떻게 배열하지 몰라 여러 번 시행착오를 거쳐 불편한 모습으로 겨우 안착했다. 2층 침대에 친구 하나가 아크로바틱 하듯 세 칸의 사다리를 딛고 올라가 몸을 뉘었다. 나는 성치 않은 몸 때문에 만약 올라갔다가 떨어지는 날에는 끝장이라는 생각에 엄두를 못 내고 구겨져 잠을 청했다. 보고 싶었던 백색 자작나무 숲은 어둠 속을 뚫어져라 처다봐도 보이지 않았다. 열차는 아주 느린 속도로 달렸다.

우리는 자는 척한 것 같았다. 그러다 잠이 든 친구도 있었다. 이 어둠의 통로를 지나 해가 떠오르길 기다렸다. 차창에 붉은빛이 번지자 두 사람이 마주치면 서로 비켜 갈 정도의 좁은 복도의 창가에 기대 거친 숲과 황량한 대지를 바라봤다. 몇몇 외국인도 창가에 스치는 풍광들을 구경했다. 나는 끝내 백색 자작나무숲은 보지 못했다. 알 수 없는 의미에 현혹되어 그냥 그렇게 서 있었다.

늘 어디론가 떠나는 꿈을 꾸지만 아무리 멀리 떠나도 형벌처럼 다시 돌아와 무릎을 꿇는 것이 저마다 하나씩은 있지 않나 싶다.

작가 되고 싶어 몸부림치던 시절에 쓴 작품과 최근 것까지 내 삶의 궤적 같은, 그것을 쓰게 된 나름의 이유와 비밀이 있었다. 그러므로 문제를 해결하고 상처를 보듬고 삶을 사랑하고자 애를 썼다. 이제 그들을 떠나보내고 새로운 출발선에 서 있다. 외로운 여행이 시작될 걸 알지만 묵묵히 내 길을 갈 것이다.

책을 내기로 하고 난데없는 교통사고로 팔이 골절되는 부상을 입었다. 칫솔과 나머지 한 손으로 노트북 자판을 두드렸다. 그래도 통증이 가시질 않아 한 번은 칫솔을 이로 물고 자판을 꾹 누르는 생쇼를 해 봤다. 그만큼 너를 사랑했으니까. 네가 날 구원하지 않으면 내가 널 사랑으로 구원하겠다.

폐허 위에 선 것같이 아득할 때 너의 손을 꼭 잡는다.

책을 펴 주신 문학수첩 관계자 여러분과 평론가 고명철 선생님께도 감사의 마음을 전한다.

윤 성 호

비루한 삶의 경계를 넘는
숭고한 사랑

고명철(문학평론가, 광운대학교 교수)

1.

어디선가 비평가로서 작품을 읽는 것에 대해 낯간지럽지
만 겸연스레 얘기한 적이 있다. 특히 비평가가 작가의 첫 소
설집을 읽는 일을 이제 막 사랑을 시작한 연인들에게서 볼
수 있는 그 무엇과 흡사한, 연인의 사랑에 빗댄 적이 있다.
이때 중요한 것은 사랑이 한층 무르익은 연인 사이의 관계
가 아니라 서로의 존재에 대한 미지의 영역이 남아 있어 이
후 그들 사이가 어떻게 진행될지 예측할 수 없는 점을 전제
한 사랑이라는 것이다. 그렇다 보니, 서로 크고 작은 오해가
생기기 마련이다. 작가 윤성호의 소설집『룰렛게임』에 수록
된 작품들을 읽으면서 설렘과 기대 그리고 두려움이 교차하
는 것은『룰렛게임』이 그의 첫 단독 소설집인 만큼 작가의

서사적 매혹 속에서 비평의 길을 잃은 채 혹시 그 작품을 잘 못 이해할 수 있기 때문이다. 하지만 비평의 오독이 도리어 작품 자체가 지닌 숨은 미의식과 소설 전언을 새롭게 발견할 수도 있는바, 이것은 달리 말해, 대상을 향한 창조적 사랑에 바탕을 둔 비평인 셈이다.

2.

그렇다면, 『룰렛게임』을 어디서부터 만나 볼까. 『룰렛게임』에 수록된 작품들 중 표제작인 「룰렛게임」과 「바리케이드」는 윤성호 작가의 서사적 매혹을 이루는 한 축이다. 이 두 작품에서 눈여겨볼 것은 중심 서사가 보여 주는 공간의 위상학이다. 「룰렛게임」은 지상으로부터 690미터 수직으로 솟아 있는 소각로 굴뚝 위로 오르는 과정과 꼭대기에 오른 후 지상으로 다이빙하는, 이른바 익스트림 스포츠(extreme sports) 중 하나인 고공 다이빙을 하는 인물의 서사를 보여 주고, 「바리케이드」는 사랑하는 연인을 만나기 위해 교통 정체가 심한 고가도로 위를 주행하는 승용차 안에서 전개되는 소설 속 화자의 서사를 보여 준다. 말하자면, 「룰렛게임」이 지표면을 경계로 수직 상승과 하강의 공간이 서사의 중심을 차지한다면, 「바리케이드」는 지표면과 수평의 관계를 형성하는 공간이 서사의 중심을 이루는데, 두 작품이 보여 주는 서사적 공간을 간명히 정리하면 '「룰렛게임」=수직'과 '「바리케이드」=수평'의 공간적 위상으로 구분된다. 그런데, 이 둘은 공간적 위상이 서로 다를 뿐 이러한 공간적 위상이 내포하는 인간과 세계에 대한 이해는 서로 비슷함을 알 수 있다. 여기에는 작중 화자가 타자와 진정으로 공유할 수 없는 사랑의 상처와 그로 인한 내적 방황 및 혼돈의 파토스가 자리하고 있다.

우선, 「룰렛게임」을 보자. 고공 다이빙을 즐기는 작중 화자 '나'와 친구 영준, 그리고 채연은 시쳇말로 사랑의 삼각관계에 놓여 있다. 이렇다 할 직업 없이 "친지가 운영하는 스포츠 용품 대리점을 봐주며"(p.29) 백수 신세나 다를 바 없는 삶을 살고 있는 '나'를 채연은 사랑한다. 그 와중에 '나'보다 경제적 조건이 좋은 영준이 채연에게 접근하고, 이 둘의 관계를 지켜보는 '나'의 채연을 향한 사랑은 소극적이다. 채연은 이러한 '나'에게 영준과 결혼을 발표한 파티장에서 "들릴락말락한 작은 목소리로" "죽어 버렸음 좋겠어"(p.20쪽)라고 말한다. 채연의 이 섬뜩한 말은 '나'의 전존재를 뒤흔든다. 이 말은 채연과 '나' 사이 이루 말할 수 없는 내적 상처가 존재함을 암시한다. 한편으로는 '나'를 향한 채연의 순정이

'나'에게 받아들여지지 않는 것에 대한 원한 때문에 '나'를 향한 극도의 증오로 정말 '나'가 죽어 버렸으면 하는 분노가 있는가 하면, 또 다른 면으로는 비록 영준과의 결혼 발표를 공개적으로 하지만 아직도 '나'를 향한 채연의 사랑은 소멸하지 않았음을 역설적으로 표현한 것이기도 하다. 그런가 하면, 지극히 세속적 면에서, 영준과 결혼하여 행복한 가정을 이뤄 살아야 할 채연의 삶에 혹시 '나'의 존재가 걸림돌로 작용할 것을 염두에 둔 가운데 '나'가 세상에서 영원히 죽어 없어졌으면 하는 바람이 반영된 것일 수도 있다. '나'에게 내뱉은 채연의 이 같은 말은 '나'가 고공 점프를 하기 위해 10미터 간격으로 높이를 표시한 690미터 굴뚝을 오르면서 '나'의 전존재를 점점 가파르게 뒤흔든다. 만일 이처럼 강한 스트레스 때문에, 굴뚝 위에서 점프를 하고 지상으로 하강할 때 낙하산을 펼칠 적정한 고도를 순간 놓쳐 버리면 지상으로 추락하여 목숨을 잃는 것이다. 과연, '나'는 지상으로 하강하면서 무엇을 선택할까. 채연과 지상의 관계를 정리하기 위해 그토록 위태롭게 자유를 만끽하던 고공에서 미련 없이 '죽음'을 선택할까. 사실 '나'가 무엇을 선택할지 우리는 알 수 없다. 그런데 중요한 것은 '나'의 선택 여부가 아니라 이처럼 '나'의 전존재를 뒤흔든 문제를 지상에서가 아닌 고공에서 사유하고 있다는 점이다. 높은 굴뚝 위로 올라가는 과정

과 그곳에서 점프하여 "두려움의 서클을 통과"(p.17)하는 지
상으로의 하강 과정에서 '나'의 존재와 타자의 관계에 대한
근원적 사유가 펼쳐진다는 점을 눈여겨보아야 한다.

그런가 하면, 「바리케이드」에서는 연하의 남자와 사랑을
나누는 작중 화자 '나'의 애절하고 간절한 사랑이 교통 정체
중인 고가도로의 승용차 안에서 이야기된다. 「룰렛게임」의
서사가 수직 상승과 하강의 동선(動線)에서 '나'의 내적 상태
가 그려지고 있다면, 「바리케이드」에서는 고가도로에서 약
속 장소로 움직이는, 즉 수평의 동선에서 '나'가 자신의 연인
과 지냈던 아름다운 추억을 반추하면서 그들의 사랑에 대한
타인의 불편한 시선을 극복하려는 사랑의 염원이 그려진다.
물론 '나'의 그를 향한 사랑은 작품의 말미에서 보여 주듯 길
거리 공사 현장에 놓인 바리케이드를 지그재그로 어렵게 피
하는 과정에서 '나'의 승용차가 여러 군데 긁히는 것과 마찬
가지로 결코 순탄하지 않다. 하지만, '나'는 이와 같은 바리
케이드 때문에 결코 그를 향한 그리움과 사랑의 의지를 포
기하지 않는다. 그가 세상에 존재하는 한 그를 향한 '나'의
간절한 사랑은 타인의 시선에도 불구하고, 또 그의 체념에도
불구하고 '나'의 전존재를 건, 그리하여 '나'와 그의 관계에
대한 숭고한 사랑으로 지속될 것이기 때문이다.

3.

　이와 같은 숭고한 사랑은 「봉곡사」, 「독살」, 「벚꽃 엔딩」 등과 같은 작품에서 여실히 만날 수 있다. 그런데 이들 작품에서 숭고한 사랑은 어떤 특별한 삶의 영역에서만 만날 수 있는 것이 아니라 우리의 세속적 삶에서 마주할 수 있는 사랑이다. 가령, 대학 시간강사이자 딸 하나를 두고 있는 이혼남과 "세상 누구에게도 들키고 싶지 않은 나만의 공간에서 그와 밀회를 즐"(p.164)긴 '나'는 그와 여러 차례 헤어지려고 했지만 또다시 만남을 지속하는 등, "사랑과 증오는 같은 껍질의 표면, 벗겨 내면 똑같은 것"(p.166)이라는 다소 진부한 삶의 철학적 깨우침을 보여 주는데, 정작 '나'가 두려운 것은 그의 딸의 폭로 속에서 암시되듯, 그의 병이 악화돼 죽게 됨으로써 그와 영원히 이별해야 하는 일이 현실화될 수 있다는 점이다(「봉곡사」). 따라서 '나'는 살아 있을 적 그와 관련한 모든 것을 기억하고 싶어한다. 어느 날 갑자기 그와 이별할 수 있다는 두려움을 극복하기 위해서라도 '나'는 애타게 그의 모든 것을 기억해야 하는 것이다. 비록 이러한 '나'의 간절함이 지극히 세속적 모습으로 비칠지라도 이 간절함은 그를 향한 '나'의 숭고한 사랑임을 폄훼해서는 안 된다. 사랑의 숭고함은 세속적이되 너무나 세속적이어서 세속과 신성의 경계를 무화시켜 버리는 그 찰나의 순간 생의 비의적 매혹 속에 우리를 나포하기 때문이다.

그렇다. 다시 강조하건대, 이러한 사랑의 숭고함은 세속의 지경을 넘어선 신성과의 경계가 무화하는 순간 생의 비의성으로 다가온다. 이것은 「독살」의 마지막 장면에서 아름다운 바닷가의 풍경으로 다가온다.

> 슬기는 바닷가 돌담에 쪼그리고 앉아 빈 물웅덩이를 지켰다. 따라온 조무래기들이 돌담에 같이 앉아 있다 지루한지 모래밭으로 내려가 실개천 사이를 경중경중 뛰어다녔다. 돌담에 걸어 둔 대나무 발에는 어떤 것도 걸려들지 않았다. 해는 서서히 기울어져 붉은 손으로 모래 곁을 쓰다듬고 파도는 찰싹이며 검은 돌담을 건드렸다. (⋯⋯) 슬기는 깜짝 놀랐다. 웅덩이 안이 온통 은빛 멸치 떼로 가득했다. (⋯⋯) 멸치 떼는 파닥파닥 사방으로 빛을 뿌려 댔다. 그 빛은 이모와 함께 바다에 흘려보내 둥둥 떠 있던 종이학과 종이별과 비슷했다. 노 할배가 어구를 메 기울어진 몸으로 파도를 밟으며 모래밭으로 올라서는 모습이 언뜻 비쳐 슬기는 두 눈을 비볐다.(pp.224~225)

태어나면서부터 엄마가 부재한 슬기는 섬에 살고 있는 외조모부 손에서 길러지는데, 슬기는 '노 할배'인 외증조부와 무척 친근히 지낸다. '노 할배'는 섬의 전통적 물고기 잡는 법인 독살, 즉 "밀물 때 바닷물을 따라왔다 썰물 때 빠져나가지 못한 물고기를 잡는 것"(p.204)을 활용하여 물고기를 잡는데, '노 할배'는 갈수록 건강이 좋지 않아 금세 운명할 처지다. 어쨌든 평범한 가정이 아닌 곳에서 자라나고 있는 슬기의 성장 환경은 좋은 편이 아니다. 게다가 슬기의 이모는 배우를 동경하면서 섬을 몰래 가출했다가 뜻한 일이 제대로 안 됐는지 섬으로 돌아온다. 슬기를 에워싼 성장 환경은 음울하다. 가뜩이나 슬기의 처지를 헤아리는 '노 할배'마저 이제 죽고 없다. 어쩌면 슬기는 '독살'을 즐기는 '노 할배'의 존재 때문에 자신을 둘러싼 불우한 성장 환경을 극복할 수 있는 힘을 기르고 있었는지 모른다. 달리 말해 슬기의 지극히 세속적인 일상은 그것으로 슬기를 구속하는 게 아니라 '독살'이라는 섬의 전통적이고 세속적인 물고기 잡는 법을 통해 슬기를 옥죄고 있는 불우한 세속의 일상을 순간 넘어서는 생의 비의적 힘을 간직하게 해주었다. 그래서 앞의 장면에서 읽을 수 있듯, 독살로 잡은 은빛 멸치 떼는 슬기와 그의 이모가 함께 접어 바닷물에 띄운 종이학과 종이별에 포개지는 환시를 통해 섬에서의 각자 비루한 삶의 경계를 넘어서는 또 다른 삶의 아름다운 가치로 승화된다. 이것은 슬기와 이모, 그리고 '노 할배'의 존재에 대한 숭고한 사랑이다.

우리는 「벚꽃 엔딩」에서도 비루한 삶의 경계를 넘는 또 다른 숭고한 사랑을 만난다. 재영은 남편과 떨어져 한 달에 한번 만나는, 시쳇말로 월말 부부다. 경제적 어려움으로 재영은 아이와 함께 친정집에 얹혀살면서 가정 경제에 조금이라도 보탬이 되기 위해 친정집 근처 할인 마트에서 상품 진열 사원으로 일을 하다가 사직하려고 한다. 그리고 재영의 남편은 후배 공장에서 주거 환경의 열악함을 견디면서 일을 하고 있다. 이렇듯이 재영 부부는 "현실과 꿈이 직조된 고통이라는 배를 타고 먼 섬에 유배"(p.88)된 듯한 생활을 하고 있는 것이다. 물론, 이 유배와 같은 고통은 머지않아 재영 부부가 함께 모여 단란한 가정을 이루게 되면 언제 그랬냐는 듯이 사라질 것이다. 하지만 이것은 아직 구체적으로 기약할 수 없는 도래하지 않은 미래의 행복일 뿐 지금, 이곳의 재영을 에워싸고 있는 현실은 고통과 비루함 자체다. 여기서, 작품이 이것만을 우리에게 애오라지 보여 준다면 일부러 작품을 읽을 필요가 있을까. 사실 작품을 읽지 않더라도 우리 주변의 삶을 잠시 살펴보면, 재영 부부와 같은 처지에 놓인 삶의 사례들을 쉽게 목도할 수 있다. 그래서일까. 작가 윤성호의 서사는 작품의 마지막 대목에서 우리를 매혹한다. 「벚꽃 엔딩」의 마지막에서 재영은 과거 친정집 동네의 유지로 살

왔던 이웃 오빠를 찾아가 그와 이별주를 마시면서 자신의 신산스러운 삶을 풀어내고 싶었으리라. 하지만 야속한 현실은 그들에게 이런 기회를 허락하지 않는다. 그는 재영의 이러한 의도를 모른 채 혼자 오토바이를 타고 그의 삶의 영역으로 돌아간다. 이러한 그의 모습을 지켜보는 재영은 그의 오토바이에 동승하고 내달리며 그가 재영의 볼에 입맞춤한 과거의 아름다운 시절을 떠올린다. 재영에게 그 아름다운 시절에 대한 기억의 편린은 재영의 현재적 고통과 비루한 삶을 위무해줄 수 있는 숭고한 사랑의 원천으로 자리하고 있기 때문이다. 어쩌면 「벚꽃 엔딩」에서 작가가 마지막까지 붙들고 싶은 소설의 전언이 있다면, 비록 재영의 이러한 삶이 낭만적 태도를 띤 세속적인 것으로 비칠지 모르지만, 재영은 바로 이러한 숭고한 사랑에 대한 기억과 그것이 자아내는 생의 비의적 힘 때문에 현실의 고통과 비루함을 견디는 삶의 내공을 축적할 수 있다는 것이다.

4.

그런데, 삶의 내공은 말처럼 쉽게 축적되는 것이 결코 아니다. 무엇보다 이것은 삶의 현실과 동떨어진 채 도가연(道家然)하는 포즈와 무관하다. 새삼 강조할 필요가 없듯, 삶의 치열한 현장과 맞대면할 때 매 순간 만나는 세계의 고통 속에서 삶의 내공은 무섭게 담금질되는 것이다.

이와 관련하여, 「양배추 꽃」은 냉혹하고 비정한 현실 속에서 삶의 내공이 어떻게 축적되는지를 보여 주는 문제작으로, 등장인물 신자를 통해 이러한 면을 읽을 수 있다. 여기서, 만일 신자가 삶의 고통 속에서 축적하는 그만의 삶의 내공을 제대로 이해하지 못하면, 작품의 마지막에서 보이는 신자의 엽기적 행동을 제정신이 아닌 정신분열증 환자의 광기로 치부해 버리기 십상이다.

신자는 거울 앞에 다리를 활짝 벌리고 앉았다. 언제부턴가 불두덩에 흰 거웃이 자랐다. 신자는 고개를 숙여 흰 거웃을 뽑으려고 했다. 바람에 시든 양배추 꽃 같은 자줏빛 속살이 드러났다. 얼굴이 점점 숙여지고 밖에선 뚜- 뚜- 포클레인 땅 파는 소리가 들렸다. 신자는 언뜻 고개를 들었다. 체비지에서 새로운 공사가 시작되었다. 다시 양배추 꽃 같은 자줏빛 속살을 헤쳤다. 몸이 자꾸 앞으로 굽어 들어갔다. 빛이 폭포처럼 머리 위로 쏟아지고, 허적거리며 시멘트 굴로 들어가듯 신자는 활짝 벌린 다시 사이로 고개를 깊이 꺾었다. 포클레인 땅 파는 소리가 계속 들렸다.

아까부터 신자의 입에서 웅얼거림이 새어 나왔다.

꼭꼭 숨어라 머리카락 보일라…….(p.258)

　신자는 자신의 성기를 거울에 비추며 흰 거웃을 뽑는 기
괴한 행동을 하고 있다. 그런데 이 행동은 바깥에서 시작된
공사와 포개진다. 체비지를 개발하는 포클레인 작업이 막 시
작된 것이다. 체비지를 개발하기 전 그곳은 마구잡이로 쓰
레기를 태우는 소각장이었고, 심지어 고압 송유관과 광케이
블이 매설된 지역으로 "함부로 땅을 파서는 안 된다는 표지
판"(p.249)이 세워 있는, 사람들의 접근이 불가한 지역이다.
그런데 이곳을 부동산 이익을 극대화하기 위해 개발을 시작
한 것이다. 이러한 체비지의 운명은 신자와 비슷하다 해도
과언이 아니다. 여느 때 같으면 신자에게 접근도 하지 않은
채 그를 병원균이나 벌레처럼 취급하든지, 그나마 실연을 당
한 레커차 기사나 노인이 그들의 성적 욕망을 해소하는 실
용 목적으로 신자를 취급한 것을 염두에 둘 때, 신자는 별다
른 실용성이 없는 채로 방치되었다가 부동산 이익을 위해
개발 용도로 취급되는 체비지의 처지와 흡사하다.
　그런데, 신자는 이 같은 자신의 처지를 무섭도록 응시한
다. 약간의 언어장애를 지니고 있으나 그는 자신의 삶을 아
무렇게나 방치하는 그런 무책임한 사람이 아니다. 따라서 다
소 비약적 해석일지 모르지만, 신자가 자신의 성기 안쪽을

굽어보면서 숨바꼭질 노래를 웅얼거리는 행위는 세계의 횡포 속에서 온갖 상처와 고통을 겪더라도 결단코 그것이 두려워 세계와 맞대면하는 것을 포기할 수 없다는, 그래서 이 악무한으로 가득 찬 현실의 사위에서 마치 한바탕 숨바꼭질 놀이를 통해 그것과 맞서는 신자만의 삶의 응전, 곧 삶의 내공을 닦는 신자만의 주술적 수행처럼 보인다.

강조하건대, 이러한 삶의 내공은 세계의 고통을 회피하지 않고 그것을 응시함으로써 힘겹게 담금질되는 것이다. 「장르노와 노란 잠수함」 역시 이러한 면모를 보여 준다. 지하철 운전사로서 운행 중인 지하철로 누군가가 뛰어든 자살 사고가 빌미가 되어 '나'는 구조 조정을 당한다. 그런데 일터가 사라졌음에도 불구하고 '나'는 "하루에 서너 번 지하철 순환선을 타고"(p.263) 돈다. 이것은 오랫동안 지하철 운전사로서 몸에 밴 직업의식 때문만이 아니라 그도 경험한 바 있는, 지하철 자살 사고로 죽은 사람의 죽음을 응시하기 위해서다. 그런데 '나'는 또다시 지하철 자살을 목도하면서 그것을 막지 못한다. 지하철에서는 '나'가 모르는 또 다른 삶의 포기자들이 죽음의 터널 속으로 사라지고 있다. '나'의 삶의 내공은 지하철에서 삶을 포기하는 자들을 가능한 한 살려냄으로써 삶의 절망과 환멸 너머에 존재하는 삶의 희망과 미래의 가치를 보게 하는 것이다. 게다가 지하철의 교통과 연루

된 갖가지 삶의 양상이 서로의 가치를 지닌 채 삶을 살아가는 일상을 자연스레 수용하는 것이다. 물론 이러한 가운데 '나'의 삶도 지하철의 공간을 이루는 칠흑 같은 허방의 사위에 묻힌 채 어둠의 물질로 변할지 알 수 없는 일이다. 그렇지만 '나'에게 중요한 것은 세계의 고통이 현시되는 지하철의 공간을 떠나지 않는다는 점이다. 왜냐하면 '나'에게 지하철의 공간은 '나'의 전존재에 육체성을 부여하는 리얼한 공간으로, 이곳에서 '나'는 '나'만의 삶의 내공을 벼리고 있기 때문이다. 이것은 달리 말해, 작가 윤성호가 그만의 어떤 삶의 도량(道場)에서 자신만의 서사적 내공을 담금질하는 수행으로 이해할 수 있다.

끝으로, 윤성호의 첫 소설집 『룰렛게임』에서 미처 언급하지 못한 그의 서사적 매혹이 있다면, 이 해설을 쓰는 나보다 예민한 촉수를 지닌 독자들이 그 매혹을 섬세히 더듬어 줄 것을 기대한다.

룰렛게임

초판 1쇄 인쇄 2017년 11월 27일
초판 1쇄 발행 2017년 12월 7일

지은이 | 윤성호
발행인 | 강봉자, 김은경

펴낸곳 | (주)문학수첩
주소 | 경기도 파주시 회동길 192(문발동 513-10) 출판문화단지
전화 | 031-955-4445(마케팅부), 4453(편집부)
팩스 | 031-955-4455
등록 | 1991년 11월 27일 제16-482호

홈페이지 | www.moonhak.co.kr
블로그 | blog.naver.com/moonhak91
이메일 | moonhak@moonhak.co.kr

ISBN 978-89-8392-682-1 03810

「이 도서의 국립중앙도서관 출판예정도서목록(CIP)은 서지정보유통지원시스템
홈페이지(http://seoji.nl.go.kr)와 국가자료공동목록시스템(http://www.nl.go.kr/
kolisnet)에서 이용하실 수 있습니다.(CIP제어번호: CIP2017028158)」

* 파본은 구매처에서 바꾸어 드립니다.